W0398669

Ludovic
Manchette

Christian
Niemiec

ALABAMA 1963

ROMAN

cherche
midi

Vous pouvez consulter notre catalogue général
et l'annonce de nos prochaines parutions sur notre site :
www.cherche-midi.com

© **le cherche midi, 2020**
92, avenue de France
75013 Paris

Composition : Peter Vogelpoel
Dépôt légal : août 2020
ISBN 978-2-7491-6591-2

À Armande et Joseph Niemiec,

À Évelyne et Bernard Manchette,

Nos parents.

« *Audemus jura nostra defendere*[1]. »
Devise de l'Alabama.

1. « Nous osons défendre nos droits. »

Jeudi 8 août 1963

La chaleur écrasante semblait avoir endormi la clairière : ses hautes herbes jaunies, son immense chêne perdu au beau milieu, les corbeaux perchés là-haut, et la petite fille couchée en bas, quelques mètres plus loin. De temps en temps, l'un des oiseaux ouvrait un œil sceptique sur l'intruse d'une dizaine d'années allongée les yeux fermés, la bouche entrouverte. Rien ne troublait le repos de la belle endormie : ni le soleil cuisant, ni la mouche qui ne cessait de venir effleurer sa joue, ni le brin d'herbe qui lui chatouillait l'oreille. Elle ne cilla même pas lorsqu'un scarabée sortit de sa bouche. Le *Prionus laticollis* descendit le long de son menton, de sa gorge et de son buste. Il prit soin d'éviter la tache de sang qui s'étalait sur son ventre, avant de se perdre dans les plis de sa jupe beige remontée jusqu'au nombril. Il réapparut une minute plus tard et poursuivit sa course sur l'une de ses cuisses dénudées. Il escalada son genou en forme de madeleine puis, arrivé aux chevilles, passa sans états d'âme la petite culotte blanche. Pendant un instant, il sembla considérer le petit pied nu, inerte, qui se dressait devant lui, infranchissable. Un coup de vent décida pour lui, et il atterrit dans l'herbe, plus hospitalière.

Ledit coup de vent fit frissonner toute la clairière. Il fit bruisser les branches du chêne et vint déranger les corbeaux, qui croassèrent leur mécontentement avant de s'envoler comme un seul homme.

La petite fille qu'ils abandonnaient ne serait pas découverte avant plusieurs jours.

Peut-être que si elle avait été blanche…

Mais elle était noire.

Mercredi 14 août 1963

Adela Cobb était un petit bout de femme énergique de trente-quatre ans, et il en fallait, de l'énergie, pour faire briller les deux rampes en cuivre qui encadraient l'escalier monumental de Carol Finnegan, sa patronne du mercredi et du samedi. Son chiffon était presque aussi noir qu'elle, la faute à l'oxydation et sûrement pas à Adela qui astiquait ces fichues rampes deux fois par semaine. Elle venait de terminer et tirait sur sa blouse par petits mouvements saccadés pour avoir un peu d'air lorsque George Finnegan, cinq ans, apparut en haut des marches. Il se mit à les descendre en faisant bien attention à ne pas lâcher la rampe. Une fois en bas, il sourit à Adela, fier d'avoir réussi cet exploit tout seul comme un grand. Elle se força à lui rendre son sourire, et il disparut tandis qu'elle inspectait les traces de ses petits doigts moites sur le cuivre. Évidemment, Carol choisit ce moment pour regagner l'étage.

« N'oubliez pas de passer un coup sur la rampe, Adela.

– Oui, m'ame. »

« Passer un coup ! » On voyait bien qu'elle ne s'y était jamais collée. C'était plutôt cent coups qu'il fallait passer. Ce qu'Adela fit en remontant. Si elle tenait le saligaud qui avait eu l'idée d'inventer les rampes en cuivre !... C'était bien une idée de Blanc ! Lorsqu'elle fut parvenue en haut, le petit George, en bas, semblait hésiter à la rejoindre. Adela lui fit les gros yeux, et il fila, renonçant momentanément à son projet.

Il aurait été mieux à jouer dehors, ce gamin, mais Carol le tenait cloîtré aujourd'hui. Officiellement, les portes devaient rester fermées pour que la chaleur n'entre pas. En vérité, c'était pour que Sid, sept ans, n'entre pas. Adela avait été contrainte d'emmener son petit dernier avec elle parce que Mabel, sa voisine qui le gardait d'habitude, était souffrante. Carol, qui ne raffolait pas des enfants, pas même du sien, raffolait encore moins des enfants noirs, qu'elle tenait au mieux pour des sauvages, au pire pour des voleurs. Cela dit, Adela ne tenait pas non plus à ce que son fils entre dans la maison des Finnegan. Elle se disait que, s'il cassait quoi que ce soit, elle serait contrainte, pour rembourser les dégâts, de travailler le dimanche pour le restant de ses jours.

Lorsqu'elle entendit une femme hurler à l'extérieur, elle sut instinctivement que Sid n'y était pas pour rien. Personne ne hurlait jamais à Highland Park, un quartier aussi chic que blanc. Ce n'était pas comme par chez elle. Son chiffon à la main, elle descendit les marches quatre à quatre (sans toucher la rampe) avant de sortir dans le jardin, derrière la maison. Elle suivit les cris et rejoignit son fils, debout face à une palissade. De l'autre côté se trouvaient Sally Hatfield, la voisine des Finnegan, et sa fille.

« Qu'est-ce qui s'est passé, Mrs. Hatfield ?

– Ce qui s'est passé ? Ce négrillon… votre rejeton, je suppose, jouait avec ma petite Meg ! »

Adela se tourna vers Sid.

« Qu'est-ce que t'as fait ? »

Le petit, persuadé, comme Mrs. Hatfield, qu'il avait commis un crime, n'osait pas répondre. Carol arriva à son tour. Même alertée par des cris, aussi alarmants soient-ils, une dame ne descend pas des escaliers quatre à quatre.

« Qu'y a-t-il, Sally ?

– J'ai surpris ce vaurien de négrillon en train de jouer avec Meg ! Quand je suis arrivée, il lui tenait la main. Quelle honte ! Si je n'étais pas sortie… ! Si nos enfants ne sont plus en sécurité dans nos jardins… où va-t-on ? »

Adela jeta un œil à Carol, qui semblait aussi indignée que sa voisine. Elle s'excusa avant de presser son fils d'en faire autant, mais la sentence tomba, sans appel :

« Adela, fichez le camp. Et ne remettez plus les pieds ici. »

Sally adressa un sourire de satisfaction à sa voisine.

Sans un mot, Adela prit son fils par la main et rentra dans la maison, suivie de sa patronne. Dans la cuisine, elle posa son chiffon et retira son tablier qu'elle jeta dans son sac.

« Vous me devez ma journée, m'ame.

– Pardon ?! Vous osez… ?!

– Je travaille depuis neuf heures ce matin. Il est quatre heures. Ça fait… six dollars et… soixante-cinq cents. »

Excédée, Carol alla chercher son portefeuille et lui tendit cinq dollars.

« Vous n'avez pas mérité plus. Je vous ai demandé de nettoyer les rampes, et elles sont toujours aussi sales.

– Non, m'ame, je peux pas vous laisser dire ça. »

Elles allèrent vérifier, et les rampes portaient effectivement des traces de doigts. Carol avait bel et bien descendu l'escalier comme une dame quelques minutes plus tôt, et le petit George était remonté. De là-haut, il faisait coucou à la femme de ménage. Adela planta son regard dans celui de Carol et lui arracha le billet de cinq dollars qu'elle fourra dans la poche de sa blouse. Puis elle attrapa la main de Sid et prit la direction de la cuisine pour sortir par la porte de service, comme il se devait.

*

Adela était fatiguée de sa journée. Elle avait mal aux pieds, aux jambes, au dos… En fait, il aurait été plus facile de dire où elle n'avait pas mal. Elle monta dans le bus pour régler le trajet au chauffeur, avant de redescendre pour remonter par la porte du fond, réservée aux Noirs. Comme Sid, elle aurait aimé s'asseoir, surtout par cette chaleur, mais malheureusement toutes les places étaient prises. Enfin, pas toutes. Ce n'était pas les sièges libres qui manquaient à l'avant, mais ceux-là étaient réservés aux Blancs, et les Noirs ne pouvaient s'y asseoir que lorsqu'il n'y avait *aucun* Blanc. Or il y en avait un ce soir, qui avait dû se perdre… Même si officiellement la loi avait changé sept ans plus tôt, les mœurs avaient la vie dure à Birmingham. La seule chose qui avait changé depuis la déségrégation des bus, c'est que la population blanche les avait désertés au profit des voitures particulières. Ainsi, lorsqu'un vieux monsieur noir entra, il ignora lui aussi les sièges vides pour aller se tenir debout dans le fond du bus. Un homme noir à peine plus jeune se leva pour lui céder sa place.

À l'arrêt suivant, c'est Bernice, la fille de quinze ans d'Adela, qui monta. Elle portait la même blouse bleue à col blanc que sa mère. Depuis un mois, l'adolescente officiait en tant que nounou auprès d'une famille blanche. Elle s'étonna que sa mère ne soit pas à son travail.

« T'es pas chez l'autre garce ?

– Parle pas comme ça.

– Quoi ? C'est une garce, non ?

– Oui, mais on parle pas comme ça des gens. Même des Blancs. »

Bernice soupira et reformula sa question :

« T'es pas chez Mrs. Finnegan ?

– Non. Et j'irai plus chez elle.

– Pourquoi ?

– Je suis partie. »

Sid allait ouvrir la bouche mais Adela posa une main sur son épaule pour l'inviter à se taire. Une invitation à laquelle il obéit.

« Qu'est-ce qui s'est passé ? demanda Bernice.

– Elle m'a mal parlé. »

Bernice était sidérée.

« T'es partie juste pour ça ?!

– Mmh-mmh.

– Mais qu'est-ce qu'elle t'a dit ?!

– Ce qui compte, c'est ce que *moi* je lui ai dit !

– Et qu'est-ce que tu lui as dit ?

– Ça, je peux pas te le répéter. »

L'adolescente tenta d'imaginer la scène, puis l'admiration fit place à l'inquiétude.

« Et t'as autre chose en vue ?

– Pas encore. »

On aurait cru que les yeux de Bernice allaient lui sortir de la tête.

« Je trouverai, la rassura sa mère. C'est pas la seule Blanche qui peut pas se passer d'une Noire.

– Mais t'es pas la seule Noire qui a besoin de travailler pour une Blanche… »

Adela accusa le coup. Pour se rattraper, sa fille proposa :

« Je regarderai les annonces en ville demain, quand j'emmènerai Isabella voir sa grand-mère. »

Adela accepta sans se faire prier.

Une très jolie jeune fille qui devait avoir à peu près l'âge de Bernice monta à l'arrêt suivant. Avec ses lunettes noires, elle fit une entrée pour le moins remarquée, telle une vedette de cinéma, si tant est qu'une jeune fille noire puisse un jour être vedette de cinéma. Bernice l'examina de haut en bas, non sans une pointe de jalousie. La nouvelle venue garda ses lunettes en dépit des regards réprobateurs. Adela lui adressa un sourire auquel elle ne répondit pas. Peut-être ne l'avait-elle pas vue. C'est du moins ce que se dit Adela, qui se demanda tout de même comment on pouvait avoir l'air aussi grave à quinze ans.

Tout ce petit monde se serra au fond de l'allée tandis que le bus redémarrait et qu'une vingtaine de places à l'avant restaient désespérément inoccupées.

*

Ce mercredi soir, Adela et Bernice écossaient des petits pois en essayant d'écouter Billie Holiday à la radio pendant que Sid et son frère aîné, Elijah, dix ans, jouaient bruyamment au Mikado avec des allumettes sur un coin de la table.

« Chut ! » pesta Adela.

Les petits baissèrent d'un ton. Chez elle, c'était Adela la patronne ! Elle n'arrêtait pas de penser qu'il lui faudrait vite trouver un nouvel employeur pour les mercredis et les samedis, mais elle garda ses inquiétudes pour elle. Alors qu'Elijah comptait leurs allumettes respectives, Sid demanda de but en blanc :

« Maman, il te manque papa ? »

Voilà trois ans que Morris, le mari d'Adela, était parti, et que personne à part Sid n'espérait son retour. Le bon ouvrier, bon époux et bon père avait définitivement pris ses quartiers dans le cimetière noir de Birmingham après être tombé du toit sur lequel il travaillait. Adela, qui avait eu l'immense chance de rencontrer son âme sœur à seize ans, avait connu le malheur encore plus grand de la perdre à seulement trente et un ans.

Bernice avait arrêté d'écosser et Elijah de compter.

« Bien sûr qu'il me manque. Mais d'un autre côté, il est tout le temps avec moi maintenant.

– Il est avec moi aussi ? demanda Sid.

– Bien sûr. Il est avec nous tous.

– Je le savais », conclut le petit en affichant un sourire triomphant.

Adela et Bernice se remirent à écosser les petits pois, Elijah à compter et Sid à attendre que son frère ait fini ses calculs. La radio diffusait « Walk Like a Man » des Four Seasons lorsque Lazarus entra.

Le beau-frère d'Adela, le frère aîné de Morris, vivait chez elle mais sa façon d'être donnait plutôt l'impression du contraire. Il était venu en convalescence chez Morris et Adela après avoir été victime d'une violente agression par des membres du Ku Klux Klan. Bien sûr, Adela n'avait pas hésité une seconde avant d'accepter de l'accueillir sous son toit. Ça, c'était quelques mois avant la mort de Morris. Trois ans plus tard, son lynchage « raté » obligeait Lazarus à se déplacer à l'aide d'une canne, et ce colocataire à l'humeur toujours exécrable semblait s'être installé chez sa belle-sœur *ad vitam æternam*. Et si cette présence austère avait immédiatement pesé à la jeune femme, c'était évidemment pire depuis que son époux les avait quittés. Lazarus s'était très vite imposé comme l'homme de la maison, allant jusqu'à proposer à la veuve de son frère d'être un père pour ses enfants et un mari pour elle. Découragé par la gifle qu'il avait reçue ce soir-là, il était rarement revenu à la charge, et seulement lorsqu'il avait bu. Dans ces moments, la tentation était grande, même pour une bonne chrétienne comme Adela, de le flanquer à la porte, mais elle se refusait à jeter un infirme à la rue. D'autant qu'il lui rendait quelques services, s'occupant du potager, des lapins, coupant du bois pour le poêle en hiver, ce genre de choses. Mais elle prenait soin de garder ses distances, ce qui n'était pas aisé dans une petite maison qui comptait trois chambres et aucune salle de bains, et où l'on devait tirer un rideau entre la cuisine et le salon pour faire sa toilette. Depuis la première fois où il avait sous-entendu que, de son côté, « la porte n'était pas fermée », elle avait fait installer un verrou à celle de sa chambre.

Lazarus claudiqua jusqu'au poste de radio. Comme à son habitude, il fallut qu'il l'éteigne avant de parler et, comme à son habitude, il fit à Adela l'effet d'un étouffoir à bougies.

« Je vais à la battue. »

Adela ne put s'empêcher de songer que, s'ils comptaient sur Lazarus et sa canne pour retrouver la fille disparue, la pauvre petite n'était pas près de rentrer chez elle. Elle s'en voulut immédiatement pour cette mauvaise pensée. Évidemment, Lazarus repartit sans rallumer la radio. Bernice s'empressa de le faire, et les Four Seasons se remirent à chanter :

« *I'm gonna walk like a man,*

Fast as I can[1]… »

Adela sourit à ces paroles, qui s'appliquaient si peu à son beau-frère. Puis elle alla à la fenêtre regarder combien d'hommes du quartier participaient aux recherches. Il lui sembla qu'ils étaient un peu plus nombreux que la veille. Elle ne connaissait pas la petite disparue mais priait pour elle depuis que le pasteur en avait parlé dimanche à l'église.

---

1. « Je vais marcher comme un homme, aussi vite que possible. »

Jeudi 15 août 1963

Bud, qui s'était couché tard la veille, comme tous les soirs, dormait les bras croisés sur son bureau, la tête sur les bras et un Stetson sur la tête. Il régnait autour de lui un désordre inimaginable. Dans le petit appartement qu'il partageait avec sa chienne et son chat, les poubelles attendaient qu'on les sorte, les cendriers qu'on les vide et le courrier qu'on l'ouvre. Et bien malin qui aurait pu dire la couleur du sol. Les odeurs mêlées de cigarette, de transpiration, d'alcool et d'urine avaient raison de la plupart des visiteurs mais, ce matin-là, elles ne suffirent pas à décourager Ellis et Lottie Rodgers.

« Je reviens dans un quart d'heure. »

Voilà ce que Dee Dee, leur fille de onze ans, leur avait dit une semaine plus tôt avant de filer chez une petite voisine. Ils l'attendaient depuis et n'en finissaient pas de compter les quarts d'heure.

Dès le lendemain, le 9 août, ils étaient allés trouver la police. Et Dieu sait qu'en 1963 à Birmingham, en Alabama, pour que des Noirs rendent visite aux autorités de leur plein gré, il fallait que l'heure soit grave. Même si le chef de la police Eugene « Bull » Connor, un ségrégationniste notoire, avait été démis de ses fonctions trois mois auparavant, les émeutes de mai et le zèle avec lequel les policiers avaient réprimé les manifestations étaient encore dans tous les esprits.

Hélas pour le couple Rodgers, le matin du 9 août était mort Patrick Bouvier Kennedy, le quatrième et dernier enfant de John Fitzgerald et Jackie. Les policiers, les oreilles collées au poste de radio, semblaient plus émus par le sort du fils du président que par celui de Dee Dee. Ils avaient conseillé à Ellis et Lottie de ne pas s'inquiéter, de regagner leur domicile et d'attendre que leur fille se décide à rentrer. Il n'avait rien pu lui arriver de grave. On n'était pas à Chicago[1] !

Six jours et six visites plus tard, le discours de la police n'avait pas changé. Le ton était juste un peu plus agacé. Les parents démunis pensaient malgré tout qu'on avait lancé un avis de recherche, mais l'officier qui les avait enfin reçus ce matin du 15 août n'avait jamais entendu parler d'aucune disparition ni d'aucune Dee Dee. Il leur assura qu'une enquête serait ouverte.

Les battues organisées par les voisins n'avaient rien donné et, tant qu'on ne retrouvait pas leur fille, les Rodgers continuaient à espérer. Tous les soirs, Lottie allumait une bougie qu'elle posait sur le rebord de la fenêtre du salon. Elle voulait croire

1. Les agissements de la pègre, à l'époque de la Prohibition dans les années 1920 et 1930, ont longtemps valu à Chicago la réputation de « capitale du crime ».

que la lumière guiderait son bébé sur le chemin du retour. Au bout de cinq nuits, c'est toute la rue qui était illuminée.

Au cours d'une battue, l'un de ses voisins avait parlé à Ellis de Bud Larkin, un ancien policier reconverti en détective privé depuis un ou deux ans. À ce qu'on lui avait dit, il était bizarre mais pas cher pour un Blanc. De toute façon, il ne serait pas moins efficace que ces « salopards de flics ». Ce jeudi matin, en sortant du poste de police, Ellis et Lottie, désemparés, avaient donc décidé d'aller demander de l'aide à ce Bud Larkin. Après avoir fondé tous leurs espoirs sur la police, puis sur les battues, puis sur des bougies, pourquoi ne pas s'en remettre à un détective blanc ? Dans leurs habits du dimanche, ils s'étaient rendus à pied jusqu'à un petit immeuble défraîchi en briques rouges. Ils avaient monté les cinq marches, étaient entrés dans le bâtiment, avaient fait quelques pas dans le couloir sombre et étaient tombés sur une seconde porte entrouverte sur laquelle était écrit « Bud Larkin – Private Investigator[1] ».

Les Rodgers se trouvaient maintenant sur le seuil du bureau et, même si les rideaux étaient tirés et que l'appartement était plongé dans la pénombre, le spectacle qu'ils entrevoyaient était effrayant. On aurait dit qu'une bombe avait explosé à l'intérieur. Le désordre était tel qu'ils ne remarquèrent pas tout de suite Bud affalé sur son bureau, qui trônait pourtant au milieu de la pièce. Ils hésitèrent à entrer, de peur de déranger mais aussi de salir leurs chaussures. Ils chuchotèrent une minute et réveillèrent un vieux chien noir à l'air résigné et un petit chat blanc qu'ils n'avaient pas non plus remarqués au milieu du

1. « Détective privé. »

capharnaüm. Ellis se décida à frapper à la porte, qui s'ouvrit un peu plus en grinçant. Le détective releva la tête, son Stetson de travers. Ses traits étaient creusés, si bien qu'à quarante ans il en paraissait facilement dix de plus. Il considéra le couple un instant, hagard, comme s'il n'en croyait pas ses yeux de voir des Noirs chez lui. Comme si aucun Noir n'était jamais entré dans son bureau. Ce qui était le cas, d'ailleurs.

« Ouais ?

– Bonjour, m'sieur. Vous êtes Bud Larkin ?

– Ça dépend pour qui.

– Je m'appelle Ellis Rodgers et voilà ma femme, Lottie... »

Ellis s'avança un peu et prit son épouse par le bras pour l'attirer à sa hauteur.

« On vient vous voir... »

Le détective l'interrompit :

« Je crois que vous vous êtes trompés de crémerie. »

Mais Ellis reprit :

« On vient vous voir parce que notre fille, Dee Dee, a disparu jeudi dernier. »

Bud sembla réfléchir un instant.

« Jeudi, hein ?

– Oui.

– Et on est... ?

– Jeudi. »

Il réfléchit à nouveau. Il n'avait pas les moyens de faire la fine bouche.

« Vous avez de quoi payer ?

– Oui. Enfin... »

Lottie interrompit son mari :

« On a de quoi payer.

– Bon, tant mieux, parce que je me méfie avec les… »

Il n'avait pas fini sa phrase mais les Rodgers l'avaient complétée, chacun de son côté : *avec les nègres.* Le détective se leva, dépliant sa longue carcasse, et les soupçons d'Ellis et Lottie se confirmèrent : il était ivre. Il tituba jusqu'à l'une des deux fenêtres et ouvrit les lourds rideaux verts. Il comprit alors que ses clients ne l'avaient pas du tout cueilli à l'aube comme il le pensait. À onze heures du matin, il faisait plein jour. Aveuglé, il se pressa de refermer les rideaux. Il s'avança jusqu'aux deux chaises qui faisaient face à son bureau et les inclina sur le côté pour faire tomber journaux, papiers, cartes, photos et même une assiette sale qui se brisa sur le sol.

« Asseyez-vous. »

Les Rodgers s'approchèrent, déconcertés. Ils évitèrent les obstacles, contrairement à Bud, qui trébucha sur un carton avant de renverser quelques bouteilles vides oubliées par terre. Lorsqu'il réussit enfin à regagner son fauteuil, il débarrassa son bureau en balayant d'un revers de la main tout ce qui s'y trouvait. Le chien et le chat sursautèrent, imités par Ellis et Lottie. Bud se rassit et prit sa tête entre ses mains. S'ensuivit un silence que le couple n'osa pas rompre. Chacun était assis sur le bord de sa chaise, droit comme un i. Lottie triturait la lanière de son sac à main tandis que la jambe droite d'Ellis ne tenait pas en place. Au bout de quelques secondes, les deux échangèrent un regard interrogateur. Au premier ronflement du détective, ils comprirent qu'il s'était rendormi. Ils se levèrent sans bruit et partirent sans demander leur reste. Bud finit sa nuit aux alentours de seize heures.

*

La voisine d'Adela, Mabel, se sentait mieux aujourd'hui et gardait Sid. Aussi Adela était-elle pleinement concentrée sur les vitraux qu'elle nettoyait. Pas les siens, bien sûr : ceux de l'élégant salon victorien de Gloria Landaker, sa patronne du lundi et du jeudi. La septuagénaire la fit sursauter lorsqu'elle entra, en chemise de nuit.

« Adela ! Vous êtes bien matinale, dites-moi !

– 'jour, Miss Gloria. Il va être cinq heures de l'après-midi, vous savez.

– Quoi ?! Ça veut dire que j'ai dormi toute la journée ? Aaaah, mais alors c'est pour ça qu'il a fait nuit toute la journée d'hier ! J'ai dû me lever en pleine nuit.

– Je vois que ça, Miss Gloria.

– Je savais bien qu'ils n'avaient pas prévu d'éclipse. Je ne suis quand même pas folle.

– Sûrement pas, Miss Gloria. »

Gloria était la seule Blanche adulte qu'elle avait jamais appelée par son prénom. Précédé d'un « Miss », bien entendu. Elle n'aimait pas trop ça au début mais sa patronne avait tellement insisté ! À l'époque, elle s'était dit qu'elle ne l'apprécierait pas davantage pour autant, mais force était de reconnaître que, deux ans plus tard, elle éprouvait pour elle une sorte d'affection.

Gloria adorait papoter pendant que sa femme de ménage vaquait à ses occupations. Ce qui n'était pas pour déplaire à Adela, qui en sa compagnie ne voyait pas les heures s'écouler.

« Mince, vous allez bientôt partir, déplora Gloria. Et je n'aurai pas profité de vous… »

Dans ce qui ressembla à un élan désespéré pour rattraper le temps perdu, la vieille dame souleva le gros chat roux qui passait par là et l'emmena devant le piano demi-queue.

« Qu'est-ce que tu vas nous interpréter aujourd'hui, Atticus ? »

Elle pencha l'animal au-dessus des touches et attendit. Mais au lieu de jouer, il se raidit.

« Il n'a pas envie. »

Elle lui rendit sa liberté, qu'il reprit en détalant à fond de train. Puis elle s'assit au piano et se lança elle-même dans une joyeuse interprétation du thème principal de la *Danse macabre*[1]. Adela, qui en avait fini avec les vitraux, s'approcha et commença à passer le chiffon sur l'instrument. Elle prenait soin de bien remettre à sa place chacun des nombreux cadres qu'elle soulevait.

« J'étais belle, n'est-ce pas ? »

Gloria arrêta de jouer. Elle regardait la photo que sa femme de ménage avait à la main. Adela, qui n'y avait pas prêté attention, regarda le portrait à son tour, celui d'une jolie jeune femme souriante.

« Oh, ça oui ! »

La septuagénaire assise devant elle n'avait plus grand-chose à voir avec la jeune femme sur la photo, mais, lorsqu'on s'y

1. Camille Saint-Saëns, 1874.

attardait, on retrouvait la même lueur de malice dans ses yeux bleus. Adela reposa le cadre et en prit un autre.

« Un producteur de cinéma m'avait sollicitée, figurez-vous, confia Gloria. À l'époque, il suffisait d'être jolie pour être actrice, puisque les films étaient muets. Enfin, je n'ai jamais donné suite. Il faut dire que ce n'était pas très bien vu. En tout cas, j'en ai fait tourner des têtes ! Un jour, l'un de mes prétendants en a provoqué un autre en duel. Au revolver, sur une colline, le lendemain midi. C'est beau, non ?

– Très beau, Miss Gloria. Et alors ?

– Hmm ?

– Qu'est-ce qui s'est passé ? Qui a gagné ?

– Le lendemain, ils se sont déballonnés tous les deux ! J'étais toute seule sur la colline ! »

Elles rirent de bon cœur.

« Sissy est sortie faire des courses. Je vous prépare votre petit déjeuner, Miss Gloria ? »

Sissy était la cuisinière de la vieille dame, qui ne mangeait pas beaucoup mais appréciait la compagnie.

« Vous seriez gentille. »

Elle suivit Adela dans la cuisine. Là, elle s'assit et la regarda préparer son petit déjeuner de dix-sept heures. Soudain, le plus naturellement du monde, elle proposa :

« Vous voulez prendre un café avec moi ? »

Adela rit nerveusement. Sa patronne en avait eu des idées saugrenues, mais prendre son café avec sa femme de ménage noire, où était-elle allée chercher ça ?! Puis, lorsque son employeuse se leva, Adela comprit qu'elle était sérieuse et ne rit plus du tout.

« Non. Enfin ! Miss Gloria ! »

Cette dernière prit une tasse dans le vaisselier. Adela, choquée à l'idée de s'asseoir à la table d'une Blanche, recula.

« Allez, asseyez-vous, insista sa patronne.

– Non ! Je peux pas. Ça se fait pas. Oh, si on nous voyait !

– Qui pourrait nous voir ? »

Adela, abasourdie, n'écoutait plus.

« C'est pas possible… ! On peut pas ! »

Gloria parut aussi étonnée que déçue. Elle rangea la tasse dans le vaisselier et se rassit. Adela lui servit son café avant de prendre congé. Elle se dit que, décidément, la vieille dame perdait la boule.

*

Dans la soirée, Bud se rendit au Grady's Bar. L'établissement, situé à deux rues de son bureau, en était quasiment devenu une annexe. Lorsque le détective privé entra dans le bar enfumé, son éternel Stetson vissé sur la tête, Nelson, un client et ancien collègue, l'apostropha :

« Alors, cow-boy, t'as laissé ton cheval devant le saloon ? »

Ce à quoi il répondit par un doigt d'honneur. Une rumeur parcourut la salle et Nelson fit mine de vouloir se lever. Il fut soulagé qu'une âme charitable l'en empêche tandis qu'un type plus courageux, et plus costaud il faut dire, se leva pour de bon, lui. Il devait bien faire une tête de plus que Bud.

« Bud ! Ma sœur cherche un boulot de secrétaire. Il t'en faut pas une, par hasard ? »

Dwight riait de sa propre blague, comme tous les autres qui savaient bien que les affaires du détective ne marchaient pas fort.

« Ça dépend. Elle suce, ta sœur ? »

La salle se figea. On aurait pu entendre une mouche péter, comme disait Bud. Même Elvis Presley avait arrêté de chanter à la radio. Bud fixait le grand costaud, qui se rassit, à la surprise générale, sur les premières notes de « The End of the World » de Skeeter Davis. Bud n'était pas mécontent de son effet. La serveuse, Lorraine, lui adressa un sourire qu'il lui rendit en s'asseyant au comptoir. Il se retourna sur son passage alors qu'elle allait servir une table. Qu'est-ce qu'elle était mignonne ! Elle attachait toujours ses cheveux blonds en queue-de-cheval, à la va-vite, et portait des pantalons trop larges et des chemises d'homme, dont elle relevait les manches jusqu'aux coudes. Mais elle ne trompait personne, et surtout pas Bud. Elle lui aurait presque fait oublier sa devise, qui avait toujours été : « On naît seul, on meurt seul. » Il la tenait de son paternel, qui ne lui avait pas appris grand-chose d'autre. « On naît seul, on meurt seul », autrement dit : « Démerde-toi, tu peux compter sur personne. » Avec une philosophie pareille, il n'avait pas été plus surpris que ça quand ses anciens collègues, qui le mettaient en boîte aujourd'hui, lui avaient tourné le dos après son renvoi de la police deux ans plus tôt. Ce qui l'avait touché, en revanche, c'était que deux d'entre eux continuent à lui parler en dépit de ce qu'on nommait pudiquement « l'Affaire ».

Walt et Edwin, ces deux alliés indéfectibles, entrèrent. On pouvait difficilement faire plus différents que ces deux-là. Le premier était aussi grand et séduisant que le second était petit et quelconque. Ils adressèrent des signes de la main aux autres et, sans se soucier des éventuelles critiques, s'assirent au comptoir aux côtés de Bud. Walt était son préféré. C'était un jeune homme discret et toujours d'humeur égale qui, à vingt-huit ans, faisait preuve d'une belle force de caractère en s'affichant publiquement avec un paria. Bud ne regrettait pas de l'avoir pris sous son aile huit ans plus tôt, lorsque le petit Walter avait fait ses premiers pas dans la police. Ils avaient rapidement sympathisé, et l'aîné, qui avait tout de suite décelé chez la nouvelle recrue un enquêteur né, était devenu son mentor. Edwin, quant à lui, avait surtout pour qualité d'être toujours là après « l'Affaire ». Bud ne savait pas s'il ne se contentait pas de suivre Walt, son équipier, mais il évitait de se poser la question. Edwin manquait de finesse, aussi bien physiquement qu'intellectuellement, mais, à cinquante ans, il ne changerait plus, et il fallait le prendre comme il était.

« Qu'est-ce qui se passe ici ? Y a un mort ? »

Bud, qui n'avait pas envie de répondre, suivit son instinct. Edwin, toujours plus préoccupé par ses questions que par les réponses, n'en vint que plus vite au sujet qui l'intéressait :

« Tes affaires marchent si mal que ça ? Il paraît qu'on a vu des négros sortir de chez toi ? »

Bud avait effectivement un vague souvenir d'avoir parlé à des Noirs, mais de quoi ? Aucune idée. Walt enchaîna :

« C'est pour la gamine qu'a disparu ? Ils sont passés au poste ce matin. »

Bud ne voyait pas de quoi il retournait. À entendre ses anciens collègues éclater de rire à quelques tables de là, on ne pouvait pas imaginer qu'une enfant avait disparu.

« Tu devrais pas t'en mêler, lui conseilla Edwin. C'est des histoires de nègres. »

Walt se fit plus diplomate :

« C'est bien. Ça reste du travail, Bud. »

Edwin enfonça le clou. Ça l'inspirait, ces « histoires de Noirs ».

« J'en ai une bonne sur les nègres. C'est des parents qui trouvent une machine à blanchir. Alors vous pensez bien qu'ils veulent l'essayer tout de suite ! Le père rentre dedans, et putain, il ressort tout blanc ! Après, c'est au tour de la mère. Pareil, elle ressort toute blanche ! Après, c'est au tour du gamin mais il veut pas. Ils ont beau insister, le gosse veut pas et court se planquer. Les parents le cherchent dans toute la baraque et, au bout d'un moment, le père se tourne vers sa bonne femme et il lui dit : “Bon Dieu, ça fait pas dix minutes qu'on est blancs et on est déjà emmerdés par un nègre !” »

Walt rit poliment, mais pas autant que Bud, qui la trouva excellente et s'esclaffa, quoique pas autant qu'Edwin, qui n'en pouvait plus.

Lorraine regagna le comptoir.

« Edwin. Walt.

– Bonsoir, Lorraine, dit Walt.

– Mets-nous trois bières, fit Edwin.

– Pardon ?

– Trois bières.

– Pardon ? !

– “S'il te plaît”, chuchota Walt à l'intention d'Edwin.

– S'il te plaît », ajouta Edwin.

Après quoi elle les servit. Ce qui inspira une nouvelle blague à Edwin, décidément très en verve :

« Lorraine, tu connais la différence entre Bud et un chameau ? »

Fidèle à lui-même, il n'attendit pas la réponse :

« Le chameau peut travailler quatre jours sans boire, et Bud peut boire quatre jours sans travailler ! »

Et il explosa de rire.

Cette fois, Bud ne rit pas.

On naît seul, on meurt seul.

Vendredi 16 août 1963

Quelle chaleur ! Il n'était même pas dix heures qu'Adela transpirait déjà à grosses gouttes, qu'elle ne cessait d'essuyer avec un mouchoir. Cela faisait une demi-heure qu'elle s'agitait au-dessus du fer à repasser, et son mouchoir était plus humide que sa pattemouille, si bien que pour un peu elle se serait trompée. Dans ces moments-là, elle se demandait si Dorothy Hayes, sa patronne du mardi et du vendredi, était vraiment obligée de se changer trois fois par jour. Son mari, qui sortait travailler à la banque, ne se changeait pas autant. Leurs deux enfants non plus.

Dorothy entra, fraîche comme une rose. C'était une belle femme de trente-cinq ans, brune aux yeux verts, qui aurait gagné à apprendre à se maquiller.

« Tout va bien, Adela ? »

Non, m'ame. Je vais mourir avec vos conneries de vous changer trois fois par jour alors que vous sortez pas de chez vous. Ça, c'est ce qu'aurait voulu répondre Adela. Mais elle se contenta d'un :

« Oui, m'ame. »

Comme il se devait.

« Tant mieux, tant mieux », répondit à son tour Dorothy.

Elle sourit et resta là à regarder sa bonne repasser la robe mauve qu'elle avait portée en tout et pour tout deux heures le mardi précédent.

« Vous vouliez me dire quelque chose ? s'enquit Adela.

– Non, fit Dorothy. Non non, rien du tout. »

Elle semblait dépitée. Adela continuait à repasser. Elle transpirait encore plus maintenant que sa patronne l'observait. Heureusement, cela n'arrivait pas souvent. Il faut croire que ce spectacle ne l'intéressait pas beaucoup d'habitude. Mais alors pourquoi aujourd'hui ?

« Vous n'avez rien remarqué ? »

C'était donc ça. Il y avait quelque chose à remarquer. Adela la détailla des pieds à la tête. Sa robe n'était pas neuve, elle l'avait déjà repassée. Ses bijoux non plus, qu'elle connaissait pour les avoir déjà rangés, de même que ses chaussures qu'elle avait déjà cirées. Dorothy finit par l'aiguiller très fortement en désignant la mouche qu'elle avait dessinée au-dessus de sa bouche.

« Ça !

– Ah oui. Je me disais… »

Alors voilà à quoi elle s'occupait depuis une heure qu'elle s'était enfermée dans la salle de bains.

« Je trouve que ça me va bien. »

Dorothy était du genre à s'envoyer des fleurs. Littéralement. Elle s'en faisait livrer un lundi sur deux. On n'est jamais mieux servi que par soi-même.

« Oui, c'est vrai que ça vous va bien.

– Évidemment, sur vous, on ne la verrait pas », plaisanta Dorothy.

Adela sourit.

« Non, c'est sûr.

– Vous vous maquillez quand même ? »

Le « quand même » fit tiquer Adela mais elle n'en montra rien.

« Oui, je mets du rouge à lèvres, du fard à paupières et un peu de rose sur mes joues.

– Ah ? On ne peut pas dire que ce soit flagrant. »

C'est sûr, c'est plus discret qu'un rouge à lèvres vif sur un visage blafard. Adela garda sa réflexion pour elle.

« C'est parce que j'en mets peu.

– Oui, enfin bon, c'est surtout parce que vous êtes… »

La phrase resta en suspens. Adela devinait la suite, mais elle voulait l'entendre.

« Oui ?

– Enfin… Parce que vous êtes…

– Quoi ?

– Enfin, vous n'êtes pas idiote, vous savez bien que vous êtes… »

Après moult hésitations, Dorothy opta pour un timide :

« … mate. »

C'était bien la première fois qu'Adela entendait quelqu'un dire qu'elle était *mate*.

« Noire, vous voulez dire. C'est pas un gros mot, vous savez.

– Non, je sais. Par contre, "nègre", je crois que vous n'aimez pas trop. »

Adela secoua la tête en grimaçant. Dorothy poursuivit sur sa lancée :

« Pourtant, *nigger*[1], ça vient du latin *niger*, qui veut dire “noir”. Ça ne peut pas être une insulte puisque c'est du latin ! D'ailleurs, je me demandais : vous préférez qu'on dise de vous que vous êtes une femme noire ou que vous êtes une femme de couleur ?

– Je préfère qu'on dise que je suis une femme bien.

– Ah... Oui. »

Dorothy sourit. Adela sauta sur l'occasion pour solliciter auprès de son employeuse une lettre de recommandation. Miss Gloria lui en aurait certainement rédigé une sans discuter mais la lettre d'une vieille dame fantasque aurait moins de valeur. Entre deux soupirs, Dorothy rechigna :

« Je n'aime pas faire ce genre de choses. Imaginons que quelqu'un vous engage sur mes recommandations et que vous le voliez...

– Je suis pas une voleuse, m'ame.

– Oui, bon, vous me dites ça... C'est ce que disent toutes les... »

Elle hésita.

« Toutes les... »

Négresses ? Noires ? Femmes de couleur ? Adela attendait la suite.

« Voleuses ? suggéra-t-elle.

– Voilà. Oui, toutes les voleuses. C'est ce que je voulais dire.

---

1. « Nègre » en anglais.

– S'il vous plaît, j'ai besoin de trouver une place pour le mercredi et le samedi. Il faut que je travaille tous les jours. Depuis que mon mari est plus là…

– Ah bon ? Où il est ?

– Il est mort.

– Mort ? Mais quand ?

– Y a trois ans.

– Ah oui… Ça me dit quelque chose, maintenant que vous le dites. Alors vous êtes seule avec votre enfant…

– *Mes* enfants. J'en ai trois.

– Bien sûr. En même temps, quelque part, est-ce qu'il ne vaut pas mieux ça qu'un mari qui vous frappe ?

– Mr. Hayes vous frappe ?

– Pardon ?! Bien sûr que non !

– Excusez-moi, m'ame. J'ai cru que…

– Vous avez mal cru ! N'en parlons plus.

– Mon père battait ma mère, vous savez. »

Il lui fallait sa lettre de recommandation.

« Mon Dieu… Devant vous ?

– Oui.

– Mon Dieu…

– Et un jour qu'on est rentrés de l'école avec mon frère, le père nous a dit de sortir maman de la bassine en bois qui nous servait de baignoire. On l'a tirée de là comme on a pu. Moi, j'avais huit ans et mon frère dix. Et c'est quand la tête de ma mère s'est renversée en arrière que j'ai compris qu'elle était morte.

– Seigneur…

– Elle s'est tuée. Enfin, c'est ce qu'on nous a dit. Elle avait trente-trois ans. J'en ai trente-quatre. Je suis plus vieille qu'elle aujourd'hui.

– Au moins, votre père a arrêté de la battre. »

Adela baissa la tête.

« Oui, c'est à ça qu'on pensait avec mon frère quand il nous battait. »

Dorothy resta sans voix.

« Vous voudrez bien me faire ma lettre ?

– Votre lettre ?

– Ma lettre de recommandation.

– Ah oui. Euh… »

Elle réfléchit un instant qui sembla durer une éternité, et, de mauvaise grâce, lâcha un :

« D'accord. »

Et elle disparut une heure.

Lorsqu'elle vint trouver Adela dans la cuisine, elle s'était changée, mais surtout elle avait une enveloppe à la main. Fermée.

« Voilà.

– Merci, m'ame. Ça va bien m'aider.

– Je sais. »

Adela se demanda si c'était péché de tirer sur la corde sensible pour arriver à ses fins. Au moins, heureusement, ou malheureusement, elle n'avait pas eu à mentir.

*

Adela marchait en s'interrogeant : qu'avait donc bien pu écrire Dorothy Hayes à son sujet ? Elle aurait donné cher pour la lire, cette lettre. Le problème, ce n'était pas tant l'enveloppe : à la limite, elle pouvait l'ouvrir et en changer. Non, le problème, c'est qu'elle ne savait pas lire. D'ailleurs, c'est Bernice qui, la veille, lui avait trouvé, rapporté et lu la petite annonce pour le poste qu'elle convoitait aujourd'hui. En l'arrachant du panneau, dans l'épicerie où elle était affichée, la jeune fille s'était même assurée que la concurrence ne serait pas trop rude.

Adela cherchait l'adresse, l'annonce à la main, comme si elle pouvait la lire. Elle s'enfonça dans la 18th Street North, une rue dans laquelle elle n'avait encore jamais mis les pieds.

« M'ame ! »

Un Blanc était assis sur les marches d'un immeuble en briques rouges à quelques mètres d'elle, occupé à nettoyer un revolver. Il regardait dans sa direction.

« M'ame ! » fit-il à nouveau.

Elle ne rêvait pas, c'est bien elle qu'il regardait ! Décidément… Hier, Miss Gloria qui lui proposait de partager un café, aujourd'hui un Blanc qui l'appelait « M'ame »… C'est alors qu'un chien noir la frôla et la fit sursauter. Elle s'écarta. Elle avait toujours eu peur de ces bêtes-là.

« Vous en faites pas, elle a déjà eu son compte de nègres pour aujourd'hui ! »

Adela n'osait pas bouger. L'animal restait là, à la fixer.

« M'ame, viens ici ! »

C'était donc le chien, « M'ame » ! Adela comprenait mieux.

« Bon Dieu, M'ame ! » explosa Bud.

La vieille bâtarde rappliqua en trottinant. Le Blanc se leva, glissa son arme dans sa ceinture et s'éloigna, la chienne sur ses talons. Adela compara les chiffres sur l'annonce et ceux de la plaque qui se trouvait au-dessus de la porte de l'immeuble : c'étaient les mêmes. Elle posa un pied sur la première marche et hésita un instant. Puis elle se décida à monter. Elle poussa la porte d'entrée et avança timidement dans le couloir jusqu'à une seconde porte entrouverte, celle du bureau de Bud. Elle frappa tout doucement en regardant à l'intérieur et fut horrifiée de découvrir une pièce plus encombrée et sale que dans ses pires cauchemars de femme de ménage.

« Seigneur Jésus... »

Elle ouvrit la porte en grand et put encore mieux juger de l'étendue du désastre. Elle fit quelques pas, dont un dans une assiette de haricots à la sauce tomate qui traînait par terre et se renversa sur le sol. Goliath, le petit chat blanc de Bud, sursauta et fila hors de l'appartement. Adela posa son sac sur l'une des piles de journaux et clopina jusqu'à l'évier de la cuisine attenante au bureau, en faisant attention à ne pas poser à terre la pointe de son pied à la sauce tomate. Elle trouva une vieille éponge et nettoya sa chaussure, après quoi elle regagna le bureau, armée de l'éponge et d'un torchon. Elle enleva les haricots qu'elle mit dans une feuille de papier journal et nettoya le plancher qu'elle prit soin de bien essuyer. Mais voilà que le sol paraissait encore plus sale maintenant qu'elle en avait lavé une petite partie. Elle commença à étendre le périmètre de nettoyage, déplaçant au besoin une lampe, un carton, le coussin du chat.

Alors qu'elle était à quatre pattes en train de frotter, elle se retourna et se retrouva nez à nez avec M'ame, qui était rentrée sans un bruit et tenait visiblement à l'aider. Adela poussa un cri. Elle se leva lentement et alla à la porte pour essayer de faire sortir la chienne.

« Viens. »

M'ame la regardait sans bouger.

« Allez. Viens par là. »

Puis elle tenta :

« Viens par là… M'ame. »

Elle se sentit ridicule d'appeler un chien « M'ame » mais, de toute évidence, celui-ci connaissait son nom. M'ame s'approcha d'Adela, qui agita un balai pour la pousser vers la sortie avant de refermer la porte derrière elle.

Elle se décida à ouvrir les rideaux et reprit là où elle en était. Elle s'était emparée d'une machine à écrire qui se trouvait sur son passage lorsqu'elle entendit :

« Repose ça tout de suite, Blanche-Neige, ou je te fais un deuxième trou de balle ! »

Elle se figea. Elle reposa la machine et pivota lentement sur elle-même, pour s'apercevoir que Bud la braquait avec son arme. Elle leva les mains en l'air.

« T'as pas choisi le bon pigeon. Il sera pas dit qu'une négresse a dévalisé Bud Larkin.

– Non, je… Je suis venue pour l'annonce…

– Quelle annonce ?

– Pour le ménage.

– Hein ?!

– Je peux vous montrer. J'ai la feuille. Je peux ? »

Il acquiesça et, tout doucement, elle sortit le papier de sa poche. Elle le lui tendit du bout des doigts. Il s'approcha pour le lire, sans le prendre.

« Les connards… »

Ça ne pouvait être qu'un coup de ses anciens collègues.

Il rangea son Smith & Wesson dans sa ceinture tandis qu'elle remettait le papier dans sa poche.

« C'est pas vous qui avez mis cette annonce ?

– Qu'est-ce que vous voulez que je foute d'une femme de ménage ? »

Adela balaya du regard le désordre autour d'elle, comme pour l'inviter à en faire autant.

« Je sais même pas pourquoi je discute, moi ! Allez hop, par ici la sortie… »

Il lui saisit le bras et l'entraîna jusqu'à la porte.

« Mon sac… »

Elle montra du doigt son sac à main à l'autre bout de la pièce. Il soupira et alla le chercher. Soudain, il fit un bond.

« Bordel de merde ! »

Il regarda sous sa semelle : il avait marché dans une crotte de M'ame. Adela se mordit les lèvres pour ne pas rire. Bud parvint jusqu'à elle en sautillant sur une jambe et lui tendit son sac à main, puis se ravisa.

« En fait, ce serait peut-être pas plus mal que vous finissiez le ménage.

– Ah. Euh… D'accord. Je prends un dollar de l'heure. »

En réalité, elle prenait quatre-vingt-quinze cents d'habitude. Mais, pour lui, elle ferait une exception.

« Et il vous faudra combien d'heures ?

– Ça, je sais pas. Votre chambre est dans le même état que le reste ?

– À peu près. »

Adela réfléchit.

« Je viendrai les mercredis. »

Elle préféra ne pas parler du samedi. Elle n'avait aucune envie de venir là deux fois par semaine.

« Vous pouvez pas faire ça maintenant ?

– Je peux commencer mais j'en ai pour des jours. »

Il semblait peser le pour et le contre.

« Et si vous faites que le plus gros ?

– Ah non, ça, je fais pas. Autant jeter un mouchoir sur un incendie. Surtout que, là, on en est plus vraiment au départ de feu. Là, c'est toute la forêt qui brûle !... »

Il hésita avant de se décider :

« Bon... OK. Va pour le mercredi. Mais l'après-midi, hein. Le matin, je travaille.

– D'accord. »

C'était déjà ça de pris, en attendant mieux.

Il lui rendit enfin son sac, qu'elle posa sur une caisse.

« Je reprends alors ?

– Ouais. »

Et elle reprit là où elle s'était arrêtée tandis qu'il nettoyait sa chaussure avec un chiffon.

« Et me volez rien, hein.

– J'ai jamais rien volé. »

Lui ne pouvait pas en dire autant et n'en était que plus méfiant. Quand il en eut fini avec sa chaussure, il s'assit à son bureau, face à Adela. Elle s'arrêta.

« Vous allez rester là à me regarder ? »

Bud fit mine de lire un vieux journal, mais il l'avait à l'œil.

Elle travaillait depuis un moment, et l'horloge affichait toujours dix-sept heures trente. Prise d'un doute, elle regarda sa montre : dix-huit heures dix.

« Je crois que votre horloge s'est arrêtée.

– Ouais.

– Y a un peu plus d'une demi-heure, précisa-t-elle.

– Non, y a un peu plus de deux ans. »

Elle se demanda s'il plaisantait mais il n'en avait pas l'air. En dépit de son retard, elle décida de finir de ranger sous le bureau avant de partir. Elle y trouva une bouteille remplie d'un liquide douteux. Elle la porta à son nez et la reposa, épouvantée.

« J'ai tellement de travail que j'ai pas toujours le temps d'aller pisser », expliqua Bud qui était venu voir ce qu'elle trafiquait.

Elle se releva.

« J'y vais. Ça fait un dollar. »

Pressée de partir, elle lui fit cadeau des dix minutes. Bud la régla sans sourciller.

« Bon, à mercredi. »

Elle fit oui de la tête tout en se promettant de ne jamais revenir.

*

Au Grady's, Walt et Edwin jouaient aux cartes avec leurs collègues en finissant leur première bière. La porte s'ouvrit violemment et Bud déboula, visiblement énervé. Il prit tout de même le temps de saluer Lorraine, et fonça à la table des policiers.

« Ça vous amuse, bande de connards ?

– Salut, Bud, fit Edwin comme si de rien n'était.

– Qu'est-ce que t'as ? demanda Nelson.

– Ce que j'ai ? J'ai que vous m'avez envoyé une négresse. Ah, vous avez dû bien vous marrer ! Vous pensiez m'emmerder ! Eh ben vous l'avez dans le cul parce que je l'ai embauchée !

– De quoi tu parles ? l'interrogea Nelson avant de se tourner vers les autres. Vous y comprenez quelque chose, vous ? Dwight ? »

Dwight, le colosse qui ne proposerait plus jamais à Bud d'engager sa sœur, secoua la tête. Les autres n'avaient pas l'air plus au courant. Bud, pris d'un doute, alla trouver Lorraine qui débarrassait une table. Avec elle, il se fit beaucoup plus doux.

« Dis, c'est toi qui as mis une annonce pour me dégoter une femme de ménage ?

– Quoi ? Non. Bien sûr que non. Pourquoi j'aurais fait ça ? Et je t'en aurais parlé avant.

– Bien sûr… »

Il commanda une bière et alla passer ses nerfs sur la cible de fléchettes. Qu'il rata une première fois. Une deuxième. Puis une troisième. Et encore une quatrième. Il grogna, sortit son arme, et la cinquième tentative fut la bonne. La déflagration fit sursauter tout le monde et imposa un silence de mort. Nelson allait se lever mais Walt le retint. Tous guettaient la réaction de Lorraine, qui demeurait impassible. Elle en avait viré pour moins que ça. Elle marcha jusqu'à la cible d'un pas décidé, regarda l'impact, et repartit vers le comptoir en lâchant un simple :

« Tu me dois une cible, Bud. »

La tension retomba et le brouhaha reprit doucement. Bud alla s'asseoir au comptoir.

« Excuse-moi.

– Tu me refais un coup pareil, et c'est pas dans la cible que je ferai un trou. »

Devant son air perplexe, elle se sentit obligée de préciser :

« C'est dans ton Stetson ! »

Bud était rassuré. Elle aurait pu choisir un endroit plus douloureux...

Elle reprit la bière qu'elle lui avait servie avant qu'il ne tire. Faute d'alcool, il entama son troisième paquet de cigarettes de la journée. Walt et Edwin le rejoignirent, leur verre à la main.

« C'était soit la cible, soit Nelson. Comment vous pouvez traîner avec ces connards ? Je sais que c'est eux qui ont mis cette putain d'annonce.

– Écoute... fit Edwin, beaucoup moins rigolard qu'à l'accoutumée. C'était juste une petite blague.

– Quoi ?! fit Bud en se tournant vers ses amis.

– Moi, je me suis dit que ça pourrait t'aider, se défendit Walt.

– C'était pas méchant », ajouta Edwin.

Bud n'en croyait pas ses oreilles. Il ouvrit la bouche, mais seulement pour siffler la bière d'Edwin, d'un long trait, comme pour se laisser le temps de la réflexion. Ses deux amis échangèrent un regard, inquiets. Il finit par trancher, en reposant le verre :

« Si c'était vous, c'était peut-être drôle en fin de compte. »

*

Dans le bus qui la ramenait chez elle, Adela repensa à la lettre de recommandation qu'elle avait oublié de remettre à Bud. Après bien des hésitations, trop curieuse de savoir ce que Dorothy Hayes avait écrit à son sujet, elle finit par déchirer l'enveloppe. Elle passa le reste du trajet à fixer le papier, comme pour tenter de lire entre ces lignes qu'elle ne savait pas déchiffrer.

Lorsqu'elle descendit du bus, elle n'y tenait plus, si bien que les deux rues qui la séparaient encore de sa maison lui semblèrent interminables. Elle courait presque lorsqu'elle arriva chez elle.

« Bernice, lave-toi les mains, je voudrais que tu lises quelque chose, dit-elle en posant la lettre à l'envers sur la table.

– Qu'est-ce que c'est ? demanda sa fille.

– C'est une lettre de recommandation de Mrs. Hayes.

– T'es allée voir, pour l'annonce ?

– Oui. C'était une porcherie. Et le type, soi-disant un détective… Agressif, grossier, sale. Et arrogant. Et fainéant.

– Un Blanc, quoi. Et physiquement, il ressemblait à quoi ?

– Je sais pas, enfin… à un Blanc. Ils se ressemblent tous.

– Et il t'a engagée ?

– Évidemment ! Mais j'y retournerai pas. Ah non alors ! T'aurais vu ça… ! »

Les mains propres, Bernice s'apprêtait à prendre la lettre quand Adela l'en empêcha :

« Non, attends. »

Elle se lava les mains à son tour avant de s'asseoir. Les petits, qui ne savaient pas ce qu'était une lettre de recommandation, ne semblaient pas mesurer son importance et jouaient bruyamment.

« Chut, les garçons ! fit Adela. On va savoir ce que Mrs. Hayes pense de maman. »

Lazarus se redressa dans son fauteuil. Adela ne l'avait même pas remarqué. Elle espérait que la lettre ne serait que louanges car il ne retiendrait que le bémol, si bémol il y avait.

« Madame, Monsieur… »

Tout le monde écoutait maintenant Bernice.

« … mon employée Adela, dont le nom de famille m'échappe, me demande de rédiger une lettre pour la recommander à un autre employeur, ce que ma bonté naturelle m'empêche de refuser. La connaissant depuis quelques années, je vous dirais que c'est une femme travailleuse, ponctuelle et polie. »

Pas peu fière, Adela releva la tête et sourit à ses enfants. Bernice continuait :

« Elle est un peu… »

Elle s'interrompit. Gênée, elle se racla la gorge avant de reprendre :

« Elle est un peu limitée et manque de conversation, mais ce n'est pas ce qu'on attend d'elle, vous en conviendrez. Je la crois volontiers menteuse, comme toutes les femmes de couleur que j'ai employées avant elle, mais plutôt moins que la moyenne. En revanche, je ne pense pas qu'elle m'ait jamais volé quoi que ce soit, même s'il ne faut jurer de rien avec ces gens, bien entendu. »

Les garçons osaient à peine regarder leur mère, qui baissa les yeux.

« Lorsqu'il fait très chaud, comme en ce moment, elle transpire beaucoup, et je dois avouer que son front mouillé et son odeur me soulèvent le cœur… »

Bernice s'arrêta là, poursuivant la lecture dans sa tête. Lazarus se leva de son fauteuil et lui prit la lettre des mains.

« Qu'est-ce que tu fais ? l'interrogea l'adolescente.

– Je vais chier.

– Pourquoi tu prends la lettre ? voulut savoir Adela.

– Pour me torcher le cul avec. »

Bizarrement, c'était la chose la plus gentille que Lazarus ait jamais dite à Adela. Les garçons pouffèrent et répétèrent ces mots qu'ils n'avaient pas le droit de prononcer. Ni leur mère ni leur sœur ne les grondèrent cette fois-là.

Samedi 17 août 1963

Il était à peine sept heures qu'Adela et trois de ses voisines étaient déjà à la laverie sur laquelle était précisé en lettres capitales : « COLORED[1] ». Aucune d'elles n'avait envie d'être là quand le soleil commencerait à taper dans les vitres, et certaines devaient aller travailler ensuite. Elles arboraient toutes des coupes de cheveux pour le moins approximatives – l'œuvre d'une coiffeuse à qui elles restaient fidèles bien que sa vue ait considérablement baissé ces dernières années. Adela n'était pas la plus mal lotie cette fois, mais cela variait d'un samedi sur l'autre, selon qui était la dernière à être passée au « salon », en réalité une cuisine. Quoi qu'il arrive, elle parvenait toujours à limiter les dégâts avec un coup de ciseau, une pince ou un foulard dans le pire des cas. La conversation porta rapidement sur la « démission » d'Adela de chez Carol

1. « Réservée aux Noirs. »

Finnegan trois jours plus tôt, car en temps normal elle aurait dû s'y rendre après sa lessive.

« Ce qui est sûr, c'est qu'elle me manquera pas. Ni elle ni sa rampe en cuivre.

– … cuivre. Non, j'imagine », ajouta Fran.

Fran avait la particularité d'essayer de finir les phrases de ses interlocuteurs mais d'y parvenir toujours un poil trop tard. Elle se contentait ainsi de répéter leur dernier mot, voire leur dernière syllabe.

Elles mirent leurs machines en marche et sortirent s'asseoir sur le banc devant la laverie pour profiter du moindre souffle d'air.

« T'es quand même pas partie à cause de sa rampe ? demanda Renee, dont la curiosité n'avait d'égal que le tour de taille.

– C'est une folle cette femme, répondit Adela. Vous savez pourquoi elle invite plus ses parents ?

– … parents ? Euh, non…

– Parce que sa mère salissait les portes, poursuivit Adela.

– … portes, renchérit Fran. Ah oui…

– Parce qu'elle les poussait au lieu d'utiliser les boutons de porte.

– … porte. Ah oui, d'accord…

– Quelle truie ! » fit Albertine.

Après un silence, il y eut un fou rire général. C'est qu'on entendait peu Albertine d'habitude, elle toujours si discrète, à ne jamais dire un mot plus haut que l'autre. Alors, forcément, son commentaire surprit tout le monde, y compris Fran qui, prise de court, ne le répéta pas. Lorsque Adela put reprendre son sérieux, elle demanda :

« Si vous entendez parler d'une place…

– … place, oui, je te dirai.

– Bien sûr, ajouta Albertine.

– Mais ce sera pas simple, prévint Renee. Y a pas beaucoup de travail… Et ils vont te demander pourquoi t'es partie. Ça fait jamais bien de partir.

– Ça, c'est vrai, confirma Albertine. C'est presque pire que d'être renvoyée. J'ai bien vu quand Mrs. Murray m'a virée, le jour où elle a cassé un vase chinois et qu'elle a raconté à son mari que c'était moi. Je pouvais pas dire aux gens que c'était une menteuse. Alors je suis restée vague, et j'ai expliqué que j'étais partie à cause d'un différend lié à la Chine. Eh ben, j'ai mis six mois à retrouver une place ! Et pas aussi bien payée.

– …yée. Oui, en plus !

– Je sais pas ce que je vais pouvoir inventer, fit Adela.

– … inventer, non.

– Tu vas pas dire que t'es partie parce qu'il fallait se servir des boutons de porte ! » brocarda Renee.

Adela, préoccupée, regardait le vieux commerçant sur le trottoir d'en face. Il ouvrait avec quelque difficulté la grille usée qui protégeait la vitrine de sa quincaillerie.

« Je mettrai un cierge pour toi à l'église, dit Renee, mais je te promets rien, j'en mets un toutes les semaines pour Joseph, et j'attends toujours.

– Joseph est malade ? demanda Adela.

– …lade ? demanda également Fran.

– Non, répondit Renee. Justement ! »

Toutes éclatèrent de rire en imaginant Renee déposer un cierge à l'église pour tuer son mari. Un mari buveur et volage, mais quand même…

« Et j'en remettrai un aussi pour la petite gamine qu'a disparu, mais pour l'instant…

– … l'instant, non, ça a rien donné.

– Mets-en plutôt deux pour elle, dit Adela. Quand je pense aux parents…

– … parents. M'en parle pas. Moi aussi, j'arrête pas d'y penser.

– C'est affreux, conclut Adela.

– … affreux. »

*

« Faudrait pas qu'on nous voie depuis la route… »

Jimmy, un panier en osier dans chaque main, n'arrêtait pas de se retourner.

« T'as peur qu'on nous voie ensemble ? demanda Lindsay. Je suis pas assez bien pour toi ?

– Quoi ? Mais non. Je veux qu'on soit tranquille, c'est tout. »

Lindsay, à qui il avait présenté cette escapade comme un simple pique-nique en amoureux, ne comprenait pas cette obsession de ne pas être vus. Le fait est qu'il avait d'autres projets en tête.

Ils débouchèrent sur une clairière.

« On serait bien sous cet arbre là-bas, suggéra Jimmy.

– Où tu veux, du moment qu'on s'assoit. J'en ai marre de marcher. »

Ils avancèrent encore jusqu'à l'arbre, au pied duquel Jimmy posa les paniers. Lindsay sortit une grande nappe qu'elle étala sur l'herbe et sur laquelle ils s'assirent. Elle essaya de prendre la même pose que Natalie Wood dans un *Life*[1] qu'elle avait lu. Avant qu'elle n'ait eu le temps d'arranger sa jupe, son amoureux s'approcha d'elle et la saisit par le cou. Il commença à l'embrasser et à malaxer maladroitement sa poitrine. Elle le repoussa.

« Arrête.

– Pourquoi ?

– Attends. »

Lindsay se leva et regarda tout autour d'eux. Cette fois, c'était elle qui ne tenait pas à ce qu'on les voie.

« Je veux être sûre qu'y a pers… »

Elle fixa un point et finit par murmurer :

« Y a quelqu'un. »

Jimmy se leva à son tour et distingua une silhouette dans les hautes herbes. Il plissa les yeux pour mieux voir. Lindsay en fit autant.

« On dirait une négrillonne, dit Jimmy.

– Qu'est-ce qu'elle fait là ?

– Elle doit dormir. »

Le jeune homme pestait intérieurement. Sachant que Lindsay n'aurait aucune envie de marcher jusqu'à l'arbre suivant, à trois cents mètres à vue de nez, et qu'elle ne se laisserait jamais peloter s'ils n'étaient pas absolument à l'abri des regards, il choisit de déloger l'intruse.

1. Célèbre magazine américain.

« Eh, toi, rentre chez toi ! »

La petite ne réagit pas.

« Eh ! T'as entendu ? Réveille-toi, noiraude ! »

Toujours rien. Plus agacé qu'intrigué, Jimmy s'approcha et comprit vite qu'elle ne dormait pas.

« Oh merde... »

Il se boucha le nez et détourna les yeux, lorsqu'il entendit les pas de Lindsay dans l'herbe.

« Non, viens pas ! »

Mais elle l'avait déjà rejoint.

« Regarde pas », lui dit-il.

Trop tard.

Lindsay en oublia sa fatigue, Jimmy ses projets lubriques, et le petit couple déguerpit en moins de temps qu'il ne lui en avait fallu pour déplier sa nappe.

*

Ellis et Lottie Rodgers attendaient patiemment qu'un policier veuille bien les recevoir lorsque Jimmy fit irruption dans le poste de police et lança à l'agent de service à l'accueil :

« J'ai trouvé un corps. J'étais avec ma copine, et on l'a vue... Elle était là, dans l'herbe, toute... C'était horrible... »

Lottie se raidit et posa une main sur le genou de son mari.

« Suis-moi, fiston. »

Le policier se leva et fit le tour du guichet. Lottie et Ellis se levèrent eux aussi.

« Est-ce que c'est une petite fille ? » demanda Ellis.

Jimmy le regarda, les bras ballants, incapable de lui répondre.

« Notre petite fille a disparu, renchérit Lottie.

– Rasseyez-vous, s'il vous plaît », intima le policier d'un ton ferme.

Il entraîna le jeune homme vers un bureau à l'arrière. Puis le calme fit place à une certaine agitation. Les agents allaient et venaient. Les parents de Dee Dee tendaient l'oreille, mais n'entendaient rien.

Lorsque Jimmy ressortit du bureau suivi de Walt, d'Edwin et de deux autres policiers, ils tentèrent d'en savoir plus :

« Est-ce que c'est Dee Dee ? » supplia presque Ellis.

Mais personne ne voulut lui répondre.

« On sait pas, fit Walt. Attendez ici. »

Le regard de Jimmy, compatissant, confirma leur pire crainte.

*

Une heure après son départ précipité de la clairière, Jimmy était de retour avec les quatre policiers. À quelques dizaines de mètres du corps, il s'arrêta et les laissa continuer seuls. Walt, Edwin et leurs deux collègues marchèrent jusqu'au cadavre en décomposition, gonflé, méconnaissable. Walt sortit un mouchoir pour respirer au travers, les autres replièrent leur bras sur leur visage.

« Quelle horreur ! » fit Edwin.

Il se tourna vers Walt, qui s'éloignait. Pour vomir, supposa-t-il. Après tout, Walt était le plus jeune d'entre eux. Edwin ne put s'empêcher de commenter la scène :

« Il a pas l'habitude de ce genre de spectacle ! »

Comme si *lui* en avait l'habitude.

Walt fut bientôt imité par l'un de ses aînés. Soudain, ils entendirent des cris. Lottie Rodgers courait dans leur direction, ses chaussures à la main, devançant son mari.

« DEE DEE ! » cria-t-elle.

Les agents se précipitèrent vers eux pour les empêcher d'approcher.

« LAISSEZ-MOI LA VOIR ! hurla Ellis. JE VEUX VOIR MA FILLE ! »

Il se débattait.

« Dee Dee... » sanglotait Lottie.

Ellis parvint à se dégager et se rua vers le cadavre, talonné par Edwin. À la vue du corps, il recula, pétrifié. Ahuri, il annonça à Edwin :

« C'est pas ma fille.

– Quoi ?! » s'étrangla Edwin.

Ellis se retourna vers sa femme et répéta, soulagé :

« C'est pas Dee Dee ! »

Lottie profita de la surprise des policiers pour se dégager à son tour. Il fallait qu'elle la voie de ses yeux, qu'elle soit sûre. Arrivée devant la fillette, elle s'évanouit. Ellis s'agenouilla et prit sa femme dans ses bras. Imperturbable, Edwin lui demanda :

« Vous êtes certain que c'est pas votre fille ?

– Oui. Un père reconnaît son enfant. »

L'agent semblait pour le moins dubitatif.

« Il faut *vraiment* qu'on soit sûrs. On peut pas se contenter de... »

Ellis n'eut pas besoin de s'attarder sur le visage de la petite, aux traits déformés par la décomposition et aux yeux exorbités.

« Dee Dee a les cheveux plus courts. Et c'est pas ses vêtements. »

Les policiers se regardèrent, circonspects. Edwin finit par conclure :

« Bon, au moins si c'est pas elle, ça veut dire qu'elle est en vie. Comme on pensait. Vous voyez qu'y avait pas de quoi s'affoler. »

Ellis ne savait plus s'il devait pleurer de soulagement pour Dee Dee ou de chagrin pour cette inconnue et sa famille.

*

Adela avait travaillé à peine plus d'une heure chez Bud, et tout restait à faire, mais Walt et Edwin notèrent tout de suite le changement.

« Y a peut-être de l'espoir en fin de compte, estima Walt. Qui l'eût cru ?

– Moi, répondit Edwin.

– Toujours plus malin que tout le monde ! » se moqua gentiment Walt.

Edwin se tourna vers Bud :

« N'empêche, comme quoi on a bien fait de la mettre, cette annonce.

– Tu veux une médaille ? » demanda l'intéressé.

Bud servit trois whiskies avant de s'asseoir dans son fauteuil. Edwin prit son verre et s'installa sur l'une des deux chaises enfin désencombrées. Walt alla chercher sur le buffet un échiquier qu'il posa sur le bureau. Il avait entamé une partie avec Bud quelques mois plus tôt, qu'ils poursuivaient lorsqu'il passait. Il s'assit à son tour.

« C'était à qui de jouer déjà ? lança Bud.

– À toi. »

Bud étudia l'échiquier un moment. Edwin, qui n'aimait pas trop les silences, se chargea de le rompre :

« Et alors elle est comment ta boniche ?

– Noire.

– Mais à part ça ?

– Normale. Elle paie pas de mine. Elle a pas l'air bien méchante, ni bien finaude. Je crois pas qu'elle essaie de me baiser.

– Tant mieux.

– Pourquoi tu veux qu'elle te baise ? questionna Walt.

– C'est pas moi qui veux ! C'est comme ça. Les Noirs pensent toujours qu'à nous baiser ! »

Bud déplaça sa tour, arrachant une grimace à Walt, imité par Edwin qui n'y comprenait pas grand-chose mais tentait de donner le change.

« T'es au courant pour la gamine qu'on a retrouvée morte ? demanda Walt. La petite Noire ?

– Ah, elle est morte ?...

– Attends, tu connais pas la meilleure ?!... poursuivit Edwin. C'était pas la bonne !

– Pas la bonne ?...

– C'était pas celle qu'on cherchait, expliqua Walt.

– Et c'est qui ?

– On sait pas. On sait juste que c'est pas elle.

– Heureusement qu'y avait les vêtements pour l'identifier. T'aurais vu l'état du corps !... Alors déjà que, quand ils sont vivants, on les reconnaît pas... Sans déconner, je sais pas comment ils font ! Pour moi, tous les négros se ressemblent. Surtout les gamins. Mais eux, ils y arrivent. Tant mieux, remarquez. Vous imaginez le bordel, sinon ? »

Bud ne l'écoutait pas. C'est à Walt qu'il s'adressa :

« Comment elle est morte ?

– Herb a pas su dire sur place. Faut attendre l'autopsie.

– Mais elle avait la culotte sur les chevilles, précisa Edwin. Ça sent pas vraiment l'accident...

– Enfin bref, c'était pas Dee Dee Rodgers, conclut Walt. Ça veut dire qu'elle est vivante.

– Ça veut rien dire du tout. C'est pas parce qu'on l'a pas retrouvée qu'elle est pas morte elle aussi... »

Ses deux amis se regardèrent.

« Non, s'alarma Walt, tu parles pas sérieusement ?

– On est pas à Chicago ! » maintint Edwin, qui l'avait déjà fait remarquer aux Rodgers une semaine plus tôt.

Walt déplaça son fou et prit sa dame à Bud qui n'aurait peut-être pas avancé sa tour s'il en avait été à son premier whisky de la journée.

« Merde !

– Désolé, fit Walt qui parut gêné.

– Non, c'est de ma faute. Faut pas que je joue quand j'ai bu. »

Sur ce, il se resservit un verre et alla reposer l'échiquier sur le buffet.

*

Adela décrochait son linge étendu dehors lorsque Bernice, qui rentrait du travail, la rejoignit dans le petit jardin à l'arrière de la maison. Elle apprit la nouvelle à sa mère en décrochant un tablier de la corde à linge :

« Ils ont retrouvé une petite fille morte près de Pleasant Grove. »

Adela se tourna vers elle.

« Mon Dieu…

– Mais c'est pas Dee Dee.

– Quoi ? Mais alors qui c'est ?

– On sait pas. »

Bernice continuait à entasser le linge dans le panier posé par terre, comme si de rien n'était.

« Et elle est morte de quoi ? demanda sa mère.

– On sait pas. »

Adela fixait la robe bleue étendue devant elle sans même la voir tandis que Bernice finissait de ramasser les derniers vêtements. Elle sortit de ses pensées lorsque sa fille décrocha la tache bleue qui flottait sous ses yeux.

« Ça veut dire qu'y a une petite fille morte et une autre qui a disparu…

– Oui.

– Mais enfin, les petites filles, ça disparaît pas comme ça, et ça meurt pas comme ça ! »

Elle n'osa pas exprimer le fond de sa pensée. *Et si un sadique rôdait dans la région ?* Bernice prit le panier et rentra.

Adela resta plantée devant sa corde à linge vide jusqu'à ce que ses yeux se posent sur Lazarus qui dépeçait un lapin.

Un frisson la parcourut. Il se redressa, et leurs regards se croisèrent. Mal à l'aise, elle regagna la maison.

Après le dîner, mère et fille allèrent dire bonne nuit aux enfants. Bernice partageait leur chambre mais elle se couchait plus tard. Elle les embrassa et retourna écouter la radio dans la cuisine. Adela s'assit sur le lit de ses fils et remarqua qu'Elijah semblait contrarié.

« Ça va, mon chéri ? »

Il hésita quelques instants avant de lui poser la question qui le travaillait :

« Elle est morte la petite fille ? »

Déstabilisée, Adela hésita elle aussi avant de répondre :

« Oui. C'est pas celle que tout le monde cherche, mais y a une petite fille qui est morte.

– Elle est avec papa alors ? demanda Sid.

– Oui.

– Au paradis ?

– Oui, au paradis. »

Tous les trois restèrent silencieux un moment, jusqu'à ce que Sid réclame :

« Tu nous racontes l'histoire de la plantation ?

– D'accord. Fermez les yeux. »

Les deux petits obéirent sans rechigner. Adela commença :

« Il était une fois, y a très longtemps, un Blanc très riche et très cruel qui possédait une grande plantation de coton quelque part en Virginie. Il avait plein d'esclaves noirs qu'il maltraitait pour un oui ou pour un non. Et voilà qu'un jour sa femme perd une broche, mais lui est persuadé que c'est un de ses esclaves qui l'a volée. Il donne toute la nuit au coupable pour se dénoncer, sinon c'est tous les esclaves qui seront fouettés au matin, et il vendra tous les enfants. »

Les garçons frissonnèrent.

« À l'aube, en se levant, le maître remarque qu'on entend pas un bruit dans la plantation. Il sort : personne nulle part, et plus une seule fleur de coton dans les champs ! Il court jusqu'aux baraquements : vides ! Deux cents esclaves, hommes, femmes et enfants, disparus en une nuit ! Le maître blanc est ruiné. Et quand sa femme retrouve sa broche le lendemain, il en devient fou.

– Et où ils sont allés les esclaves ? » questionna Sid, toujours les yeux fermés.

Il connaissait déjà la réponse mais ne se lassait pas de l'entendre.

« Ça, aucun Blanc l'a jamais su. Mais à ce qu'on raconte, dans la nuit, tout le coton s'est transformé en un nuage qui a emporté les esclaves très loin, dans un pays où ils ont enfin pu être libres. »

Sid et Elijah gloussèrent de contentement.

« Et maintenant on dort. Vous avez bien fait votre prière ?

– Oui, répondirent-ils en chœur d'un air las.

– Tant mieux. J'aimerais pas que le diable vous emporte pendant la nuit. »

Adela leur donna à chacun un baiser sur le front avant de se lever et de quitter la chambre. Sitôt la porte fermée, les enfants échangèrent un regard avant de joindre leurs mains en une fervente prière.

De retour dans la cuisine, Adela s'assit à la table, aux côtés de Bernice. Elle eut une pensée pour la petite inconnue qu'on avait retrouvée morte et récita une prière dans sa tête pour elle et ses pauvres parents. Puis elle alla chercher une bougie, qu'elle alluma et posa à la fenêtre. Elle regarda dehors. À vingt-deux heures, il faisait déjà nuit depuis un moment. Elle était soulagée de savoir ses enfants à l'abri mais s'inquiétait pour Dee Dee, qu'elle espérait en vie quelque part, là dehors. Elle finirait peut-être par réapparaître, saine et sauve. Certainement. Il le fallait.

Lundi 19 août 1963

Adela passait son plumeau sur les étagères qui couraient sur tous les murs de la bibliothèque quand Gloria entra dans la pièce, Atticus dans les bras.

« Dis bonjour à Adela, Atti. »

Elle le faisait saluer de la patte. Le gros chat sauta de ses bras et s'enfuit.

« Il est timide, expliqua Gloria.

– 'jour, Miss Gloria.

– Bonjour, Adela. »

La vieille dame s'assit dans un fauteuil. Adela épousseta un buste de jeune fille en terre cuite.

« On dirait qu'elle vous sourit, remarqua Gloria.

– Elle est jolie.

– Vous la voulez ?

– Quoi ?!

– Prenez-la, je vous la donne. »

Adela n'en revenait pas.

« Non, je peux pas accepter ça.

– Mais ça me fait plaisir. J'en ai suffisamment profité. Je serai contente de savoir que c'est vous qui l'avez.

– Je peux pas, Miss Gloria. C'est à vous. »

Elle s'attaqua ensuite à un cheval en bronze.

« Vous préférez le cheval ? » demanda Gloria.

Adela s'interrompit et secoua un index, comme pour gronder sa patronne.

« Arrêtez vos bêtises, Miss Gloria. Je veux rien. »

Gloria soupira, déçue. Adela reprit son ouvrage, et peu à peu son employeuse se perdit dans ses pensées. Tout à coup, la vieille dame releva la tête :

« Je ne savais pas que vous aviez un chien…

– J'ai pas de chien, répondit Adela.

– Si, je vous ai vue jouer avec un chien.

– Ah non. Vous m'avez vue où ? Ici ?

– Non, je ne sais pas où c'était. Peut-être chez vous.

– Ça peut pas être chez moi, vous êtes jamais venue. »

Ça tombait sous le sens. Pourtant, Gloria n'en démordait pas :

« Un vieux chien noir.

– Non non, j'ai pas de chien. C'était pas moi.

– Si, c'était vous. »

La discussion ne menait nulle part. Mieux valait changer de sujet. Adela embrassa du regard les livres qui couvraient les murs.

« Vous avez lu tout ça ?

– Grands dieux, non ! J'en ai commencé beaucoup, j'en ai terminé beaucoup moins. Vous aimez lire ?

– J'ai pas le temps, Miss Gloria. Et allez pas me proposer vos livres ! »

Gloria esquissa un sourire. Adela se remit à faire la poussière. Elle repensait à cette histoire de chien. Elle, avec un chien ! Alors qu'elle en avait si peur… Encore l'autre jour, elle n'avait pas brillé par son courage face à celui du Blanc. L'animal n'était pourtant pas tout jeune. M'ame, voilà, c'était ça son nom. Soudain, elle se dit que c'était peut-être ce chien-là dont parlait Gloria. Elle arrêta d'épousseter le bonheur-du-jour en merisier et se tourna vers la vieille dame, qui lui sourit. Adela lui sourit en retour et se remit au travail, se posant encore mille questions.

*

Autant Ellis Rodgers eut un peu de mal à reconnaître le bureau de Bud, autant Bud ne reconnut pas du tout le père de Dee Dee.

« Ouais ?

– Bonjour, m'sieur. J'étais venu vous voir l'autre jour parce que ma fille a disparu. Dee Dee. J'étais venu avec ma femme. Vous vous souvenez ?

– Bien sûr », mentit Bud.

Il retira ses pieds de son bureau et posa son sandwich.

« Asseyez-vous. »

Ellis s'exécuta.

« Et la police, qu'est-ce qu'ils vous ont dit ?

– Rien. J'ai pas l'impression qu'ils la cherchent beaucoup. Avec ma femme, on en dort plus. On se dit qu'elle est peut-être blessée quelque part. Y a eu des battues, mais ça a rien donné. Peut-être que quelqu'un l'a recueillie ? Mais pourquoi il nous la ramène pas ? Elle a peut-être perdu la mémoire ? »

Le détective savait que, dans ce genre de situation, les gens s'inventaient des explications qui ne tenaient pas forcément la route mais permettaient de tenir le coup.

« Elle a disparu depuis combien de temps déjà ?

– Onze jours. »

Bud préférait ne pas évoquer la fillette dont on avait découvert le corps, mais Ellis aborda le sujet :

« J'ai vu l'autre petite. Celle qui est... »

Il s'interrompit, avant de poursuivre :

« C'est pour ça, faut retrouver Dee Dee avant... »

Sa voix se brisa.

« ... avant qu'il lui arrive quelque chose. Avec ma femme, on a déjà perdu une fille. Le bon Dieu peut pas nous en prendre une autre. »

Il s'interrompit à nouveau avant de demander :

« Vous voulez bien nous aider ? »

Bud hésitait à accepter ce boulot. Il n'avait pas très envie de travailler pour des Noirs. D'un autre côté, s'il retrouvait cette gamine, vivante ou morte, ça fermerait la grande gueule de Nelson. Et des autres.

« Ça peut se faire. Par contre, je vous préviens, j'ai pas les moyens de faire la charité.

– On vous paiera, m'sieur. Comme convenu.

– OK. Je veux une avance de vingt dollars. »

Ellis sortit l'argent sans discuter. Bud recompta les billets avant de les fourrer dans sa poche.

« Je vous écoute. Dites-moi tout.

– Dee Dee est jolie comme un cœur. Elle tient ça de sa mère. Elle a son sourire aussi. Elle est joyeuse, elle chante, elle danse, elle… C'est une enfant très vivante. »

Bud n'était pas plus avancé.

« Ce que je veux savoir, c'est quand elle a disparu, à quelle heure, les vêtements qu'elle portait, où et avec qui elle était…

– Ah, oui… Euh, elle voulait récupérer sa corde à sauter chez une petite voisine, à cinq cents mètres. C'était le 8. Un jeudi. Il était quatre heures à peu près. Elle était toute seule. Et elle avait sa petite robe jaune. Celle avec des fleurs. Le soir, quand ma femme a vu qu'elle rentrait pas, elle est allée la chercher. Les voisins nous ont dit qu'ils l'avaient pas vue. Peut-être qu'elle a suivi un chien ou je sais pas…

– Peut-être, fit Bud sans conviction. Vous voyez personne qui pourrait avoir des raisons de vous en vouloir ?

– Non. »

Il refusa de suivre Bud sur ce terrain et poursuivit :

« Elle est forcément quelque part. C'est obligé. »

Il se tut. Il semblait ailleurs. Soudain, il releva la tête :

« Dites-moi que vous allez la retrouver.

– Je vais essayer.

– Non, il faut pas juste *essayer*. Il *faut* la retrouver. »

Mais Bud ne pouvait pas lui dire ce qu'il voulait entendre. Il se contenta de répéter :

« Je vais essayer.

– Je vous en supplie, retrouvez-la. Elle est quelque part. Retrouvez-la.
– OK. »

*

Bud franchit le seuil du poste de police, où il n'avait pas remis les pieds depuis deux ans. Depuis son renvoi. Il salua d'un signe de tête l'agent à l'accueil et, avant que ce dernier ne pense même à le retenir, entra comme s'il n'avait jamais cessé de travailler là. Il débarqua dans une grande pièce qui abritait dix bureaux. Rien n'avait changé, si ce n'était que Nelson avait déménagé ses affaires pour s'installer à la place de Bud. Le brouhaha des conversations et des machines à écrire cessa. Tous les regards suivirent le détective alors qu'il se dirigeait vers les bureaux de ses amis, qui se faisaient face.

« Tu t'es perdu ? demanda Edwin.
– Tout va bien, Bud ? s'inquiéta Walt.
– Je cherche la gamine qu'a disparu, Dee Dee Rodgers.
– Elle est pas là ! » plaisanta Edwin.

Bud choisit d'ignorer Edwin et sollicita Walt :

« Vous en êtes où dans vos recherches ? Vous avez une piste ? »

Lentement, les autres se remirent au travail.

« Non, on se concentre sur la petite qu'on a retrouvée samedi.
– Vous l'avez identifiée ?
– Oui, c'est une gamine de Childersburg.
– Et vous savez de quoi elle est morte ?
– Mmh-mmh. L'autopsie a eu lieu ce matin. »

Walt ne semblait pas décidé à en dire davantage.

« Et… ? » insista Bud.

Walt se tourna vers Edwin, qui annonça :

« Elle a été poignardée.

– OK… Je peux savoir son nom ?

– Pour quoi faire ? demanda Edwin.

– Les parents de Dee Dee m'ont engagé pour leur ramener leur fille.

– Et quel rapport avec l'autre gosse ?

– Attends, t'as une gamine noire qui disparaît, une autre que tu retrouves assassinée, et tu vois pas le lien ?

– Carlene Dixon, lâcha Walt pour couper court à la discussion avant qu'elle ne prenne une mauvaise tournure.

– Elle avait disparu depuis longtemps ?

– Depuis le 7 août.

– Et Dee Dee a disparu le 8 », souligna Bud.

Il lança à Edwin un regard qui voulait dire « Ça y est, tu le vois le lien, maintenant ? ».

« Vous avez interrogé les parents de la victime ? »

Les deux policiers se regardèrent.

« Pas encore, avoua Walt.

– Je pense que les flics de Childersburg l'ont fait, ajouta Edwin.

– Si tu le dis. »

Le cliquetis des machines à écrire cessa à nouveau lorsque Bud s'en alla, et reprit après qu'il eut franchi la porte.

Mardi 20 août 1963

Adela poussa un soupir en arrivant devant la maison de Dorothy Hayes. Depuis qu'elle avait eu connaissance du contenu de la lettre de « recommandation » de sa patronne, elle aurait payé cher pour pouvoir la gifler. Elle contourna la solide bâtisse et entra par la porte de la cuisine, à l'arrière.

« C'est vous, Adela ? »

Pour toute réponse, Adela leva les yeux au ciel. Elle enfilait son tablier quand Dorothy surgit dans la cuisine.

« Eh bien répondez !

– Vous m'avez appelée ? J'ai rien entendu.

– Faites quelque chose, ce n'est pas la première fois. J'ai l'impression que vous m'entendez de moins en moins ! »

Adela finit de nouer son tablier sans répondre. Dorothy asséna sur le plan de travail plusieurs petits coups secs qui firent sursauter sa bonne.

« Adela ? Vous êtes avec moi ?

– Oui, m'ame.

– On ne dirait pas. Non, franchement, moi qui viens de vous faire une lettre de recommandation comme vous en aurez peu… Ne me décevez pas.

– Non, m'ame.

– Je vous dis ça pour votre bien, Adela. Vous avez de la chance que je sois bienveillante, mais si un jour vous tombez sur quelqu'un de moins compréhensif…

– Oui, m'ame.

– Bon, j'adorerais continuer à discuter avec vous mais on a toutes les deux du travail, je crois. »

Adela était curieuse de savoir quel genre de « travail » attendait Dorothy. Une mise en plis peut-être ? La réponse vint quelques minutes plus tard. Alors qu'elle cirait le parquet du salon, sa patronne entra, un catalogue de papiers peints entre les mains, et s'alanguit sur le canapé comme si un peintre s'apprêtait à l'immortaliser.

« Je mets mes jambes sur le sofa pour ne pas vous gêner. Comme ça, vous pouvez bien passer partout. »

Trop aimable ! pensa Adela.

« Merci, m'ame. »

Dorothy feuilletait son catalogue lorsqu'elle éclata d'un rire hystérique.

« Ah non vraiment, quel manque de goût ! Qui peut mettre ça chez lui ? »

Adela frottait le parquet, imperturbable.

« Regardez ! Mais regardez, Adela ! Ça vaut le coup ! »

Elle lui montrait la revue. Adela releva la tête.

« Quelle horreur ! » s'exclama Dorothy.

Adela le trouvait très bien, ce papier peint vert pâle à médaillons. Chic et sobre, tout le contraire de celui qui ornait les murs du salon de Dorothy.

« Il y a vraiment des gens qui n'ont aucun goût !

– C'est sûr, m'ame… »

Pendant dix longues minutes, Dorothy continua de commenter tout ce qu'elle voyait, et Adela continua d'approuver sans forcément regarder. Dorothy finit par jeter sa revue sur la table basse et se leva.

« N'oubliez pas de cirer sous le canapé. »

Adela bouillait, et elle ne le devait pas qu'à la chaleur et à ses efforts. C'est bien simple, elle se demanda si elle ne préférait pas encore travailler chez ce détective agressif, grossier, sale, arrogant et fainéant. En partant, Dorothy manqua de glisser sur le parquet fraîchement lustré.

« Ouh, vous avez failli me tuer, Adela, dit-elle en s'esclaffant.

– Ah… » fit Adela, une pointe de regret dans la voix.

*

Bud s'était levé aux aurores, à onze heures. À quatorze heures, après quelques pauses whisky et, de fait, quelques erreurs de trajet, il peina à garer sa Ford Customline 1953 bleu délavé devant une masure à Childersburg, à une heure de route de Birmingham. Ce n'était pourtant pas la place qui manquait. Il but une dernière gorgée de whisky et posa la bouteille vide sur le siège passager. Il finit par s'extirper de la voiture et entreprit de rejoindre la baraque en contrebas, en essayant tant bien que mal de rester sur le chemin tracé dans l'herbe par les allées et venues. Il gravit l'unique marche en béton et frappa à la porte. Faute de réponse, il frappa à nouveau, plus fort.

« Qu'est-ce que c'est ?

– Police », mentit Bud.

La porte s'ouvrit, ou plutôt s'entrouvrit, bloquée par une chaîne. Rita Dixon, la trentaine fatiguée, se tenait de l'autre côté en chemise de nuit. Elle jaugea Bud quelques secondes et s'attarda sur son Stetson :

« Police du Texas ?

– De Birmingham. Je pourrais parler à votre mari ?

– Ouais, dès que j'en aurai un. »

Il comprit à sa diction approximative qu'elle aussi avait dû avoir très soif.

« Vous avez coincé le salaud qu'a tué ma fille ?

– Pas encore.

– Alors j'ai rien à vous dire. J'ai déjà tout raconté à vos collègues. »

Rita allait lui claquer la porte au nez mais il maintint celle-ci ouverte avec son pied.

« Y a une autre gamine qui a disparu à Birmingham... »

Un bambin de trois ans vint s'accrocher à la jambe de sa mère. Elle le prit dans ses bras.

« Qu'est-ce j'en ai à foutre ?

– C'est peut-être lié. Votre fille a disparu le mercredi et elle le jeudi. On peut peut-être encore la retrouver.

– C'est pas mes oignons. Ça va pas me ramener ma Carlene !

– Écoutez, je viens de me taper deux heures de bagnole, alors vous allez répondre à mes questions !

– Attendez… Je croyais que vous veniez de Birmingham… Y a qu'une heure de route ! »

Il perdit le fil un instant, puis répéta :

« Je viens de me taper deux heures de bagnole, sous une chaleur à crever, en plus, alors vous allez répondre à mes questions !

– Si je veux ! Et je veux pas ! Foutez le camp de chez moi ! »

Elle le poussa à travers l'entrebâillement et s'empressa de refermer la porte. Le détective se ressaisit et, de rage, y balança un violent coup de pied. Le panneau de bois vola en éclats. Rita se retourna, pétrifiée. Le petit se mit à hurler.

« Comment elle a disparu, la vôtre ? »

Il restait sur le seuil.

« Je… Je l'ai envoyée faire des courses, et elle est pas revenue.

– Vers quelle heure ?

– Cinq heures.

– Personne a rien vu ?

– Non. »

Le marmot n'arrêtait pas de pleurer. Bud n'arrivait pas à se concentrer. Il s'appuya sur le chambranle pour réfléchir.

« Va falloir me remplacer ma porte.

– Voyez avec la police de Birmingham. »

Comprenant qu'il n'en tirerait pas davantage, il grimpa le talus, non sans mal, jusqu'à sa voiture. Rita s'avança, sans sortir de chez elle.

« C'est comment votre nom ? cria-t-elle.

– Nelson Barrett ! »

Il remonta dans sa Ford et démarra.

« FALLAIT VOUS BOUGER LE CUL AVANT ! » hurla encore Rita alors que la voiture s'éloignait.

*

Au Grady's, Bud occupait sa place habituelle, au comptoir. Il était juste un peu plus affalé que d'ordinaire. Le retour de Childersburg l'avait sacrément déshydraté, et il s'était déjà bien désaltéré avant même de se poser sur son tabouret attitré. Il aurait presque pu s'endormir s'il n'y avait pas eu Lorraine à dévorer des yeux. Ce serait d'ailleurs son seul repas ce soir. Nelson l'interpella :

« Eh, Bud, on bosse pour les négros ? L'argent n'a pas d'odeur, hein ! »

Sans se retourner, Bud lui adressa un doigt d'honneur et un cinglant :

« Tiens, assieds-toi là-dessus ! »

Les collègues de Nelson, dont Walt et Edwin, firent de leur mieux pour garder leur sérieux. Nelson ne pouvait pas ne pas répliquer mais n'avait aucune envie de se frotter à Bud. Lorraine, maligne, vint à sa rescousse :

« Réponds pas, Nelson. Je veux pas de bagarre. »

Bud ricana tandis que Nelson, dans son dos, fit mine d'accepter de se calmer. Walt rejoignit son ami au comptoir.

« T'y vas fort.

– Il me fatigue… »

Puis en se tournant vers Nelson et en haussant la voix :

« … l'autre tête de con ! »

Nelson fit semblant de ne pas entendre. Walt enchaîna :

« Alors, t'es allé à Childersburg ?

– Mmh.

– Qu'est-ce que ça a donné ? »

Bud se contenta de soupirer et finit sa bière, pensif.

« Au moins, t'auras essayé… Si je peux me permettre, laisse-les régler ça entre eux. »

Bud ne répondit pas. Il sembla considérer l'avis de son ami, avant de tendre son verre vide à Lorraine :

« Une autre, s'te plaît. »

Elle s'approcha pour ne pas que la salle l'entende :

« Je crois que t'as eu ton compte pour aujourd'hui. Tu ferais mieux d'aller te coucher. »

Elle chercha du regard le soutien de Walt.

« Allez, mon vieux, je te raccompagne. »

Bud se leva.

« Je peux encore rentrer tout seul », maugréa-t-il, hargneux.

Avant de s'écrouler.

Mercredi 21 août 1963

Sans lettre de recommandation et sans aucun autre employeur en vue, Adela s'était résolue à retourner travailler chez le détective. La veille au soir, elle n'avait pas été fière quand elle avait dû l'annoncer à sa fille, après tout le mal qu'elle en avait dit.

M'ame était assise derrière la porte comme si elle l'attendait et se mit à battre le plancher de sa queue dès qu'elle la vit. Adela, elle, était beaucoup moins enthousiaste. La chienne trottina jusqu'à elle et lui tourna autour en espérant une caresse qui ne vint pas. Vexée, elle se coucha dans un coin en feignant d'ignorer la visiteuse.

Adela avança à l'aveugle dans la pièce aux rideaux tirés. Elle se dirigea vers la première fenêtre et fit entrer le jour. Bud, allongé sur le canapé dans un coin, son chat Goliath sur le ventre, grogna.

« Refermez ça. »

Elle les referma, pas complètement toutefois.

« Eh ben, ça va être pratique pour faire le ménage… Pourquoi vous dormez pas dans votre lit ?

– J'ai pas eu le temps d'y arriver. Quelle heure il est ?

– Une heure. »

Il marmonna quelque chose qu'Adela n'avait sans doute pas envie d'entendre. Puis il se redressa, faisant fuir le petit chat blanc. Il tentait d'émerger et regrettait déjà d'avoir engagé une femme de ménage. Lorsqu'il réussit à ouvrir les yeux, celle-ci portait un tablier et remplissait un sac-poubelle des déchets divers et variés qui jonchaient le sol. Il se leva, attrapa son Stetson et fila dans la petite salle d'eau annexe. Lorsqu'il en sortit un peu plus frais, les rideaux et les deux fenêtres étaient grands ouverts, et la pièce avait déjà une autre allure. Tout compte fait, il avait peut-être bien fait de l'engager, cette femme de ménage. Adela sortait de la cuisine un seau à la main.

« Je commence par le sol parce que c'est le plus urgent. J'ai apporté une serpillière. J'ai pensé que vous en aviez pas.

– Non.

– Il faudrait peut-être en acheter une ou deux. Et d'autres choses. Je vous ai fait une liste. »

Elle prit dans la poche de son tablier une liste qu'elle avait dictée à Bernice. Elle la lui tendit, mais comme il ne bougeait pas, elle la posa sur le bureau avant de se remettre au travail. Il se dit qu'il ne fallait pas non plus que ça lui revienne trop cher cette histoire. Pour peu qu'en plus elle le vole…

Il fallait qu'il en ait le cœur net. Alors qu'elle avait le dos tourné, il laissa tomber un billet d'un dollar par terre, près du buffet. Il fourra dans sa poche le paquet de Lucky Strike qui traînait sur le bureau et annonça :

« Je vais chercher des cigarettes. J'en ai pour dix minutes.

– D'accord. »

Il sortit. Adela ne tarda pas à trouver le billet. Sans se poser de question, elle le ramassa et le glissa dans la poche de son tablier.

Elle lavait toujours le sol lorsque Bud rentra. Il alla immédiatement vérifier si son piège avait fonctionné. En constatant que le billet avait disparu, il secoua la tête. *Tous les mêmes, décidément !*

« Tenez, je suis tombée là-dessus près du buffet. »

Elle lui tendait son dollar. Il le prit d'un air bougon et le mit dans sa poche. Elle entendit à peine le « Merci » qu'il lâcha du bout des lèvres.

« J'aimerais bien faire la poussière, mais vous avez des papiers partout. Je peux pas les ranger à votre place.

– Vous pouvez tout jeter. »

Elle fronça les sourcils.

« Tout… tout ?

– Tout.

– Bon. Comme vous voulez. »

Elle se remit à laver le sol. Bud s'assit à son bureau et fit mine de s'intéresser à un courrier tout en la surveillant du coin de l'œil. Soudain, on frappa à la porte entrouverte.

« Oui ? »

La porte s'ouvrit en grand et laissa apparaître Ellis Rodgers. Bud le reconnut cette fois.

« Bonjour, m'sieur Larkin.

– Entrez. »

Ellis entra d'un air emprunté et avança jusqu'au bureau. Il tendit une main à Bud qui lui en tendit une en retour, mais pour lui indiquer la chaise où prendre place. Ellis fut étonné de trouver une femme de ménage chez le détective. Presque autant qu'Adela de voir un Noir s'asseoir face à son employeur. Elle n'en montra rien et poussa sa serpillière jusqu'à la cuisine, aussi discrètement que possible. Elle repoussa la porte derrière elle, sans la fermer complètement.

« Vous avez quelque chose ? demanda Ellis. Je suis passé hier mais vous étiez pas là...

– J'étais sur le terrain.

– Et alors ?

– Ça suit son cours. Je creuse des pistes, mais faut me laisser un peu de temps.

– Oui, je sais bien, mais vous comprenez, ça fait treize jours que Dee Dee a disparu. »

Le cœur d'Adela fit un bond : le client de Bud était le père de la petite Dee Dee ! Le détective remonta instantanément dans son estime. Elle se rapprocha de la porte tout en frottant le sol.

« On va la retrouver », affirma Bud.

Ce qu'il s'abstint de préciser, c'est qu'il n'était pas du tout certain qu'elle serait en vie.

« Il le faut, m'sieur Larkin. On va devenir fous si ça continue. Je me dis que, si ça se trouve, quelqu'un lui fait du mal. Ou qu'elle a faim, qu'elle a froid. C'est tellement de questions horribles... Ma femme me le dit pas mais je suis sûr qu'elle se pose les mêmes. »

Adela n'en perdait pas une miette. Elle frottait inlassablement les quatre mêmes carreaux de carrelage. Puis elle entendit des pas, et la porte de la cuisine se referma.

Lorsqu'elle se rouvrit, Ellis Rodgers n'était plus là, et la cuisine n'avait jamais été aussi propre.

« Je veux pas que vous écoutiez quand j'ai des clients.

– J'écoutais pas ! » se défendit Adela, offusquée.

Elle finit de frotter la porte du frigidaire.

« Je m'enlève les oreilles quand je travaille. Ça fait partie du métier. J'ai appris à rien entendre, depuis presque vingt ans que je fais ça ! »

Bud retourna à son bureau, alluma une cigarette et déplia une carte de la région sur laquelle il se pencha. Adela le rejoignit et entreprit de regrouper les papiers qui traînaient partout.

« N'empêche, pauvre gamine. »

Bud leva les yeux de sa carte. Adela hocha la tête :

« C'est bien, ce que vous faites. »

Bud allait répliquer mais, pour une fois, il préféra se taire. Il n'était vraiment pas du matin.

*

« Daisy ! Où t'es ? Daisy ! »

Sur un sentier au milieu des bois, Graham Matteson commençait à s'inquiéter.

« Daisy ! Je plaisante pas ! Où tu te caches ? »

Il la cherchait partout du regard mais ne la voyait nulle part.

« DAIII-SYYYY ! » s'époumona-t-il.

Trois secondes plus tard, la jeune Daisy sortit d'un fourré à quelques dizaines de mètres. Graham se précipita vers le golden retriever en le grondant :

« Daisy ! Tu viens quand je t'appelle ! »

Mais la chienne fila à nouveau dans le fourré.

« Non, reviens ici ! »

Il tapa du pied en l'appelant avant de se résoudre à la suivre. Il s'enfonça dans les branchages en fulminant. Au bout de vingt mètres, il s'arrêta net, épouvanté.

*

Quand Bud arriva sur les lieux, Edwin, Walt, Nelson, Dwight et quelques collègues étaient déjà là. Herbert Cooke, le médecin légiste, cigarette à la bouche, étudiait le cadavre. Les policiers, eux, se tenaient à bonne distance pour éviter de respirer l'atmosphère putride. Lorsqu'il vit son ami, Walt jeta son mégot et vint à sa rencontre. Il lui annonça, alors que le détective regardait le petit corps gonflé, en état de décomposition avancée et grignoté par la faune :

« C'est elle. C'est les vêtements qu'elle portait. Enfin, ce qu'il en reste.

– Merde.

– C'est vraiment des sauvages !

– Qu'est-ce qui te fait croire que c'est un nègre qui a fait ça ? »

Walt sembla tomber des nues.

« Qui veux-tu que ce soit ?

– Le Klan.

– Le Klan ? Mais *a priori*, la première a été violée… et celle-là… »

Visiblement, la présence de Bud n'était pas du goût de tout le monde :

« Qu'est-ce qu'il fout là, celui-là ? grogna Nelson.

– Lâche-le, répondit Edwin.

– Fous-moi la paix, ajouta Bud. Tu crois que c'est le moment ? »

Il s'approcha du corps, son mouchoir sur le nez.

« Bon Dieu… La seule chose qu'on peut dire, c'est qu'elle est noire. »

Le légiste leva la tête vers lui :

« Et encore, grâce aux cheveux. Ce serait une Blanche qu'elle aurait la peau de la même couleur au bout de plusieurs jours ici. »

Il se tourna vers les autres et demanda d'un ton jovial :

« Vous savez comment on appelle ça dans notre jargon ? Ce visage bouffi et noir ? »

Edwin, Nelson et Dwight répondirent en chœur :

« Une tête de nègre ! »

Le légiste le leur avait déjà dit quatre jours plus tôt, dans la clairière, quand il avait été appelé pour Carlene. Déçu d'avoir raté son effet, Herbert reprit :

« Tout ce que je peux affirmer, c'est qu'elle est morte depuis plusieurs jours. J'en saurai plus après l'autopsie.

– Je la vois mal venir ici toute seule, constata Bud en regardant autour de lui.

– C'est sûr, admit Walt. On est loin de tout.

– Tu penses que ça peut être le même homme qui a tué les deux gamines ? demanda Bud au légiste.

– Là, comme ça, je saurais pas te répondre. »

Toutes les têtes se tournèrent vers le sentier d'où provenaient des bruits de course. Quand Ellis Rodgers apparut, Bud et quelques autres se précipitèrent pour l'empêcher d'approcher.

« On peut pas vous laisser la voir, prévint Nelson. Vous l'identifierez demain.

– Non, je veux savoir ! Je vous en supplie ! »

Il s'adressa au détective :

« M'sieur Larkin… »

Le regard de Bud ne laissait aucune place au doute. Ellis comprit que les recherches pour retrouver Dee Dee s'arrêtaient là. Et avec elles, l'espoir.

*

Lorsque Adela rentra chez elle, la maison résonnait au son d'une chanson qu'elle n'avait encore jamais entendue. Dans la cuisine, Bernice et Sid se trémoussaient sur « Be My Baby », des Ronettes. Sid, hilare, tentait d'imiter le déhanché de sa sœur. Adela posa son sac et demanda, lasse :

« Vous êtes sourds ?

– Ça te plaît ? C'est un nouveau groupe, les Rodetts ! écorcha Bernice.

– C'est affreux ! »

Adela alla baisser le son. Bernice protesta :

« On dirait Lazarus ! »

Adela coupa carrément la radio :

« Ça, c'est Lazarus !

– Oh non ! »

Bernice s'approcha du poste pour le rallumer. Sa mère fit les gros yeux en dressant un index menaçant.

« Tst ! »

Elle ralluma elle-même la radio à un volume raisonnable.

« Pas plus, fit-elle d'un ton qui n'admettait pas la contradiction. Et je retire pas ce que j'ai dit : c'est affreux. Pour moi, c'est du bruit.

– Oh c'est sûr, ça vaut pas Bing Crosby ! *"I loooove youuuu..."* ! » entonna Bernice, moqueuse.

Adela attrapa un torchon qu'elle lui jeta à la figure.

« Y a deux choses sacrées auxquelles on touche pas dans cette maison : Dieu et Bing Crosby. »

Bernice leva les yeux au ciel. Son frère Elijah entra, en nage.

« T'as encore joué en plein soleil, le sermonna sa mère.

– Non... »

Il s'essuya le visage dans le bas de son tee-shirt et se servit un grand verre d'eau.

« C'est vrai que tu travailles pour Dick Tracy[1] ?

– Qui t'a dit ça ?

– Bernice.

– C'est pas vraiment Dick Tracy, non... Bois doucement. »

Il vida son verre sans tenir compte de la recommandation maternelle.

« Il a un chapeau ?

– Oui mais un chapeau de cow-boy.

– Et un pistolet ?

– Oui.

---

1. Célèbre détective de bande dessinée créé en 1931.

– Ouaaah ! »

Comme les enfants de son âge, Elijah passa vite à autre chose.

« Je peux ressortir jouer ?

– D'accord mais juste une demi-heure.

– Je peux aller avec lui ? demanda Sid.

– Oh non ! protesta Elijah en se tournant vers sa mère.

– Toi, t'es trop petit. Mais tu peux jouer dans le jardin si tu veux. »

Les deux garçons décampèrent par la porte de la cuisine. Adela sortit du frigo une carcasse de poulet qu'elle entreprit de dépiauter. Bernice prit des poivrons qu'elle lava.

« Il travaille sur quoi, ton détective ?

– Déjà, c'est pas *mon* détective. Et je peux rien te dire.

– Ah. »

Bernice n'insista pas. Elle s'assit à la table et se mit à couper les légumes.

« Mais il recherche Dee Dee, finit par lâcher Adela.

– C'est pas vrai ? Et tu crois qu'il a des chances de la retrouver ?

– J'espère. Mais je parierais pas là-dessus. C'est peut-être un brave type dans le fond, mais si lui est détective, tout le monde l'est ! Tu prends un goret, tu lui mets un chapeau, quatre chaussures et t'as un détective ! »

Bernice rit. Sa mère avait toujours de ces expressions !

« Tiens, j'aurais encore plus confiance en Lazarus ! » poursuivit Adela.

Elles rirent toutes les deux avant de s'apercevoir que ce dernier était à la porte de la cuisine. Est-ce qu'il avait entendu ? Impossible à dire. Il annonça froidement :

« On a retrouvé Dee Dee.

– Ah ! fit Adela, soulagée.

– Morte », précisa-t-il.

La musique, jusque-là discrète, sembla soudain envahir toute la pièce. Bobby Darin chantait « You Must Have Been a Beautiful Baby[1] ». Pour une fois, c'est Adela et non son beau-frère qui coupa la radio, et pas parce qu'elle préférait la version de Bing Crosby.

Plus tard dans la soirée, après un repas morose, elle rangea la bougie qui ne pouvait plus rien pour Dee Dee.

1. « Tu as dû être un beau bébé. »

Jeudi 22 août 1963

« Comment vous avez su où j'habitais ? demanda Ellis, les yeux rougis.

– Je suis détective », répondit Bud.

Par-dessus l'épaule d'Ellis, il constata que tous les voisins des Rodgers s'étaient donné rendez-vous chez eux. Lottie remerciait les uns et les autres pour leurs vaines condoléances. Ellis entraîna Bud à quelques pas de la maison. Les gens continuaient à aller et venir et jetaient à l'intrus des regards curieux sinon hostiles.

« Ils ont pas voulu nous la montrer ce matin à la morgue. On a juste vu ses habits. Et ils nous ont rendu son collier… Mais ils ont pas retrouvé son petit bracelet avec des petits cœurs.

– Mmh. »

Ellis salua d'un signe de tête un couple qui entrait chez lui.

« Ils nous disent tous que ça va aller mieux avec le temps. Mais c'est pas vrai. On a déjà perdu une fille, et on sait bien que ça va jamais mieux. »

Bud ne le contredit pas.

« On essaie de tenir le coup pour son petit frère mais c'est pas facile. À quatre ans, il comprend pas ce qui arrive. Il nous a demandé ce matin si Dee Dee serait encore morte demain. »

Il prit une longue inspiration en hoquetant, puis soupira.

« On a pas pu lui répondre », poursuivit-il en essuyant une larme.

Bud, mal à l'aise, attendit que le malheureux se ressaisisse avant de sortir de son portefeuille vingt dollars qu'Ellis repoussa.

« Non, gardez-les. Trouvez celui qui a fait ça. Je vous en prie, je vous paierai. Je veux savoir qui est capable de faire une chose pareille. Et pourquoi… Pourquoi… »

Bud hésita quelques instants avant de décider de garder les billets.

« Elle aime tellement la vie… Elle aim*ait* tellement la vie, se reprit Ellis. Et on lui a enlevée. J'ai beau être chrétien, je pardonnerai jamais. Jamais. Je pourrai pas. »

Il passa une main sur ses yeux humides.

« Et c'est pareil pour la police. Jamais je leur pardonnerai. Ça non ! S'ils avaient fait ce qu'il fallait quand on est allés les voir… »

Bud acquiesça puis s'éclaircit la voix.

« J'y vais. Je vous tiendrai au courant », dit-il simplement.

Il retourna à sa voiture. Ellis, lui, retourna à sa femme et à leur chagrin.

*

L'autopsie avait commencé en présence d'Edwin et de Walt qui, après s'être passé un baume sous le nez, enchaînaient les cigarettes, toujours dans l'espoir de masquer l'odeur du cadavre. Les deux policiers se contentaient d'écouter les commentaires du légiste, qui fumait lui aussi, et s'efforçaient de faire abstraction du corps, sauf en cas d'absolue nécessité. Les trois hommes furent surpris de voir Bud entrer.

« Le Grady's, c'est plus loin, lança Edwin.

– Ellis Rodgers m'a chargé de retrouver l'assassin de sa fille, expliqua Bud.

– C'est notre boulot, ça.

– C'était aussi votre boulot de la rechercher. »

Herbert, pris entre deux feux, tenta de calmer le jeu.

« En tout cas, moi, ça me gêne pas qu'il reste. »

Walt lui fit signe de poursuivre l'autopsie, et le légiste retourna à ses constatations.

« Les muqueuses sont trop altérées pour déterminer avec certitude s'il y a eu viol. »

Edwin et Walt jetèrent un rapide coup d'œil au corps tandis que Bud regarda franchement.

« Les écoulements constatés sont *post-mortem*, et donc non consécutifs à des plaies perforantes. J'attribue ces écoulements à des blessures infligées par la faune, de même que les marques constatées sur le visage et les extrémités. »

Il remonta jusqu'au cou de Dee Dee, s'empara d'un scalpel sur une tablette et, sans prévenir, ouvrit la gorge de l'enfant. Même Bud détourna les yeux.

« Mmh-mmmmh, s'étonna Herbert.

– Quoi ? demanda Edwin, la tête baissée.

– Les cornes supérieures des os du cou sont cassées.

– Et ? s'enquit Walt, dos au légiste.

– C'est typique d'un cas de strangulation. »

Bud alluma une cigarette.

« Ça veut dire qu'on a deux meurtres sur les bras… conclut Walt.

– Et peut-être deux tueurs, supposa Edwin, les yeux rivés sur ses chaussures. Puisqu'elles sont pas mortes de la même façon. »

Bud réfléchit.

« Pas sûr. »

Il regardait Herbert travailler. Il tira une bouffée et objecta :

« Y a quand même peu de chances que deux tueurs d'enfants traînent au même endroit au même moment. Il a peut-être improvisé. Pour la première, il avait un couteau sur lui, et pas pour la deuxième. Il a aussi pu l'étrangler pour l'empêcher de crier. Il a peut-être eu peur d'être surpris ? »

Il fumait nerveusement.

« On sait si elles ont été tuées à l'endroit où on les a trouvées ?

– Non, on sait pas mais sans doute, répondit Walt.

– Je pense pas, précisa Edwin. En tout cas, pas la première. Y avait pas de sang sur place.

– Sauf que, intervint le légiste, j'ai constaté une importante hémorragie interne qui peut expliquer l'absence de sang au sol.

– Elle avait sa culotte sur les chevilles, rappela Walt. Le gars a dû l'entraîner là, la violer et la tuer dans la foulée.

– Et la deuxième ? demanda Bud.

– Y avait pas de traces de lutte autour du corps, affirma Edwin. Quelques branches cassées, mais ça peut être le type qui l'a trouvée, ou son chien, ou même nous quand on a débarqué…

– On a rien, quoi », conclut Bud en écrasant sa cigarette sur l'un des plateaux en inox.

Samedi 24 août 1963

Lorsque Bud entra dans l'église baptiste de la 16th Street, elle était bondée, et l'office avait déjà commencé. Il ne restait que trois places sur le dernier banc. Il s'y assit, tout au bout, à bonne distance de son voisin. Il était le seul Blanc de l'assemblée et se sentit comme un grain de sel dans une poivrière. Il était aussi le seul homme à avoir gardé son chapeau sur la tête. Son voisin, choqué, lui fit comprendre d'un geste qu'il devait se découvrir. Bud s'exécuta et lui adressa un signe de la main en guise d'excuse.

Soudain, il vit tout le monde se lever. Il en fit autant. En revanche, quand tous les fidèles se mirent à chanter, il se garda bien de les imiter. Puis tout le monde se rassit, et cette fois il ne se fit pas prier.

Il ne prêtait aucune attention aux envolées lyriques du pasteur. S'il était venu, c'était uniquement parce qu'il pensait que l'assassin de Dee Dee assisterait peut-être aux funérailles de sa victime. Il considérait tous les hommes présents comme de potentiels suspects. À commencer par ce type, quelques bancs devant lui, sur l'autre travée, qui n'en finissait pas de sangloter. Les gens aux derniers rangs se mettaient rarement dans des états pareils. Bud se fit la réflexion que, sans ces effusions lacrymales, il n'aurait jamais remarqué ce gars-là, qui était de taille, de corpulence et d'âge moyens, et n'avait, à première vue, et de trois quarts, aucun signe particulier.

Plus occupé à inspecter l'auditoire qu'à écouter le pasteur, il n'entendit pas ce dernier prier Dieu de pardonner à Dee Dee ses péchés. Il n'entendit qu'Ellis apostropher l'homme d'Église :

« Ses péchés ?! Quels péchés ? Elle avait onze ans ! »

Lottie saisit le bras de son mari, qui se calma. Le pasteur, quelque peu désarçonné, reprit le fil de ses litanies.

Lorsque la cérémonie fut terminée, l'homme de Dieu enjoignit à ses fidèles de participer à la Marche sur Washington pour les droits civiques, qui aurait lieu le mercredi. Il rappela que des bus partiraient le mardi soir de Birmingham. Le voyage devait durer environ douze heures. Adela ne se sentait pas le courage d'en être : Washington lui semblait au bout du monde, à elle qui n'était jamais allée plus loin que Montgomery. Et surtout, elle craignait les représailles de la police.

Bud fut le premier à sortir de l'église. Il descendit le grand escalier et traversa la rue pour se poster sur le trottoir d'en face. De là, il observa les gens se masser devant l'édifice. Le type qu'il avait repéré ne tarda pas à les rejoindre. Étrangement, il ne parlait à personne. Bud interpella un couple qui venait de quitter l'assemblée :

« Pardon, vous connaissez ce gars, là-bas ? »

Ils se retournèrent pour voir de qui le Blanc voulait parler. Ils firent non de la tête et passèrent leur chemin. Le détective posa la même question à tous ceux qui le croisaient et obtint chaque fois la même réponse. Quand les gens daignaient s'arrêter.

Il se dit que sa chance allait peut-être tourner lorsqu'il vit Adela descendre les marches, accompagnée d'un homme qui s'aidait d'une canne. *Sans doute son mari.* Il traversa pour aller à sa rencontre.

Elle s'étonna de le voir là.

« Tiens, m'sieur Larkin ! C'est gentil à vous d'être venu. »

Elle fit les présentations :

« Lazarus Cobb, mon beau-frère. M'sieur Larkin, chez qui je travaille le mercredi. »

Les deux hommes échangèrent un simple signe de tête. Bud en vint tout de suite au fait :

« Dites-moi, euh… »

Il s'aperçut qu'il ne connaissait même pas le prénom d'Adela.

« … Vous connaissez cet homme, là-bas ? »

Adela se tourna vers l'homme en question et, sans surprise, sa réponse fut :

« Non. »

Elle vit à son expression qu'il était contrarié.

« Mais je peux me renseigner si vous voulez. »

Lazarus fronça les sourcils lorsqu'il entendit sa belle-sœur prendre cette initiative. Bud l'ignora.

« Je veux bien. »

La jeune femme abandonna les deux hommes, qui restèrent côte à côte sans échanger le moindre mot ni le moindre regard. Jusqu'à ce que Lazarus prenne congé sans plus de cérémonie.

« Virgil Tucker », annonça Adela en retrouvant Bud.

Il ne lui avait pas fallu plus de cinq minutes pour obtenir l'information.

« C'est un voisin de la famille Rodgers », précisa-t-elle.

Dee Dee aurait très bien pu suivre un voisin en toute confiance…

« OK. Merci, euh…

– Adela.

– C'est ça. »

Tout le monde regardait avec plus ou moins d'hostilité ce Blanc qui discutait avec une Noire.

« À mercredi alors, fit Bud.

– C'est ça », répéta Adela.

Ils se séparèrent, et Bud retourna à son poste d'observation, de l'autre côté de la rue. De là, il vit Adela rejoindre une grosse dame qui ne les avait pas quittés des yeux.

« Tu le connais ? demanda Renee.

– Oui, c'est "mon mercredi".

– Eh ben ! L'argent n'a pas d'odeur… Remarque, tant qu'ils se tuent entre eux !

– Qu'est-ce que tu racontes ?

– Tu sais pas ? C'est le flic qu'a tué son collègue y a deux ans. »

Adela en resta comme deux ronds de flan. Elle se souvenait d'avoir entendu parler d'une histoire de ce genre, mais comme elle ne lisait pas les journaux... Renee, qui adorait savoir des choses que les autres ignoraient, feignit d'avoir le triomphe modeste.

Un silence respectueux s'imposa lorsque le petit cercueil descendit les marches, suivi d'Ellis et Lottie. Arrivée en bas, Lottie aperçut Bud, et, à la surprise générale, traversa la rue. Bud enleva spontanément son chapeau.

« Toutes mes condoléances.

– On nous a même pas laissés l'embrasser une dernière fois. On nous a même pas laissés la voir. Alors que moi, j'aurais voulu que tout le monde la voie. J'aurais voulu qu'on laisse le cercueil ouvert pour que tout le monde voie ce qu'on a fait à mon bébé. »

Bud avait conscience que tous les yeux étaient braqués sur eux. Lottie, elle, n'avait conscience de rien.

« Quand Ellis m'a dit qu'on avait retrouvé le corps de Dee Dee, j'ai entendu un cri. Un cri affreux, pas humain. Et c'était le mien. »

Ellis les rejoignit.

« Bonjour, m'sieur Larkin. Merci d'être venu. »

Il prit le bras de sa femme.

« Viens, ma chérie.

– Retrouvez-le, poursuivit Lottie. Trouvez l'enfant de putain qu'a fait ça ! »

Jamais elle n'avait employé un tel langage, et Ellis en sursauta presque.

« Je le retrouverai », promit Bud.

Lottie saisit sa main et la serra, la serra si fort, en le fixant droit dans les yeux. Il ressentit à la fois toute sa douleur, toute sa rage et tous les espoirs qu'elle plaçait en lui. Puis elle se résolut à relâcher son étreinte, et Bud, sonné, suivit le couple du regard tandis qu'Ellis la ramenait lentement vers le cercueil.

Dimanche 25 août 1963

En milieu d'après-midi, Bud approchait de l'endroit où l'on avait trouvé le corps de Dee Dee. Il espérait mettre la main sur un indice qui lui aurait échappé ainsi qu'à la police. Il s'arrêta net lorsqu'il lui sembla entendre du bruit dans les fourrés. Il écouta. Oui, il y avait bien du bruit. Un animal… ou quelqu'un. Il avança encore, à pas feutrés cette fois. Une silhouette se dessinait à mesure qu'il progressait. Un homme noir en chemisette s'agitait, à quatre pattes : il remuait les feuilles mortes. Bud se tenait derrière lui.

« T'as perdu quelque chose ? »

L'inconnu sursauta et se releva brutalement.

« J'ai rien fait ! »

Bud l'observa un instant.

« C'est toi qui pleurnichais à l'enterrement hier… Qu'est-ce que tu viens foutre là ?

– Rien, j'regardais si j'trouvais pas quequ'chose qui pourrait aider à trouver le tueur.

– Ça, c'est mon boulot.

– Ah, c'est vous qu'Ellis a engagé ? J'm'en vais alors. J'veux pas vous gêner. »

Il était déjà sur le départ, mais Bud n'en avait pas fini avec lui.

« Tu t'appelles Virgil, c'est ça ?

– Oui, m'sieur. Virgil Tucker. Comment vous… ?

– Et t'habites à côté de chez les Rodgers, hein ?

– Oui, enfin, à cinq maisons… Non, quatre maisons. Ça fait que j'connaissais bien la p'tite.

– Et t'as rien vu le jour où elle a disparu ?

– Non. J'étais à Jackson avec mon frère. À cause que son collègue pouvait pas l'emmener.

– Et pourquoi tu viens ici ?

– Ici à Birmingham ? C'est là que j'vis.

– Non, ici-où-on-a-retrouvé-une-gosse-assassinée. Pourquoi tu laisses pas faire la police ?

– Parce qu'y f'ront rien. Y a trois mois, y lâchaient leurs chiens sur nous. Même sur les enfants. Et les pompiers nous repoussaient avec leurs lances à incendie ! Comme j'dis, ça inspire pas forcément confiance. Ça fait qu'on peut pas compter sur eux. Mais elle était gentille, c'te gamine. Elle méritait pas ça. Franchement, j'la voyais pas mourir de c'te façon. Elle était gentille, polie, elle riait tout le temps. Ça fait que j'la voyais pas mourir comme ça. Ah non, alors ! Comme j'dis, c'est pas un homme, çui qu'a fait ça. »

Il serrait les poings, furieux.

« Comme j'dis, y mérite pas de vivre. »

Il serra plus fort, si fort que ses poings se mirent à trembler. Puis il se calma.

« J'vais vous laisser travailler.

– C'est ça. »

Virgil s'éloigna sous le regard soupçonneux de Bud.

« T'as rien trouvé ? »

L'autre s'arrêta et se retourna.

« Non, m'sieur. »

Il baissa la tête, se remit en route et disparut. Le détective inspecta les feuillages à son tour, sans plus de succès. Et si Virgil avait découvert quelque chose avant lui ? Quelque chose qu'il avait gardé dans ses poings serrés ? Bud se maudit de ne pas y avoir pensé plus tôt. Il n'était décidément plus le flic qu'il avait été. Avant de repartir, il prit quelques photos, même si l'endroit avait été piétiné maintes fois mercredi, et que Virgil et lui en avaient remis une couche aujourd'hui.

Lundi 26 août 1963

Au saut du lit, vers treize heures, « treize heures du matin » comme il disait, Bud se rendit dans le quartier noir où vivaient les Rodgers. Les rares personnes qu'il aurait pu croiser changeaient de trottoir avant d'arriver à son niveau. Quant à celles qui se trouvaient devant chez elles, elles le toisaient, méfiantes, et rentraient sitôt qu'il s'approchait. Il frappa à plusieurs portes mais pas une ne s'ouvrit. Il entendit même des verrous se fermer. Plusieurs fois, il alla regarder par les fenêtres ouvertes et aperçut un enfant ici, une femme là. Il n'était pas le bienvenu. Il ne pouvait quand même pas défoncer toutes les portes qui ne s'ouvraient pas ! La veille, au bar, il avait entendu dire que Nelson était emmerdé parce qu'une femme de Childersburg l'accusait d'avoir défoncé la sienne…

Alors qu'il rejoignait sa voiture, un gamin d'une dizaine d'années déboula de nulle part en courant tête baissée et lui rentra dedans. L'enfant perdit l'équilibre en même temps que son chapeau de cow-boy rouge et son pistolet en plastique. Il s'étala de tout son long, soit un mètre trente.

« Regarde où tu vas ! » tonna Bud.

Le petit cow-boy se releva, ramassa ses affaires sans moufter et reprit sa course. Bud entra dans sa voiture, bien content de quitter ce foutu quartier noir pour retrouver la ville blanche.

Mercredi 28 août 1963

Ce matin, dans le bus, toutes les conversations tournaient autour de la Marche sur Washington. Adela espérait que les manifestants afflueraient par milliers de tout le pays et que Kennedy mettrait enfin en application ses belles théories. Elle avait eu la chair de poule en l'entendant proclamer à la radio en juin : « Pouvons-nous affirmer au monde, et surtout à nos compatriotes, que nous sommes le pays de la liberté, sauf pour les Noirs ? Que nous n'avons pas de sous-citoyens, sauf les Noirs ? Que nous n'avons pas de système de classe sociale ou de caste, pas de ghetto, pas de race supérieure, sauf quand il s'agit des Noirs[1] ? » Il avait même ajouté : « La notion de race n'a sa place ni dans la vie ni dans la loi américaine. » Mais pour l'instant, ces belles paroles n'étaient que du vent, particulièrement en Alabama où l'on pouvait visiblement assassiner des petites filles noires dans l'indifférence générale.

1. Discours sur les droits civiques du 11 juin 1963.

En attendant que les choses changent, elle se demandait ce qu'elle pouvait faire pour les familles de Dee Dee et de Carlene, en dehors de prier pour elles. Peut-être pouvait-elle aider, dans la mesure de ses moyens, son employeur du mercredi à retrouver le ou les monstres qui avaient fait ça ? Évidemment, elle n'allait pas se mêler de l'enquête, mais si elle lui apportait à manger, par exemple ? Elle le trouvait un peu maigre et se disait qu'il ne devait pas se nourrir suffisamment. Or on ne peut pas bien réfléchir le ventre vide.

Et c'est ainsi que, ce mercredi, Adela posa sur le bureau de Bud des cornichons à l'aneth frits et du gratin de haricots verts. *Pourquoi pas ?* s'était-elle dit.

« Pourquoi ? demanda Bud.

– Comme ça.

– Qu'est-ce que c'est ?

– Des cornichons à l'aneth frits et du gratin de haricots verts. »

Il renifla l'assiette qu'elle lui tendait.

« Je vais pas vous empoisonner. »

Il esquissa une moue perplexe.

« Vous avez avalé quelque chose depuis ce matin ? enchaîna-t-elle.

– Deux verres.

– Vous pouvez pas manger dans un verre tout le temps. Si vous voulez retrouver l'assassin des deux petites…

– Ça va, je les mangerai, vos trucs. »

Il prit l'assiette, et ils en restèrent là. Adela se mit à faire la poussière en maugréant. C'est tout juste si elle remarqua l'arme sur le bureau, sur laquelle elle passa son chiffon comme s'il s'agissait d'un bibelot. Bud, qui était occupé à fumer, se posta à la fenêtre.

« Les clients se bousculent pas, finit par observer Adela.

– C'est un jour calme, concéda Bud.

– C'est souvent des jours calmes, j'ai l'impression. »

Il ne répondit pas. Elle changea de sujet :

« Dites, vous avez déjà lavé vos carreaux ?

– Pas que je me souvienne. »

Elle s'y attela et s'en souviendrait longtemps. Quant à Bud, il ne fit rien de son après-midi. Il resta assis, pour ne pas dire avachi, dans son fauteuil, sur une chaise, sur le canapé. Il ne se leva que pour passer de l'un à l'autre. Sauf une fois, pour déplacer légèrement un petit oiseau jaune et gris en porcelaine sur le buffet. Il l'orienta vers la fenêtre, exactement tel qu'il était avant qu'Adela ne le dérange. En partant, elle se fit la réflexion qu'un après-midi à ne rien faire, il fallait quand même le faire ! Lorsqu'il eut faim, Bud alla renifler à nouveau l'assiette qu'elle lui avait apportée et n'hésita pas bien longtemps avant de la donner à manger à M'ame. À sa grande surprise, sa chienne avait l'air d'apprécier la cuisine des Noirs. Lui préféra finir un vieux sandwich rassis.

*

Dans le bus du retour, Adela entendit que la Marche sur Washington avait été un franc succès. On estimait que deux cent mille personnes, Noirs et Blancs confondus, y avaient pris part. Adela vit monter la jeune fille qui lui avait fait penser à une vedette de cinéma quinze jours plus tôt, avec ses lunettes noires. Cette fois, l'adolescente ne cachait pas ses yeux et riait avec deux filles de son âge. Adela songea à ce que sa mère lui répétait souvent lorsqu'elle était petite : « Ris, et on rira avec toi. Pleure, et tu pleureras toute seule. »

*

Lorsque Adela rentra chez elle, Bernice écoutait la radio avec le plus grand intérêt, et accessoirement avec Lazarus. On rediffusait le discours de Martin Luther King, qui affirmait que l'heure était venue d'« émerger des vallées obscures et désolées de la ségrégation pour fouler le sentier ensoleillé de la justice raciale ». Adela rejoignit sa fille et son beau-frère, assis autour de la table. « 1963 n'est pas une fin, assura le pasteur, c'est un commencement. »

Lazarus pestait et bougonnait en secouant la tête. Mère et fille refusaient d'y prêter attention. Elles buvaient les paroles de l'orateur qui martelait qu'il avait un rêve. Un rêve de justice et d'égalité pour la Géorgie, le Mississippi et l'Alabama : « Je rêve qu'un jour, même en Alabama, avec ses abominables racistes, avec son gouverneur qui n'a que les mots "opposition" et "invalidation [des lois fédérales]" à la bouche, que, là même en Alabama, un jour les petits garçons noirs et les petites filles blanches pourront se donner la main, comme frères et sœurs. C'est le rêve que je fais aujourd'hui ! »

Bernice montra à sa mère la chair de poule sur ses bras. Elles avaient envie d'y croire. Soudain, Lazarus coupa la radio.

« Rêvez pas. »

Bernice s'apprêtait à la rallumer quand son oncle menaça de la gifler en levant la main.

« T'avise pas de la toucher », le prévint Adela en rallumant la radio.

Il alla s'asseoir dans son fauteuil, et ils écoutèrent la fin du discours.

« *Amen* », conclut Adela.

Lazarus sortit de ses gonds :

« Oui, il rêve ! C'est rien de le dire ! Il ferait bien de retomber sur terre.

– Les choses bougent, tu sais, répliqua Bernice. Sammy Davis Jr. a bien épousé une Blanche ! Et t'as entendu tout à l'heure, y avait plein de vedettes à la Marche. Harry Belafonte, Sidney Poitier, Lena Horne...

– Que des Noirs ! s'agaça Lazarus.

– Non, rétorqua Adela. Apparemment, y avait Charlton Heston, Tony Bennett, Shelley Winters...

– Paul Newman, Tony Curtis, Marlon Brando... renchérit Bernice.

– Mahalia Jackson a chanté, dit Adela.

– Et des chanteurs blancs aussi, ajouta Bernice.

– Ah oui ? s'étonna Adela.

– Joan Baez et Bob Dylan.

– Connais pas.

– Les Blancs aiment pas les Noirs, asséna Lazarus. Et c'est pas des discours et des chansons qui vont changer ça. On sera jamais égaux.

– Égaux, peut-être pas, mais... commença Adela.

– Et pourquoi pas ? » demanda Bernice.

Ce « pourquoi pas ? » de sa fille résonna en Adela. Elle se dit qu'en effet les choses avaient davantage bougé ces derniers mois que ces cent dernières années, alors…

« C'est vrai, fit-elle. Et pourquoi pas ? »

Jeudi 29 août 1963

Perchée sur un escabeau, Adela nettoyait les pampilles d'un lustre en cristal. Lorsque Gloria la vit là-haut, elle poussa un cri d'effroi qui fit vaciller sa bonne.

« Je vous ai dit de ne pas faire ça toute seule ! Et si vous tombiez ? »

Adela, encore sous le choc, se cramponnait à l'escabeau.

« Je m'en sortais très bien avant que vous arriviez. »

Gloria lui saisit les chevilles.

« Je vous tiens, allez-y. »

Adela secoua la tête.

« Vous m'aidez pas, Miss Gloria. Je préférerais que vous me lâchiez. »

Vexée, la vieille dame obtempéra et se contenta de tenir l'escabeau. Adela reprit sa tâche.

« Vous cherchez votre fille ? demanda Gloria.

– Ma fille ? »

Adela arrêta de frotter.

« Vous cherchiez une fille…

– Non, Miss Gloria. Ma Bernice va bien. Tout va bien.

– Vous cherchez un homme.

– Oh non, Miss Gloria. Je pense qu'à mon Morris.

– Non, vous cherchez un homme qui s'en prend à des filles. »

Adela descendit de l'escabeau. Elle n'aimait pas quand Gloria jouait à cette espèce de jeu de devinettes. On aurait dit une sorcière. Elle avait beau être blanche, ça ressemblait à de la magie noire, et Adela en avait des frissons, même par cette chaleur.

« Vous parlez pas des petites qui sont mortes, quand même ? demanda-t-elle malgré tout, pour se rassurer.

– Ah, voilà ! Je savais bien ! Des petites filles sont mortes…

– Oui.

– Et vous cherchez celui qui les a tuées ?

– Moi non. Mais je travaille pour un détective qui le recherche.

– Hin-hin », fit Gloria, pensive.

Adela remit un pied sur l'escabeau.

« Et vous ne l'aidez pas dans ses recherches ?

– Oh ben non, Miss Gloria. Moi, je lui fais son ménage. C'est déjà bien.

– C'est un bon détective ?

– Je sais pas trop. Ça a pas l'air. Mais j'en sais rien, je l'ai jamais vu à l'œuvre. C'est au pied du mur qu'on voit le maçon.

– Vous verrez le maçon, annonça Gloria. Et le mur. »

Adela ne comprit pas ce qu'elle voulait dire par là mais elle en avait suffisamment entendu. Elle alla ranger l'escabeau et perçut encore ces mots en s'éloignant :

« Je savais bien qu'elles étaient mortes. »

Elle alla trouver Sissy, la cuisinière de Gloria, qui rangeait ses courses.

« C'est toi qui lui as dit pour les petites filles ?

– Les petites filles ?

– Les petites filles qui sont mortes.

– T'es folle ? Pourquoi j'aurais été lui parler de ça ? »

Alors qui ?

Mercredi 4 septembre 1963

Bud s'étonna de trouver M'ame dans le couloir de l'immeuble. Il y avait du bruit dans son bureau. Quelqu'un était en train de trifouiller dans ses affaires. Il saisit son revolver à sa ceinture, tourna doucement la poignée de la porte, prit une grande inspiration et s'élança comme une tornade :

« Qu'est-ce tu branles chez moi, enfoiré de connard ? »

Adela poussa un cri, et Goliath bondit de sa chaise.

« Ah, c'est vous, fit Bud en rangeant son arme.

– Évidemment que c'est moi ! »

Elle tentait de reprendre son souffle.

« Qui voulez-vous que ce soit ?

– Quel jour on est ?

– Mercredi ! Le jour où je viens faire votre ménage ! »

M'ame entra et s'approcha d'Adela, qui grogna :

« Reste où t'es, toi. »

La chienne s'assit, le regard triste.

« Va jouer dehors.

– Ça risque pas. Elle sort jamais toute seule. »

M'ame préféra rejoindre Goliath, qui avait trouvé refuge sur le canapé. Il fallut à Adela quelques secondes et quelques profondes inspirations pour reprendre ses esprits. Bud, lui, était déjà passé à autre chose. Il alluma une cigarette, ouvrit une enveloppe et découvrit les photos qu'il avait prises dans le bois dix jours plus tôt. Elles étaient toutes floues. Il avait déjà remarqué qu'il faisait souvent des photos floues lorsqu'il avait bu. Il y avait peut-être un rapport de cause à effet…

« Vous m'avez fait peur ! » finit par pester Adela.

Bud releva la tête un instant avant de se replonger dans les bois flous. Adela jeta un œil sur ce qu'il regardait. Il posa les clichés sur son bureau.

« Le ménage avance pas beaucoup, constata-t-il.

– C'est sûr, je refais la même chose toutes les semaines. On a que le bien du mal qu'on se donne. Si vous y mettiez un peu du vôtre, je pourrais peut-être commencer à lessiver les plinthes et les murs…

– Ouais… Ça avance pas beaucoup quand même…

– Et votre enquête, ça avance ? »

Pendant une seconde, peut-être moins, elle avait essayé de tenir sa langue, mais c'était plus fort qu'elle. Bud se surprit à sourire de son aplomb.

« Ça avance, ça avance… fit-il, pensif.

– Tant mieux », conclut Adela en retournant à son ménage.

Debout contre son bureau, Bud l'observait. Adela sentit son regard sur elle et se retourna.

« Qu'est-ce que vous regardez ? »

Pris sur le fait, il bafouilla :

« Euh... Je pensais aller interroger les voisins des Rodgers. Je me disais que je pourrais peut-être vous emmener.

– Pourquoi ?

– Peut-être qu'ils m'ouvriraient plus facilement leur porte si vous étiez là. »

Peut-être qu'ils lui ouvriraient leur porte tout court.

« Vu que vous êtes noire, crut-il bon d'ajouter.

– Mmh-mmh. »

Adela réfléchit.

« Je sais pas trop. »

Elle n'avait pas envie qu'on la voie traîner avec un Blanc. Elle tenait à sa réputation.

« Je sais pas si je saurais quoi dire... poursuivit-elle pour se justifier.

– Vous direz rien, vous ferez rien. Vous vous contenterez d'être là. »

Elle ne semblait pas très enthousiaste.

« Et vous serez payée comme si vous faisiez le ménage. »

Il n'avait pas plus tôt terminé sa phrase qu'elle posa son chiffon, retira son tablier et prit son sac.

*

Sans surprise, la voiture de Bud était aussi sale que son bureau.

« Vous la lavez, votre voiture, des fois ?

– J'attends qu'il pleuve », dit-il en s'installant derrière le volant.

Elle secoua la tête et ouvrit la portière. Lorsque Bud eut fini de s'allumer une cigarette et de débarrasser le siège passager de tout ce qui y était amassé, elle put enfin s'asseoir. Elle était montée en tout et pour tout dans trois voitures en trente-quatre ans, et encore, celle de Bud était la troisième. Si on lui avait dit qu'un jour elle partagerait celle d'un Blanc ! *Dieu a plus d'imagination que nous*, se dit-elle. Et en effet, elle n'avait pas imaginé qu'on puisse conduire aussi mal. Au deuxième véhicule que Bud manqua d'emboutir, Adela sortit de son sac un chapelet qu'elle serra comme jamais.

« Vous avez mangé ce matin ?...

– Mangé ? Non, je crois pas. »

C'est ça, il avait encore *bu* son petit déjeuner. Évidemment, à l'entendre, c'étaient toujours les trottoirs qui étaient trop larges, les routes trop étroites ou les autres conducteurs trop cons. Mais Adela ne l'écoutait pas. Elle était trop concentrée sur la route, tant et si bien qu'elle ne prêtait même pas attention à la bouteille vide au sol qui n'arrêtait pas de cogner contre ses pieds.

Lorsqu'ils arrivèrent enfin dans le quartier des Rodgers, elle se jeta sur sa poignée, sans succès. Elle dut prendre son mal en patience jusqu'à ce que Bud fasse le tour de la voiture pour la délivrer. Et voilà qu'un Blanc lui ouvrait la portière maintenant !

« Vous dites pas un mot. Compris ?

– Oui. »

L'improbable duo se dirigea vers la maison la plus proche, une bicoque qui paraissait un peu moins abandonnée que ses voisines, avec leur peinture écaillée. Ils montèrent trois marches qui ployèrent un peu sous leur poids, et Bud frappa à la porte. À l'intérieur, on coupa la radio, puis le plancher grinça, puis plus rien. Ils se regardèrent, dubitatifs. Adela frappa à son tour et demanda :

« Y a quelqu'un ?

– Qu'est-ce que vous faites ? demanda Bud. Je vous ai dit de pas parler !

– J'essayais. On sait jamais.

– Ouais, eh ben n'essayez plus… »

Quelqu'un leur ouvrit. Un homme d'environ trente ans à la carrure imposante.

« Quoi ?

– J'enquête sur le meurtre de Dee Dee Rodgers.

– Je sais rien, désolé. »

Il allait refermer la porte mais Adela la retint ouverte avec sa main.

« S'il vous plaît ! fit-elle.

– Vous êtes qui, vous ? »

Bud et Adela se consultèrent du regard.

« C'est… commença Bud.

– Euh… poursuivit Adela.

– … ma secrétaire, conclut Bud.

– Voilà, approuva Adela. Je suis là pour tout noter. »

Le type regarda son uniforme de bonne. Il haussa un sourcil.

« Vous avez vraiment rien à nous dire ? l'interrogea le détective.

– Non, rien. Vous avez qu'à noter ça, tiens !

– D'accord, répondit Adela. Vous auriez du papier et de quoi écrire ? Je… J'ai oublié mes affaires au bureau. »

L'autre hésita un instant, dérouté.

« S'il vous plaît », insista Adela.

Il soupira et les abandonna quelques secondes.

« Et maintenant, vous vous taisez ! » ordonna Bud.

Le grand gaillard revint avec une feuille et un crayon.

« Merci bien », dit Adela.

Elle plia la feuille en quatre.

« Donc, vous disiez que vous saviez rien… reprit Bud.

– Rien du tout. »

Adela fit semblant d'écrire. Bud poursuivit :

« Vous avez pas remarqué quoi que ce soit de suspect le jour de la disparition de la petite ? »

L'autre secoua la tête, et Adela « consigna » sa réponse.

« Ou même avant, ou après ? Quelqu'un qui aurait nettoyé sa voiture, qui se serait comporté bizarrement ? Vous avez pas entendu parler d'une fille qui aurait été abordée par un inconnu ? »

Le tueur n'en était probablement pas à son coup d'essai.

« Non.

– Réfléchissez bien », le pria Adela.

Bud adressa à sa nouvelle secrétaire un regard las.

« Peut-être…

– Oui ? rebondit Bud.

– J'ai vu une voiture traîner dans le quartier les jours d'avant.

– Une voiture ? répéta le détective.

– Une Chevrolet. Marron, je crois. Je m'en souviens parce que je l'avais jamais vue avant. J'avais trouvé bizarre de la voir rôder par chez nous. »

Adela, qui n'écrivait plus rien, se rappela soudain qu'elle devait continuer à faire mine de tout noter.

« Vous avez pas vu le chauffeur, je suppose ? demanda Bud.
– Non.
– Vous en avez parlé à vos voisins ?
– Euh, juste à Virgil. Tucker. Mais il avait rien remarqué.
– Bon. Rien d'autre ?
– Non.
– Et vous vous appelez ? »
Il hésita et finit par lâcher :
« Johnny Billups. »
Adela acquiesçait sans écrire. Il précisa :
« Billups : B, I, deux L, U, P, S. »
Elle griffonna quelque chose. Il se pencha pour vérifier qu'elle avait bien orthographié son nom mais elle releva sa feuille. Elle lui rendit son crayon en souriant.
« Merci beaucoup. »

D'autres portes s'ouvrirent, et il fallut toute la force de persuasion d'Adela pour qu'elles ne se referment pas. Toutefois, Bud n'apprit pas grand-chose. S'il y avait des témoins, peut-être se sentaient-ils coupables de ne pas être intervenus ? Ou peut-être avaient-ils peur ? Du tueur, toujours dans la nature ? De la police, s'ils avaient des choses à se reprocher ?
Une dame ignora complètement Bud. Alors même qu'il lui parlait, elle resta obstinément tournée vers Adela. Lorsque celle-ci finit par désigner son employeur du doigt, l'autre feignit la surprise, le regardant pour la première fois :
« Oh, un Blanc ! Je vous avais pas vu, en plein jour ! »
Puis elle fit entrer la femme de ménage sans le détective, qui dut patienter sur le porche. Il s'assit sur les marches et s'alluma

une première cigarette. Un rideau bougea à une fenêtre d'une espèce de taudis en face, et Bud sut qu'on l'épiait. Il se leva et alla soulager sa vessie, à l'arrière, dans un jardinet en friche. Lorsqu'il se retourna, il avait face à lui un gamin d'à peine six ans qui le fixait avec de gros yeux ronds.

« Ça va, p'tit ? »

Apeuré par ce géant blanc qui n'avait rien à faire là, le bambin prit ses petites jambes potelées à son cou et disparut dans la maison.

Vingt minutes et quatre cigarettes plus tard, Adela lui répétait ce qu'on lui avait confié :

« Elle dit que c'est Virgil Tucker le tueur. Mais elle a aucune preuve. Je crois que c'est surtout qu'elle l'aime pas. Bon, elle l'a vu parler avec Dee Dee une semaine avant le meurtre, mais à part ça…

– Comment elle s'appelle ?

– Betty.

– Montrez voir. »

Il lui prit la feuille des mains…

« Non ! »

…et découvrit des gribouillis en lieu et place de ses notes.

« Qu'est-ce que c'est que ça ? »

Elle regardait le bout de ses chaussures. Il jeta à nouveau un œil à ses « notes ».

« Vous savez pas écrire ? »

Elle restait muette. Il se demanda à lui-même :

« Merde, comment il s'appelait ce grand nègre tout à l'heure ?

– Johnny Billups. B, I, deux L, U, P, S. Il a repéré une Chevrolet qui rôdait dans le quartier. Une Chevrolet marron, il lui semble. Il a pas vu le chauffeur. Il en a parlé à Virgil Tucker, qui a rien remarqué.

– Vous avez tout retenu ?

– Et dites “Noir”, pas “nègre”, murmura-t-elle dans un souffle, s'il vous plaît. »

Il semblait trop absorbé dans ses pensées pour répondre.

« Mais comment ça se fait que vous savez pas écrire ? »

Cette fois, c'est Adela qui ne répondit pas à la question.

« On peut rentrer, maintenant ? »

Bud la déposa à trois cents mètres de chez elle. Il dut à nouveau sortir de la voiture et en faire le tour pour ouvrir la portière de sa passagère. Renee et Albertine, qui passaient par là, assistèrent à la scène de loin. Elles en restèrent bouche bée.

« Vous avez un numéro de téléphone où je peux vous joindre ?

– Non, j'ai pas le téléphone.

– OK, tant pis.

– Bonsoir.

– Bonsoir. »

Ils se quittèrent sans autre forme de politesse. Il remonta dans sa voiture. Elle descendit sa rue.

*

Adela finissait de préparer des gombos braisés à la tomate, Bernice dressait la table, et Sid, assis à sa place, réfléchissait à la question que sa sœur lui avait posée.

« Mmmmh, hésita-t-il. 10 ?

– Non. 3 x 4 ? répéta Bernice.

– 14 ? »

Elle soupira.

« 12, corrigea-t-elle. Concentre-toi. Euh… »

Elle cherchait une autre question.

« 4 x 3 ? » interrogea Lazarus en s'asseyant à table.

Bernice sourit, mais Sid redoubla de concentration.

« 14 ? essaya-t-il à nouveau.

– C'est la même chose, souffla Adela.

– La même chose que quoi ? »

Sid était perdu. Sa mère lui expliqua :

« 3 x 4 et 4 x 3, c'est la même chose.

– Un peu de jugeote ! » aboya Lazarus.

Adela le fusilla du regard.

« Elijah, à table ! » appela-t-elle pour mettre fin au calvaire de Sid.

La rentrée était proche. Qu'il profite des quelques jours de vacances qu'il lui restait. Elijah les rejoignit, Adela dit le bénédicité, et ils entamèrent le repas.

« T'as vu Dick Tracy aujourd'hui ? demanda Elijah à sa mère.

– Oui.

– Il a tiré sur quelqu'un ?

– Non.

– Maman reste dans son bureau, expliqua Bernice. Elle le suit pas quand il enquête.

– Ah oui… » fit Elijah, déçu.

Adela ne résista pas :

« Je suis allée enquêter avec lui aujourd'hui. »

Et tant pis pour ce qu'en dirait Lazarus. Celui-ci releva la tête de son assiette.

« Quoi ?

– Il m'a proposé d'y aller avec lui, et j'ai accepté.

– En voiture ? demanda Elijah.

– Oui.

– Dans *sa* voiture ? insista-t-il pour être sûr d'avoir bien compris.

– Oui, dans *sa* voiture.

– Et qu'est-ce que t'as fait ?

– On a interrogé des témoins. »

Tout le monde était soufflé. Lazarus bégaya :

« Vous… Vous avez interrogé des témoins ? *Tous les deux* ?

– Oui. Il y en a même un que j'ai interrogé toute seule ! »

Les deux petits pouffaient d'excitation.

« Je pourrai venir enquêter avec vous ? tenta Elijah.

– Moi aussi ! implora Sid.

– Non, c'est un travail pour les grands.

– Et il te paie combien ? sonda Bernice.

– Un dollar de l'heure, comme pour son ménage.

– Demande plus », suggéra Lazarus.

Adela se dit que c'était gonflé de la part de quelqu'un qui ne travaillait pas, ou si peu. Mais elle ne releva pas. Elle avait l'intention de passer une bonne soirée.

« Non mais c'est juste pour l'enquête sur Dee Dee et l'autre petite fille. C'est parce que les gens se confient plus facilement à moi. »

Elle préférait mettre les choses au clair avant que tout le monde ne s'emballe, mais c'était trop tard. Sid et Elijah lui posèrent des tonnes de questions, auxquelles elle opposa le secret professionnel. Ce qui eut pour effet d'aiguiser encore davantage leur curiosité.

Tout le monde passa effectivement une bonne soirée. Sauf Lazarus, fidèle à lui-même.

Samedi 7 septembre 1963

« Il nous a demandé… »

À la laverie, Albertine riait tellement qu'elle ne parvenait pas à terminer sa phrase. Et pour une fois, elle ne pouvait pas compter sur Fran, hilare, pour l'aider. Adela et Renee, amusées, attendaient la suite.

« Qu'est-ce qu'il vous a demandé ? voulait savoir Renee.

– Il nous a demandé si on voulait… commença Albertine.

– … si on voulait… » répéta Fran.

Adela et Renee trépignaient : qu'est-ce que le jeune marchand de glaces avait bien pu leur dire de si drôle ?

« Il nous a demandé, reprit Albertine, “Une ou deux boules ?”.

– … boules ? ponctua Fran.

– Et Fran lui a répondu que deux boules, c'était quand même mieux !

– … mieux ! »

Adela et Renee s'esclaffèrent.

« Le pauvre, il est devenu tout rouge, poursuivit Albertine. Nous, on arrivait plus à parler. Je lui ai quand même dit que, pour moi, une boule, c'était bien assez. Et on riait ! Et toute la file riait de nous voir rire. »

Adela pouvait facilement l'imaginer, alors qu'elles en essuyaient encore des larmes deux jours après.

« Moi, deux boules, ça me fait pas peur, déclara Renee sans la moindre arrière-pensée. Quand ça fait plaisir, ça fait pas grossir ! »

C'était sa grande théorie, que sa corpulence tendait toutefois à démentir.

Voilà comment les quatre amies oubliaient les tristes événements de la semaine. Trois jours plus tôt, des centaines de Blancs avaient manifesté leur mécontentement devant trois écoles blanches de Birmingham qui s'ouvraient aux élèves noirs. Une bombe avait même visé la maison d'un avocat noir, et les violentes émeutes qui s'étaient ensuivies avaient entraîné la fermeture provisoire des trois écoles. Personne ne l'ignorait ce samedi matin, à Birmingham comme dans tout le pays, mais à la laverie on préférait discuter d'autre chose, à l'instar de Fran :

« Adela, j'ai entendu parler d'une place pour toi, le mercredi, si ça t'intéresse toujours. »

Prise au dépourvu, Adela hésita avant de décider :

« Merci, c'est gentil, mais je vais rester où je suis. »

Albertine et Renee échangèrent un regard.

« C'est sûr que tous les employeurs nous ramènent pas en voiture… rebondit Renee.

– Et nous ouvrent pas la portière ! renchérit Albertine.

– … la portière, répéta Fran qu'elles avaient déjà mise au courant.

– C'est Morris qui doit être content ! » lança Renee.

Adela en laissa tomber son verre doseur en plastique, vide heureusement.

« Quoi ?! Vous êtes pas un peu folles ?! M'sieur Larkin m'a demandé de venir avec lui pour son enquête sur le meurtre des petites filles. Parce que les gens, en me voyant, lui ouvrent plus facilement leur porte.

– Et pourquoi, *lui*, il t'ouvre la portière ? demanda Fran.

– Parce qu'elle est bloquée de l'intérieur !

– Alors tu fais des enquêtes maintenant !… ironisa Renee.

– Non, on peut pas dire ça, répondit Adela.

– J'ai perdu une culotte, tu peux peut-être m'aider à la retrouver ? s'amusa Renee.

– Oh oui, sûrement. Vu le gabarit, elle doit pas passer inaperçue !

– …perçue. »

Fran couvrit sa bouche. Adela n'y était pas allée de main morte, mais elle se dit que Renee ne l'avait pas volé. Il y eut un silence gêné, que Renee elle-même rompit :

« N'empêche que tu devrais pas traîner avec un Blanc. C'est pas bien », sermonna-t-elle alors qu'elle allumait un cierge à l'église tous les dimanches pour tuer son mari !

« Je vais te dire une chose… » commença Adela.

Albertine et Fran retenaient leur souffle.

Occupe-toi plutôt de ton Joseph ! C'est ce que répondit Adela. Enfin, à sa façon, un peu plus imagée :

« Que tout le monde balaie devant sa porte, et la rue sera propre.

– … propre. »

*

« À quoi tu penses ? »

Bud releva la tête. De l'autre côté du bar, Lorraine le regardait. C'est à elle qu'il pensait, justement.

« Au boulot. »

Il but une gorgée de bière pour ne pas avoir à lui mentir davantage.

« Y a pas que ça dans la vie.

– Y paraît. Mais y a que ça dans la mienne. »

Elle haussa les épaules.

« Et toi ? T'as quelque chose ou… quelqu'un dans la tienne ? »

Elle sourit.

« Ça se voit, non ? »

Et elle fila servir une table. Sa réponse énigmatique laissa Bud perplexe.

À son retour, il l'interrogea :

« Quand tu dis "Ça se voit", tu veux dire "Ça se voit que j'ai un homme dans ma vie" ou "Ça se voit que j'en ai pas" ? »

L'œil de Lorraine frisa. Elle éluda une nouvelle fois sa question :

« C'est toi le détective… Qu'est-ce que t'en penses ?

– Je crois que t'as personne.

– Qu'est-ce qui te fait dire ça ?

– J'ai bien vu comme tu me regardes », lâcha-t-il, mi-figue, mi-raisin.

Elle éclata de rire. Lui-même sourit.

« Je peux t'offrir un verre ? »

Elle hésita, puis accepta et se servit une bière.

« À nous ! trinqua Bud.

– Quand tu dis "À nous"… » commença Lorraine avant d'esquisser un sourire.

Et ils trinquèrent pour la première fois.

« Qu'est-ce qu'on fête ? »

Sans attendre qu'on lui réponde, Edwin s'assit à la gauche de Bud et demanda :

« Je peux en avoir une aussi ?

– Tiens », fit Lorraine.

Elle lui donna sa propre bière et se remit au travail.

« T'es sûre ? » s'en émut Edwin avant de boire.

Walt vint bientôt s'asseoir à la droite de Bud.

« Lorraine, je peux avoir une bière, s'il te plaît ? »

Bud lui fit cadeau de la sienne. Bizarrement, s'il l'avait bue, il aurait eu l'impression d'embrasser Edwin.

« Euh, ça va pas, Bud ? s'inquiéta Walt. T'es malade ?

– Alors, tu la sautes ou quoi ta négresse ? demanda Edwin. Hein ? C'est comment, dis voir ? »

Edwin était hilare. Il était son meilleur public. Walt rit gentiment. Bud, mal à l'aise, jeta un coup d'œil à Lorraine. Impassible, elle s'approcha et reprit son verre à Edwin.

« T'as assez bu. »

Bud et Walt s'en amusèrent. Edwin moins, en voyant son verre s'éloigner.

Mercredi 11 septembre 1963

Adela lavait, nettoyait, récurait le bureau de Bud avec d'autant plus de vigueur qu'elle était bien remontée contre George Wallace, le gouverneur qui avait déployé des policiers pour bloquer l'accès des écoles blanches aux élèves noirs ! Des policiers dont la devise était pourtant « Protéger et servir ». *Protéger et servir, tu parles ! Protéger et servir... leurs intérêts, oui !* Elle se demandait pourquoi on n'avait pas jeté ce salaud de Wallace en prison puisqu'il avait refusé d'obéir à la décision du gouvernement fédéral. On était moins indulgent avec les Noirs, qu'on enfermait pour un mot de travers ! Elle pensait aussi à tous ces élèves blancs qui boycottaient les écoles et à ces gens, plus nombreux encore, qui manifestaient, et elle frottait, elle frottait, elle frottait...

Elle s'attaquait aux plinthes lorsque Bud sortit de sa chambre, au radar. À quatorze heures.

« On est déjà mercredi ? bredouilla-t-il.

– 'jour, m'sieur Larkin. Oui, déjà. »

Il renifla.

« Qu'est-ce que ça sent ?

– M'ame s'est oubliée. J'ai ramassé ses besoins en arrivant. Faut que vous la sortiez, m'sieur Larkin. Je veux plus avoir à faire ça. »

Bud s'assit sur le canapé et se frotta les yeux pendant un moment. Lorsqu'il les rouvrit enfin, il avait devant lui un bout de papier qu'Adela lui tendait.

« C'est le numéro de ma voisine, Mabel. Vous pouvez m'appeler là si vous avez besoin.

– OK. »

Il prit le papier et fixa les chiffres qui dansaient sur la feuille. Adela s'appuya contre son bureau.

« Je pensais à une chose : ce serait mieux s'ils étaient plusieurs.

– Mmh ? Quoi ?

– Ceux qui ont tué Dee Dee et l'autre petite. Ce serait mieux s'ils étaient plusieurs. »

Bud se redressa tant bien que mal. Il peinait à rassembler ses idées.

« Pourquoi ?

– Parce qu'à plusieurs, c'est plus dur de garder un secret pareil. Y en a bien un qui va parler, pour se vanter ou pour soulager sa conscience. »

Le bon sens d'Adela étonna le détective. Elle poursuivit :

« Je vais peut-être poser une question idiote, mais qu'est-ce qui nous dit que Dee Dee est jamais arrivée chez ses voisins ? »

Bud la regarda, interloqué : pourquoi n'y avait-il pas pensé ? Elle hasarda :

« Peut-être qu'elle s'est tuée accidentellement, qu'ils ont paniqué et qu'ils se sont débarrassés du corps pour pas être accusés ? Ou peut-être que le père de sa copine était tout seul et l'a agressée ? »

Le détective la considéra d'un air circonspect.

« Enfin, moi, je dis ça… »

Il réfléchit puis se leva, prit son chapeau, son arme, et se dirigea vers la porte.

« Vous venez ? »

Sans hésiter, elle retira son tablier et le suivit.

*

En voiture, Bud manqua plusieurs fois de se rendormir, et Adela ne dut son salut qu'aux coups de coude répétés qu'elle lui administra. Finalement, sans qu'elle sache comment, ils arrivèrent en vie. À peine le moteur coupé, elle essaya nerveusement d'ouvrir sa portière, sans attendre que Bud fasse le tour du véhicule pour la libérer. Lorsqu'il la délivra, elle jaillit de la Ford plus qu'elle n'en descendit, son chapelet à la main. Elle n'avait jamais été aussi contente de marcher. Elle suivit Bud jusqu'à la porte des Bagley, ces gens qui n'avaient soi-disant pas vu Dee Dee le jour de sa disparition. Son soulagement fut de courte durée. C'est armé d'un énorme couteau, et couvert de sang, que Leonford Bagley apparut à l'angle de la maison. Adela recula d'un pas. Bud, lui, resta stoïque. Il entama même la conversation :

« Bonjour. Bud Larkin…
– Je sais qui vous êtes.
– Tant mieux, on va gagner du temps. Qu'est-ce que vous faisiez ? »
Il montrait du doigt le couteau et le sang.
« J'étais en train de découper une bête.
– Une bête ?
– Un cerf.
– La chasse est interdite en ce moment, observa Bud.
– Je suis rentré dedans en voiture. »
Bud jeta un œil à la vieille Buick, intacte.
« Elle a rien eu, expliqua Leonford.
– Incroyable », s'extasia Bud.
Il s'éclaircit la voix et alla droit au but :
« Quand est-ce que vous avez vu Dee Dee pour la dernière fois ?
– La veille de sa mort.
– De son meurtre, vous voulez dire.
– Oui, c'est pareil.
– Pour elle, je suis pas sûr.
– Elle passait souvent. Elle jouait avec notre fille.
– Et le jour de… son *meurtre*… vous l'avez pas vue ?
– Non.
– Vous étiez chez vous ?
– Oui.
– Seul ?
– Avec ma femme. Et mes gamins. Pourquoi ?
– Je peux le voir, ce cerf ?
– Pourquoi ?

– Je suis curieux. »

Adela ne quittait pas le couteau des yeux. Carlene Dixon avait été poignardée… Elle ouvrit la bouche pour la première fois :

« Pour être sûrs que vous êtes pas en train de découper une petite fille. »

Bud, incrédule, se tourna vers elle. Elle scrutait la réaction du suspect, qui décida de sourire. Puis Leonford les invita à le suivre. Ils firent le tour de la maison. Sur une table, à l'ombre d'un arbre, gisait un cadavre. De cerf.

« Vous voyez, c'est juste un cerf. »

Il cracha par terre avant de poursuivre :

« Aujourd'hui, en tout cas. Peut-être que si vous repassez demain… »

Adela le fixait durement. Leonford, plus gêné qu'elle, finit par fuir son regard.

« Bon, je m'y remets. Avec la chaleur, faut pas que ça traîne. »

Il reprit son ouvrage, et cette fois c'est Adela qui détourna les yeux.

« OK, merci, bonne continuation », conclut Bud.

Et il tourna les talons, suivi d'Adela. Avant qu'ils ne disparaissent, Leonford tint à préciser :

« C'est moi qui ai parlé de vous à Ellis, vous savez. »

Sans s'arrêter ni se retourner, Bud lâcha simplement :

« C'est bien, et c'est moi qui vais parler de vous à la police. »

Adela se dérida enfin. Bud n'en pensait pas un mot mais il fit regretter à Leonford d'avoir voulu jouer au plus malin.

Dans la voiture, entre deux prières, Adela songea que si Leonford Bagley était le tueur, il n'aurait jamais conseillé au père de sa victime d'engager un détective. Et d'un autre côté, avec Bud Larkin, il n'avait sans doute pas pris un grand risque.

*

Bud ne savait jamais quoi apporter lorsqu'il allait dîner chez Walt. Ce soir-là, pour être sûr de ne pas se tromper, il opta pour un pack de bières. Connie, l'épouse de Walt, sembla particulièrement touchée par l'attention. Elle était surtout très bien élevée et foncièrement gentille.

« T'as bonne mine, Bud, dit-elle en le débarrassant de ses bières.

– C'est la cigarette.

– Oui, j'ai encore lu que c'était très bon pour la santé. Il faudrait que je m'y mette mais j'ai essayé et j'aime vraiment pas ça.

– Moi, j'ai pas besoin de me forcer, j'ai aucun mérite.

– Tu veux boire quelque chose ? demanda Walt en les rejoignant.

– On doit avoir de la bière, plaisanta Connie.

– Pourquoi pas ? J'en veux bien une. »

Il en but quatre. Et deux whiskies. Les enfants, Penny, huit ans, et Colton, six ans, échangeaient un regard à chaque verre. Ils guettaient le moment où Bud vomirait ses tripes. Un copain avait dit à Colton que ça arrivait quand on buvait vraiment beaucoup d'alcool, mais Bud ne devait pas en boire assez parce qu'il n'avait jamais vomi ses tripes. Un jour, il était sorti « gerber » dehors (c'était le mot que Bud avait employé) et Colton était allé voir, mais il n'y avait pas de tripes dans son vomi, juste du *chili con carne*. Bud tendit son verre de whisky au garçonnet :

« Tu veux goûter ? Je vois que tu regardes mon verre.

– Il est peut-être un peu jeune », argua Walt.

Il jeta un coup d'œil vers la cuisine.

« Heureusement que Connie t'a pas entendu. »

Il resservit de la citronnade aux enfants.

« Je préfère que vous buviez ça.

– Pas trop pour Colton, conseilla Penny, il va faire pipi au lit !

– C'est toi qui vas faire pipi au lit, grosse patate ! répliqua Colton, vexé.

– T'inquiète pas, lui dit Bud, ça arrive à tout le monde de se pisser dessus ! »

Les petits éclatèrent de rire.

« Il a dit "pisser" ! gloussa Penny.

– T'étais pas obligée de répéter, la houspilla son père.

– Elle a dit un gros mot, observa Colton. Hein, papa, que c'est que les grands qui ont le droit de dire des gros mots ?

– Oui, c'est que les grands. »

Puis il se pencha vers sa fille :

« Je veux plus entendre ce genre de mot dans une aussi jolie bouche. »

Penny sourit de toutes ses dents, plus précisément de toutes celles qui avaient repoussé. Bud ne put s'empêcher d'envier son ami qui avait une femme, des enfants, une vie. Il détourna les yeux de la petite pour regarder les deux fusils accrochés au mur. Il savait que Walt avait renoncé à la chasse à la demande de ses enfants qui aimaient tant les animaux, surtout dans les livres et les dessins animés. Il en aurait sans doute fait autant à sa place. Connie les rejoignit avec un grand plat qu'elle posa au milieu de la table.

« Tu peux t'occuper du service, Walter ? Je crois que j'ai un peu trop bu. »

Connie s'imaginait toujours qu'elle était pompette après deux verres. Comme d'habitude, Walt feignit de soupirer et prit Bud à témoin :

« Me voilà encore de service après mes heures de service ! »

Le convive sourit. Le numéro de ses hôtes était bien rodé.

Les enfants tendirent leurs assiettes à leur père. Pendant qu'il les servait, Connie interrogea Bud :

« C'est fou ce qui se passe avec les Noirs, tu trouves pas ?

– Ah, Walt t'a raconté ? »

Bud remplit son verre de vin, et les enfants échangèrent un nouveau regard.

« J'ai pas eu besoin qu'il me raconte. On parle que de ça.

– Ah bon ? Les gens en parlent ? Je croyais que ça intéressait que les Noirs.

– Non, ça concerne tout le monde. On a tous peur.

– Tous ? Non, je pense pas que les Blancs aient des raisons de s'inquiéter.

– Mais si. Bien sûr que si.

– Non. Enfin, le tueur s'en prend qu'à des fillettes noires. Je suis vraiment pas certain qu'il violerait et tuerait des…

– Bud… » l'interrompit Walt.

Connie s'était décomposée et regardait Penny et Colton.

« Pas devant les enfants… expliqua encore le père de famille.

– Oh, pardon, merde. Pardon, Connie.

– Et Connie parlait pas de ça, de toute façon, hein ?

– Non… Je parlais des écoles blanches qui s'ouvrent aux Noirs.

– Ah oui. »

Bud étouffa un renvoi.

« Pardon, fit-il.

– Franchement, je sais pas à quoi ils s'attendaient…

– Les Noirs ?

– Le gouvernement. Il faut escorter les gamins. »

Les joues de Bud se gonflèrent à nouveau. Fausse alerte. Mais les enfants ne désespéraient pas.

« Qui ça ? Quels gamins ? demanda Bud.

– Les élèves. Noirs. Walter y est allé hier, et ils étaient des centaines à manifester devant le lycée Ramsay. Moi, je trouve que c'est trop dangereux. Ils ont quand même balancé une bombe chez un Noir. Tu sais, un activiste. Enfin, deux bombes, à quinze jours d'intervalle. Après, on s'étonne que la presse surnomme la ville "Bombingham" ! Personnellement, je préférais "*the Magic City*[1]"… N'empêche, la deuxième fois, la femme du gars a été blessée. T'imagines si ça avait été un… »

Soudain, Bud saisit le col de son tee-shirt et vomit dedans dans un râle immonde.

« … enfant ? » finit Connie.

1. « La ville magique », surnom officiel de la ville après que sa population est passée de 100 personnes en 1865 à 250000 en 1878.

Colton et Penny n'en croyaient pas leurs yeux. Pas plus que leurs parents. Tout le monde avait arrêté de respirer. Walt avait même arrêté de servir. La cuillère remplie de dés de patates douces restait suspendue en l'air. Bud lâcha son col, s'essuya la bouche dans sa serviette et, comme si de rien n'était :

« Excuse-moi, Connie, j'ai pas entendu la fin. Tu disais ? »

Elle ne répondit pas. Elle ne savait plus. Bud se racla la gorge, se leva et les quitta en marmonnant. Des excuses, peut-être. Connie ne se rappela jamais ce qu'elle avait dit, Walt ne servit jamais sa cuillère de patates douces, et les enfants ne surent jamais si Bud avait vomi ses tripes ou juste du vomi normal.

Vendredi 13 septembre 1963

Ce matin, à l'arrière du bus, on ne parlait que de ces deux jeunes filles noires qui, la veille, avaient intégré West End, un lycée de la ville jusque-là réservé aux Blancs. Surtout, on parlait de ces élèves blancs dont la majorité avait refusé d'entrer en classe et de ces idiots qui avaient traîné derrière leur voiture un mannequin noir. Et aussi de la police qui, à ce qu'on racontait, n'y avait rien trouvé à redire, sinon qu'ils roulaient un peu vite, et qui les avait seulement priés de ne pas klaxonner ainsi devant une école.

Chez Dorothy, en revanche, pas un mot sur la déségrégation des écoles en Alabama, ni en bien, ni en mal. C'était comme si ça n'existait pas. *Ça vaut sans doute mieux*, se dit Adela. Mais lorsqu'elle entendit sa patronne chantonner dans la chambre d'à côté « Our Day Will Come[1] » de Ruby & the Romantics,

1. « Notre jour viendra. »

elle se demanda si elle avait conscience du double sens du titre et de certaines paroles. Et au passage, si *elle* s'entendait chanter. Puis, sans même s'en rendre compte, Adela entonna elle aussi :

« *Our day will come,*

If we just wait a while,

No tears for us[1]… »

Elle avait un joli grain de voix. On le lui avait toujours dit, depuis sa mère jusqu'à Morris, en passant par le chef de chœur à l'église quand elle était plus jeune. D'ailleurs, elle aurait bien aimé être chanteuse, comme Billie Holiday. Enfin, en plus joyeuse. Dorothy venait de s'interrompre, pour mieux l'écouter sans doute. Au diable sa timidité, Adela ne se dégonfla pas et continua de plus belle :

« *Our dreams have magic*[2]… »

Quand soudain, une voix stridente s'éleva dans la chambre voisine :

« Adela, arrêtez, vous me faites perdre le rythme.

– Pardon, m'ame. »

L'instant d'après, Dorothy arriva et demanda :

« Vos enfants vont à l'école ?

– Oui, m'ame. Enfin, pas la grande, qui travaille, mais les petits y vont. C'était la rentrée cette semaine, justement.

– Dans une école pour les Noirs ou pour les Blancs ?

– Pour les Noirs, m'ame.

– Ah. C'est bien. »

1. « Notre jour viendra / Il suffit d'attendre / Fini les larmes. »

2. « Nos rêves sont magiques. »

Là-dessus, elle quitta la pièce et se remit à chanter, toujours aussi faux :

« *Our dreams have magic,*

Because we'll always stay,

In love this way,

Our day will come,

Our day will come[1]. »

Pour elle, une chanson d'amour comme une autre.

*

À l'arrêt de bus, en fin d'après-midi, on n'avait aucune envie de chanter. Les incidents survenus les jours précédents à Birmingham, Huntsville et jusqu'à Mobile étaient sur toutes les lèvres. Pour un peu, ils auraient presque fait oublier Dee Dee et Carlene. Et leur assassin. Mais pour un peu seulement.

« Alors, tu crois qu'on saura qui c'est qu'a tué les gamines ? »

Depuis des années qu'elles se connaissaient, Adela et Cecilee Parks n'avaient jamais échangé que des banalités – Cecilee dont la belle-sœur Rosa avait défrayé la chronique huit ans plus tôt en refusant de céder sa place à un Blanc dans un bus à Montgomery.

Soudain, tous les regards convergèrent vers Adela. Les huit paires d'yeux rivés sur elle l'intimidèrent :

« Euh, oui... enfin euh... j'espère.

– Mais ton détective est sur une piste ? voulut savoir une autre.

1. « Nos rêves sont magiques / Parce qu'on sera toujours / Aussi amoureux / Notre jour viendra / Notre jour viendra. »

– Oui. Enfin… »

L'assemblée était tout ouïe.

« Oui », conclut-elle sobrement.

Cecilee se chargea d'enchaîner :

« Dis-lui de chercher du côté d'un saisonnier qui s'appelle Gus et qui travaille pour Jack Beales en ce moment. Il paraît qu'il est bizarre avec les enfants et que ce serait lui le tueur.

– D'accord. Gus, Jack Beales. Je lui dirai.

– Dommage qu'on ait fermé Alcatraz », fit remarquer le seul homme du groupe.

Depuis que la prison avait fermé ses portes, en mars, tout le monde semblait avoir quelqu'un à y envoyer !

« J'espère que ce salaud ira sur les genoux de Yellow Mama[1], s'emporta une jeune fille par ailleurs très mignonne.

– Gus ou le tueur ? demanda Adela.

– C'est pareil », répondit Cecilee.

C'est pareil…

Était-ce vraiment pareil ?

1. Le surnom de l'unique chaise électrique en Alabama.

Mercredi 18 septembre 1963

Adela avait attendu quelques minutes avant de pousser la porte de l'appartement, mais ses yeux rougis la trahirent.

« Qu'est-ce que vous avez ? » s'inquiéta Bud, assis à son bureau.

Elle se remit à pleurer. Pas facile de s'arrêter : voilà quatre jours que ça durait. M'ame tenta de s'approcher mais Adela la repoussa d'un geste.

« Laisse-moi, toi. J'aime pas les chiens. »

M'ame remuait la queue.

« Dites-lui de me laisser. »

Bud siffla, et la chienne retourna se coucher à ses pieds. Adela essuya ses larmes et se moucha.

« Excusez-moi. C'est à cause de ce qui s'est passé dimanche. Les quatre petites… »

Bud savait de quoi elle parlait, évidemment : dimanche, des membres du Ku Klux Klan avaient fait exploser des bâtons de dynamite sous les marches de l'église baptiste de la 16th Street, celle-là même où avaient été célébrées les obsèques de Dee Dee. Quatre filles étaient mortes, dont Addie, une amie de Bernice.

Bud se leva et resta planté devant elle, gauche. Il finit par lui tapoter le bras maladroitement, puis retourna s'asseoir. Elle sécha ses larmes et alla nettoyer la cuisine.

Au bout de quelques minutes, elle demanda :

« Vous avez pensé à racheter du bicarbonate ? »

Il ne répondit pas. Elle jeta un œil dans le bureau. Il semblait occupé à… réfléchir ? C'était difficile de savoir s'il travaillait ou s'il ne faisait rien, surtout quand il fermait les yeux.

Est-ce que l'enquête progressait ? Adela essaya de se concentrer sur le ménage, qui n'allait pas se faire tout seul. Et d'un autre côté, l'assassin n'allait pas s'arrêter tout seul non plus. Finalement, elle prit le risque de déranger Bud dans ses réflexions. Ou de le réveiller.

« Ça avance, votre enquête ? »

Bud ouvrit les yeux.

« Mmh ?

– Votre enquête.

– Sur les petites ?

– Sur Dee Dee et Carlene, oui.

– Oui, ça avance. »

Adela n'en était pas convaincue. Elle se jeta à l'eau :

« Je me disais que celui qui a fait ça s'est peut-être blessé avec son couteau. Peut-être que si vous alliez demander aux médecins de Birmingham…

– Peut-être…

– Et aussi : peut-être qu'y a deux tueurs différents. Mais pas obligatoirement deux tueurs d'enfants. Peut-être que, par exemple, Dee Dee ou Carlene a assisté à quelque chose qu'elle aurait pas dû voir et qu'on l'a tuée pour la faire taire. Et du coup, il faut pas forcément chercher que du côté d'un seul et même tueur d'enfants.

– Mmh-mmh. »

Adela posa son chiffon et s'adossa au mur.

« Vous pensez que ça existe, le crime parfait ?

– Non.

– Non ?

– Non. Je crois pas au crime parfait. Par contre, je crois aux enquêtes imparfaites. »

Sa formule fit son petit effet sur Adela. Bud se dit qu'il devrait la ressortir à Lorraine un jour.

« Dites... »

Bud ne put s'empêcher de soupirer. Elle poursuivit malgré tout :

« ... On m'a parlé d'un saisonnier noir, Gus, qui est bizarre avec les gosses et qui pourrait être le meurtrier. »

Soudain, elle avait toute son attention.

« Et vous savez où on peut le trouver, ce... ? »

Il allait dire « Noir » mais Adela l'interrompit, de peur d'entendre « nègre » :

« Gus. Oui, j'ai mené mon enquête. »

Elle lui adressa un sourire qu'il oublia de lui renvoyer. Il se leva et chercha autour de lui.

« Qu'est-ce que j'ai fait de mes clés ?

– Sur le buffet.

– Ah oui. »

Il prit son trousseau et porta une main à sa ceinture.

« Mon arme… »

Elle la lui tendit, et ils se mirent en route.

*

« Gus ? » demanda Bud.

Pas de réponse.

« Gus ! Eh, Gus, t'entends quand on te parle ? »

Bud s'adressa à Jack Beales, qui employait le jeune homme :

« Vous êtes sûr que c'est lui, Gus ?

– Oui, oui. »

Beales éleva la voix :

« Oh, Gus ! Tu vas répondre aux questions qu'on te pose, oui ?! »

Face à eux, assis sur une chaise, le saisonnier tremblait comme une feuille. Une grande feuille toute maigre qui n'avait pas cessé de regarder ses pieds depuis qu'on l'interrogeait. Son patron, un petit Blanc pas tout mince avec une tête de bouledogue, entendait bien le sortir de son mutisme. Il lui mit une gifle qui le fit tomber de son siège. Adela sursauta. Gus se releva et se rassit.

« C'est pas moi, murmura-t-il.

– Hein ? s'énerva Jack Beales.

– Il dit que c'est pas lui, expliqua Adela.

– Ben voyons ! C'est jamais eux ! » fit remarquer le patron à Bud.

Gus tirait nerveusement sur ses manches alors que, dehors, la chaleur restait accablante pour un mois de septembre. Adela s'en étonna.

« Je peux voir ses mains ? » demanda-t-elle à Bud.

Sa question prit tout le monde au dépourvu.

« Euh… commença Bud.

– Fais-lui voir tes mains ! » aboya le bouledogue.

Gus obéit et ce faisant découvrit ses poignets, griffés jusqu'au sang. Adela se tourna vers Bud tandis que Gus recouvrait maladroitement ses poignets.

« Qui t'a griffé comme ça ? » l'interrogea l'enquêteur.

Sûrement pas Dee Dee ou Carlene, ces griffures étaient trop récentes, mais peut-être une victime dont on ignorait encore l'existence ?

« C'est les lapins. Moi, je tue pas les petites filles. Les petites filles, c'est fait pour jouer avec, pas pour les tuer.

– Même quand elles veulent pas jouer ? demanda Bud.

– Je sais pas.

– Qu'est-ce qui se passe quand elles veulent pas jouer avec toi ?

– Je sais pas.

– Ça te met en colère ?

– Non, j'ai que du chagrin. »

Il planta son regard dans celui d'Adela, et elle décida de le croire.

« Tu parles ! tempêta son patron. T'es qu'un salopard de tueur d'enfants, voilà ce que t'es ! »

Gus baissa la tête.

« Hein ? Répète. Qu'est-ce que t'es ? »

Comme il ne répétait pas, son employeur lui remit une gifle qui le fit à nouveau tomber de sa chaise.

« Relève-toi. »

Il se releva.

« Assis-toi. »

Il s'assit.

« Qu'est-ce que t'es ?

– Un… Un tueur…

– Non ! s'insurgea Adela. Répète pas ça !

– Quoi ? grogna Jack Beales. Tu lui dis ce qu'il doit dire ? »

Puis, à Bud :

« Elle lui dit ce qu'il doit dire ?! »

Comme vous, pensa Adela, qui se mordit les lèvres pour ne pas répondre.

« C'est parce qu'il est noir ? C'est pour ça que tu le défends ? »

Encore à Bud :

« C'est pour ça qu'elle le défend ? »

Ou parce que vous êtes un gros con, pensa Bud.

« Ou parce que vous êtes un gros con », dit Bud.

Gus éclata de rire.

« Ça t'amuse, toi ? »

Le patron allait lui en remettre une quand Bud l'arrêta :

« Si tu lui en refous une, je te fous mon poing sur la gueule. »

L'autre hésita, la main en l'air. Il finit par la ranger dans sa poche.

« Bon, merci à tous les deux pour votre coopération », conclut Bud comme si de rien n'était.

Adela, le bouledogue et le saisonnier le regardèrent partir, stupéfaits. Puis Adela se souvint qu'elle devait le suivre.

« Merci », fit-elle à son tour, ne sachant que dire.

Avant de sortir en toute hâte.

*

Sur le chemin du retour, Bud roulait encore et toujours trop vite au goût d'Adela qui s'agrippait aux lanières de son sac à main, posé sur ses genoux. Surtout, en bon détective, il observait tout autour de lui, les maisons, les chemins, les gens qu'ils croisaient, et finalement assez peu la route. Et comme la voiture avait tendance à suivre son regard…

« Attention ! » s'écria sa passagère pour la énième fois.

Cette fois, Bud donna des coups de volant qui précipitèrent le véhicule dans le fossé. Après les cris d'Adela et le choc de l'accident… le silence. Bientôt rompu par un tonitruant :

« Nom de Dieu ! »

Adela sursauta.

« Putain de nom de Dieu de…

– Je vous en prie, blasphémez pas.

– Pardon », se surprit à dire Bud.

Adela se baissa pour ramasser la bible qui était tombée de son sac. Elle la remit à sa place et, sans réfléchir, essaya de sortir. La portière s'ouvrit :

« Je crois que c'est réparé », remarqua-t-elle d'une voix posée, presque indifférente.

Bud s'extirpa de la Ford. Il réfléchit un instant puis, sans dire un mot, abandonna sa voiture. Et Adela. Elle lui emboîta le pas.

*

Un *mile*[1] plus loin, alors qu'ils patientaient à un arrêt de bus, Bud demanda à Adela :

« Pourquoi vous vous promenez avec une bible que vous pouvez pas lire ? »

C'est ce moment que choisit le bus pour arriver. Ils montèrent. Il régla son billet avant d'aller s'asseoir à l'avant. Elle régla le sien avant de sortir pour remonter par la porte arrière.

Ils reprirent leur conversation vingt minutes plus tard, lorsqu'ils furent descendus.

« J'aime bien l'avoir près de moi. J'ai pas besoin de la lire pour savoir ce qu'y a dedans.

– Bon, OK, admettons, mais pourquoi vous avez jamais appris à lire ? Y a bien des Noirs qui savent lire, non ?

– Oui, bien sûr.

– Eh ben alors ? Vous êtes pas plus bête qu'une autre Noire. »

Elle se dit qu'il avait raison. Elle n'était pas plus bête que Renee, Fran ou Albertine. Ou même que Dorothy. Sa mère le lui disait quand elle était petite : « T'es pas plus bête qu'une autre. » Elle ne lui avait jamais dit « qu'une autre Noire ». Mais sans doute qu'elle était moins bête que Bud.

1. 1,6 kilomètre.

*

Bernice faisait sa toilette dans la cuisine pendant qu'Elijah et Sid jouaient dans le salon, de l'autre côté du rideau. Elijah essayait d'enseigner les échecs à son petit frère, qui n'y comprenait pas grand-chose, voire rien du tout. Bernice ne faisait pas vraiment attention à eux. En revanche, lorsqu'elle entendit un coup dans la cloison qui la séparait de la chambre de son oncle, elle sortit de ses rêveries et se tourna vers le mur. Un frisson la parcourut. Elle se dépêcha de s'habiller et de rejoindre ses frères.

Dans sa chambre, contiguë à la cuisine, Lazarus, un œil collé au petit trou qu'il avait fait dans la cloison, n'en avait pas perdu une miette. Comme tous les soirs depuis des mois.

Adela rentra peu après. Elle alla aussitôt trouver Bernice dans la cuisine. La jeune fille épluchait des pommes de terre en écoutant la radio. Adela s'assit face à elle.

« Tu peux m'apprendre à lire ? »

Sa question prit Bernice au dépourvu.

« Euh… oui… bien sûr. »

Adela se releva, se lava les mains et attrapa un épluche-légumes.

Le soir, après le dîner, elle prit sa première leçon auprès de Bernice et d'Elijah, lequel tenait absolument à participer.

*

Au Grady's Bar, Bud buvait au son de « Lonely Wine » de Roy Orbison. Lorraine semblait soucieuse.

« Ça va ? demanda Bud.

– C'est vrai ce qu'on raconte ?

– Ça dépend de ce qu'on raconte.

– Que tu couches avec ta femme de ménage ? »

Elle n'était pas du genre à tourner autour du pot.

« Quoi ?! »

Il éclata de rire. Elle ne riait pas du tout.

« Fais attention…

– Alors, Bud, il paraît que tu t'envoies une mal blanchie ? »

C'était Nelson.

« Fais pas attention, fit Lorraine.

– Faudrait savoir…

– C'est vrai, Bud ? Tu t'envoies une mal blanchie ?

– Il a picolé, expliqua Lorraine.

– Soit ça, soit on lui a greffé une paire de couilles dans l'après-midi. »

Il se retourna :

« Et toi, il paraît que tu t'envoies Dwight, c'est vrai ? »

L'assemblée explosa de rire. Seul Dwight se leva. La greffe de Nelson n'avait pas dû prendre.

« Fais gaffe, Bud ! » l'avertit Dwight.

Bud se contenta de le regarder jusqu'à ce qu'il se rassoie.

« Méfie-toi, renchérit Lorraine.

– C'est des couilles molles.

– Je te parle pas d'eux. Je te parle de ce qui se dit. Du Klan. »

Elle paraissait vraiment inquiète, ce qui fit plaisir à Bud.

« T'enquêtes toujours sur le meurtre des deux gamines ?

– Ouais.

– Tu crois que tu vas retrouver le salaud qui a fait ça ?

– Je pense. Je crois pas au crime parfait. »

Il marqua une pause avant d'asséner :

« Je crois qu'aux enquêtes imparfaites. »

Quelqu'un fit tomber son verre par terre.

« Excuse-moi, deux secondes. »

Elle alla ramasser les débris et passer la serpillière. Bud avait raté son effet. Lorsqu'elle revint cinq minutes plus tard, elle demanda :

« De quoi on parlait ?

– Je disais que c'est pas les crimes qui sont parfaits, c'est les enquêtes qui sont imparfaites.

– Ah ? Oui, peut-être. »

Elle l'abandonna pour s'occuper d'un client qui l'appelait. Bud regretta d'avoir gâché la réplique dont il était si fier.

Mercredi 25 septembre 1963

« Seigneur Jésus ! » murmura Adela.

Bud était étendu par terre à côté de son bureau. M'ame et Goliath, lovés contre leur maître, la regardaient.

« M'sieur Larkin ? »

Elle hésita à repartir, mais si on l'avait vue entrer et qu'on le retrouvait mort, elle était dans de sales draps. On en avait pendu pour moins que ça. Elle allait devenir l'un de ces « fruits étranges[1] » que chantait Billie Holiday.

« M'sieur Larkin ? » essaya-t-elle encore.

Elle avança timidement et posa ses affaires sur le bureau. M'ame et Goliath s'écartèrent. Adela remua la jambe de Bud avec son pied. Mais c'est qu'il était bel et bien mort ! Elle leva les yeux au ciel, comme si elle cherchait du secours là-haut, et fit un signe de croix, quand soudain ses jambes ne la portèrent plus. Elle se retrouva à genoux à côté du corps sans vie.

---

1. « Strange Fruit », 1939.

« M'sieur Larkin… supplia-t-elle une dernière fois en lui secouant le bras.

– Mmmh ? »

Elle poussa un cri d'effroi qui finit de réveiller Bud.

« Qu'est-ce qui vous prend ? marmonna-t-il.

– Excusez-moi, j'ai cru que vous étiez mort.

– J'aurais préféré !… »

Elle se releva et lui tendit une main pour l'aider à en faire autant. Il hésita avant d'accepter. À peine debout, il se laissa tomber dans son fauteuil. Face au sac en papier qu'elle avait posé sur le bureau.

« Qu'est-ce que c'est ? se renseigna-t-il en le montrant du doigt.

– Une part de tarte à la noix de pécan. »

Il prit le sac et l'ouvrit.

« Y a quoi dedans ?

– Des noix de pécan. »

Il regardait la tarte comme si c'était la chose la plus insolite qu'il ait jamais vue.

« Et des œufs, du beurre, du sirop d'érable et du sucre brun à la mélasse.

– Et pourquoi ?

– Ben, c'est la recette.

– Non, pourquoi vous m'apportez ça encore ? »

Pour le remercier. Depuis une semaine, chaque soir, elle apprenait à lire, et c'était un peu grâce à lui.

« Pour rien. C'était l'anniversaire de mon beau-frère hier. J'avais fait une tarte, alors… »

Il regardait toujours la tarte. Adela se demandait ce qu'il pouvait bien voir au fond du sac. On frappa à la porte. C'étaient Walt et Edwin.

« Salut, Bud, fit Walt.

– On passait voir comment ça allait, ajouta Edwin.

– Bien. Impeccable. »

Ses deux amis ne quittaient pas Adela des yeux. Elle prit son sac à main sur le bureau et s'éclipsa dans la cuisine.

« T'aurais pu tomber plus mal, chuchota Edwin. Tu peux nous dire merci. C'est un peu grâce à nous.

– T'en es content alors ? questionna Walt.

– Mouais. C'est quand même un peu plus propre.

– Tu crois qu'elle m'astiquerait la bite ? s'amusa Edwin.

– Ça paraît plus grand, constata Walt comme s'il n'avait pas entendu.

– Ouais, un peu.

– Hein, Bud ? Tu crois qu'elle m'astiquerait la bite ? insista Edwin de peur qu'on ne l'ait pas entendu.

– Demande-lui, avec ta grande gueule. »

Adela n'entendait pas ce qui se disait dans l'autre pièce mais savait bien qu'on parlait d'elle. Elle ne fut pas mécontente quand les amis de Bud s'en allèrent. Lorsqu'elle quitta la cuisine, elle le surprit en train de renifler la tarte. Il la goûta pendant qu'elle passait le balai. Il la goûta à nouveau, et encore et encore, jusqu'à la finir.

« C'était pas mauvais.

– Merci. »

Elle sortit une boîte de thé de son sac à main.

« Vous buvez pas de thé, je suppose ?

– Vous supposez bien. »

Puis de l'huile de lin et de la farine de moutarde.

« Dites, vous êtes là pour le ménage, pas pour la cuisine.

– Oui, je sais. Le thé, quand il aura refroidi, ce sera pour nettoyer le miroir. L'huile de lin, c'est pour raviver le carrelage de la cuisine, et la farine de moutarde, c'est pour enlever l'odeur de moisi dans le buffet.

– Ah oui. D'accord, allez-y. »

Elle allait faire bouillir de l'eau pour le thé quand Bud l'arrêta :

« Mais euh… la tarte… c'était bien pour manger, hein ? »

Vendredi 27 septembre 1963

Le bus qui emmenait Adela chez Dorothy croisa trois voitures de police, sirènes hurlantes. Bientôt suivies d'une autre. Et encore de deux autres. Quelques arrêts de bus plus loin, le bruit était parvenu jusqu'à Adela qu'une troisième fille avait disparu. Elle crut défaillir. Plus tard, elle se retrouva chez Dorothy sans savoir comment.

« Qu'est-ce qui vous arrive, Adela ? Vous êtes toute pâle. Enfin… »

Adela s'assit sur une chaise de la cuisine.

« Y a encore une fille qui… »

Elle se mit à pleurer.

« Qui quoi ?

– Une fille qui…

– Une fille qui quoi ?

– Qui a disparu.

– Disparu ?

– Oui, m'ame. Comme les autres.

– Les autres ?

– Les petites Dee Dee et Carlene qu'on a retrouvées assassinées.

– Assassinées ? Des petites filles assassinées ? Mon Dieu… Mais je n'en ai pas entendu parler…

– Peut-être parce qu'elles sont noires.

– Ah, elles sont noires ? Ah oui… D'accord… Mais enfin, quand même ! Et c'est arrivé quand ?

– Au début du mois d'août.

– D'accord… À propos, enfin ça n'a rien à voir, mais Myrlie nous a fait un plat de poisson hier soir… Infect. Du coup, je n'ai presque pas touché à mon assiette, les enfants non plus, mais Mr. Hayes a été malade toute la nuit. À se demander si Myrlie n'a pas voulu nous empoisonner… Je vous passe les détails, mais nettoyez bien les toilettes.

– Oui, m'ame.

– Et donc, ce que je voulais vous dire aussi, c'est qu'il en reste. Si vous voulez l'emporter…

– Pour… ?

– Pour manger.

– Euh… Non merci.

– Non ?! Mais pourquoi ?! »

Adela regretta que sa patronne n'ait pas touché à son assiette.

Dorothy s'absenta dans la matinée. Pour une fois qu'Adela pouvait chanter tranquillement, elle n'en avait aucune envie. Elle n'arrêtait pas de songer à cette malheureuse qui avait disparu. Quand Dorothy revint, elle était catastrophée :

« Elle est blanche. »

Adela comprit immédiatement qu'elle parlait de la jeune disparue. Elle accueillit la nouvelle beaucoup mieux que Dorothy. Surtout, elle comprenait maintenant pourquoi la police était sur les dents cette fois.

« Elle s'appelle Joan. Elle a treize ans. C'est tout ce que je sais.

– Pauvre gamine… »

Dorothy essuya une larme. Puis elle souleva le vase sur la commode qu'Adela venait d'épousseter. Elle s'assura que sa femme de ménage ne s'était pas contentée de passer son chiffon autour du vase, puis le reposa. Elle sourit à Adela et monta se changer.

*

Le soir, dans le bus, Adela vit s'avancer vers elle la jeune fille qui lui faisait tant penser à une vedette de cinéma. Elle portait à nouveau ses lunettes de soleil, sous lesquelles on voyait couler des larmes. Elle s'assit à côté d'Adela, qui se demandait si elle connaissait cette Joan qui avait disparu. Peut-être qu'elle travaillait pour ses parents ? Si le père d'Adela avait été là, il aurait dit à cette gamine « Pleure, tu pisseras moins ! » ou « T'auras les yeux propres ! ». Heureusement, c'est Adela qui se trouvait là, et elle lui offrit son mouchoir.

« Non, ça va aller.

– Prends-le. »

La jeune fille hésita avant d'accepter.

« Merci.

– Adela.

– Pearleen. »

Elle connaissait enfin son prénom. Elle connaîtrait bientôt son histoire.

*

On apprit le soir même que la petite Joan avait été retrouvée saine et sauve… dans la chambre d'une de ses amies. Elle avait fugué parce que son père avait refusé de lui acheter une paire d'escarpins. Le maire de Birmingham se fendit d'une intervention à la radio pour se réjouir de la bonne nouvelle et féliciter sa police. Même Bernice préféra couper sa radio adorée plutôt que d'entendre ça.

Lundi 30 septembre 1963

Il était presque onze heures quand Adela se résolut à aller frapper à la porte de la chambre de Gloria.

« Entrez. »

Elle trouva sa patronne sur son lit ouvert, bien calée contre deux énormes oreillers, son gros chat à ses pieds.

« Oh, bonjour, Adela !

– Bonjour, Miss Gloria. Vous dormez pas ?

– Bien sûr que non ! Quelle drôle d'idée, il va être onze heures !

– Vous alliez vous lever alors.

– Pas du tout. J'ai décidé de rester là.

– D'accord… Je ferai votre chambre jeudi si vous préférez.

– Oh non, ce sera pareil jeudi. Je vais rester là… tout le temps. Je suis fatiguée. »

Adela s'avança vers elle.

« Miss Gloria… Allez, levez-vous, vous verrez que ça ira mieux. Je sais ce que c'est : moi aussi, y a des jours où j'ai pas envie de me lever !... Enfin, ce serait même plutôt qu'y a des jours, une fois de temps en temps, où *j'ai envie* de me lever ! Eh ben, je me lève quand même tous les matins ! Faut pas s'écouter.

– Non, je suis bien là. C'est dans mon lit que je suis le mieux, c'est là que je veux être. »

Adela aimait bien Gloria, et ça lui faisait de la peine. Puis, plus égoïstement, elle se dit que si la vieille dame cassait sa pipe, il lui faudrait se trouver un nouvel employeur...

« Ne vous inquiétez pas, je n'ai aucune intention de mourir. »

Adela se sentit démasquée. On aurait dit que Gloria avait lu dans ses pensées.

« Vous m'aurez tout fait !

– Il faudra que Sissy monte mes repas. »

Sissy, qui était au service de Gloria depuis plus de trente ans, n'en était plus à une excentricité près.

« En tout cas, comptez pas sur moi. »

Quelque part, Gloria n'était pas mécontente de constater qu'Adela se faisait du souci pour elle. Elle sourit.

Adela s'apprêtait à ouvrir les lourds rideaux pourpres du fond.

« Non, n'y touchez pas, s'il vous plaît. J'ai mal aux yeux quand il y a trop de lumière. J'en ai bien assez avec l'autre fenêtre.

– Eh ben... c'est gai ! »

Elle secoua la tête en signe de désapprobation.

« Vous voulez que je ferme la fenêtre derrière les rideaux ?

– Non, laissez, il fait bon. »

Adela obéit et alla nettoyer le miroir au-dessus de la cheminée.

« Et votre maçon, qu'est-ce que ça donne ?

– Mon maçon ?

– Oui, vous vous souvenez de ce que vous m'avez dit, que c'est au pied du mur qu'on voit le maçon…

– Ah oui, lui. Il enquête.

– La pauvre petite…

– Laquelle, Miss Gloria ? Si vous parlez de la fille qui a disparu vendredi, on l'a retrouvée. C'était une fugue.

– Non, pas la Blanche, l'autre. Celle qui a un joli collier. En toc, mais ravissant. »

Adela la regardait dans le miroir.

« Vous avez dû faire un mauvais rêve, Miss Gloria. Personne a disparu.

– Ah ? Tant mieux. »

Adela poursuivit le ménage de la chambre. Surprise du silence qui s'éternisait, elle se retourna vers Gloria, qui s'était endormie, assise. Adela finit de faire la poussière, délicatement, et quitta la pièce sans bruit.

Mercredi 2 octobre 1963

« B-U… Bud… L-A… La… Lar… K-I… Larki… Larkin. Bud Larkin. »

Adela venait de déchiffrer le nom de Bud sur la porte de son bureau. Depuis deux semaines qu'elle avait commencé à apprendre à lire, elle lisait tout ce qui lui tombait sous la main ou plutôt sous les yeux. Elle entra et ne trouva que M'ame et Goliath. Elle fut étonnée de constater que Bud était déjà sur le terrain ou tout du moins debout et ne put réprimer une pointe de déception à l'idée qu'il menait l'enquête sans elle. Une déception qui fit place à de la colère quand elle s'aperçut que les animaux s'étaient oubliés dans le bureau.

Lorsque Bud fit son apparition, bien plus tard, elle était revenue à de meilleures dispositions et chantonnait « I'll Be Seeing You » de Bing Crosby. Et accessoirement, elle était en train de décrocher les épais rideaux verts.

« Qu'est-ce que vous foutez là-haut ? »

Elle manqua de tomber de la chaise sur laquelle elle était perchée. Décidément, elle ne pouvait pas monter sur une chaise ou un escabeau sans que ses employeurs ne surgissent de nulle part ! Quand elle retrouva l'équilibre, elle répondit :

« Je vais laver vos rideaux. Ça a pas dû leur arriver souvent. »

Il ne pouvait pas le nier.

« Vous étiez sorti travailler ?

– Ouais. »

Il n'allait pas lui dire qu'il s'était écroulé dans la rue comme une merde la nuit précédente en rentrant du Grady's. Il s'approcha du buffet et remit le petit oiseau jaune et gris en porcelaine tel qu'il devait être : tourné vers la fenêtre.

« Vous avez pas sorti vos bêtes. J'ai encore dû nettoyer leurs besoins. »

Il ne répondit pas.

« Vous avez fini ? s'étonna-t-elle.

– Fini quoi ?

– De travailler.

– J'avais des choses à faire ici. »

Sur ce, il alla pisser. La porte entrouverte, le bruit du jet dans l'eau.

« Vous pouviez pas faire ça dehors ?! »

Il tira la chasse d'eau, ne se lava pas les mains et se servit un verre de vodka. Il s'étonna d'avoir terminé la bouteille. Il jeta un regard en coin à Adela, suspicieux, et l'interpella :

« Vous buvez ?

– Moi ? Vous rigolez ? Il est pas né celui qui me verra m'imbiber la glotte ! »

Il entama une nouvelle bouteille. Plus tard, alors qu'il était dans sa chambre, Adela en vida un quart dans l'évier… et le remplaça par de l'eau. Lorsqu'il vint se resservir et en but une gorgée, il se tourna à nouveau vers sa femme de ménage, plus suspicieux que jamais. Elle affichait un air innocent, s'efforçant de se concentrer sur le rideau qu'elle lavait.

Walt passa en milieu d'après-midi. Cette fois, Bud fit les présentations :

« Walt, un ami. Adela. »

Elle le salua de loin.

« Enchantée, m'sieur.

– Enchanté. J'ai beaucoup entendu parler de vous.

– Oh, fit Adela, flattée.

– J'espère que tout ce qu'on m'a dit n'est pas vrai. »

Elle ne comprit pas immédiatement qu'il s'agissait d'une plaisanterie, mais finit par sourire.

Bud et Walt jouaient depuis quelques minutes aux échecs autour d'un verre de vodka (qui n'en était pas tout à fait un) quand Edwin fit irruption, à bout de souffle :

« Walt, viens, y a un négro qui s'est fait lyncher !

– Qui ? demanda Walt.

– Je sais pas. Gus quelque chose.

– Gus Wittman ? réagit Bud.

– Je sais pas son nom. »

Adela s'avança :

« Un saisonnier ? Un grand type très maigre ?

– Je sais pas s'il est maigre, je l'ai pas encore vu. Mais oui, il était saisonnier, c'est ça. Vous le connaissez ?

– Et qui l'a lynché ? intervint Bud.

– Des Noirs qui pensaient qu'il avait tué les deux gamines. »

Edwin se servit un verre de vodka. Des larmes montèrent aux yeux d'Adela.

« C'était pas lui », murmura-t-elle.

Walt lui répondit en s'adressant à Bud :

« On l'a interrogé sur tes conseils. Faut reconnaître qu'il était bizarre…

– Il était monté à l'envers, admit Adela, mais si on commence à lyncher tous les gens bizarres, il va plus rester grand monde.

– Il avait pas d'alibi, ajouta Edwin. En plus, il avait travaillé pour Ellis Rodgers…

– Le coupable idéal est pas forcément le coupable », fit encore remarquer Adela.

Edwin ne trouva rien à répondre à ça. Bud et Walt non plus, d'ailleurs.

Ils partirent tous les trois en catastrophe. Enfin, aussitôt qu'ils eurent fini leurs verres.

Samedi 12 octobre 1963

Les tensions liées à la déségrégation des écoles s'étaient apaisées. Le calme était revenu au sein de la communauté noire de Birmingham, d'autant plus que, depuis la mort de Gus dix jours plus tôt, elle ne tremblait plus pour ses enfants. La vie avait repris son cours.

« J'ai failli pas te reconnaître ! s'exclama Renee.

– ...naître ! »

Adela fit forte impression en arrivant à la laverie. La veille, Loretta, la coiffeuse du quartier qui n'y voyait plus très clair, avait eu quelques coups de ciseaux malheureux. Comme d'habitude, Adela avait parfaitement rattrapé le coup, ou plutôt les coups. Albertine, en revanche, qui était passée entre les mains de Loretta un peu plus tôt dans la semaine, portait un foulard noué sur la tête. L'atmosphère était légère ce matin, et on rit de bon cœur quand Fran évoqua l'épineux sujet des toilettes chez leurs employeurs, et en particulier chez Mrs. Boyd, sa très grosse patronne du vendredi :

« J'ai pas le droit d'utiliser ses cabinets mais des fois j'ai bien envie de lui dire que, moi non plus, j'aimerais pas qu'elle chie dans les miens ! »

Toutes riaient. Sauf Renee.

Plus tard, Fran divertit à nouveau ses amies lorsqu'elle leur fit part de coïncidences pour le moins troublantes :

« J'ai remarqué quelque chose, c'est que tous les gens qui sont pas corrects avec moi meurent dans les deux ans.

– Comment tu fais ? »

Renee voulait connaître son secret.

« Je fais rien. Ça se fait tout seul. Y a eu Lou Parker, qui devait venir s'occuper de mon jardin et qui est jamais venu : crise cardiaque. Polly Dormans, qui devait parler de moi à sa belle-sœur pour du travail et qui l'a pas fait : pneumonie. Willard Blaine, qui m'a vendu une gazinière qui marchait pas : il vient de se faire écraser par sa moissonneuse !

– Tu crois que tu pourrais tuer la patronne d'une amie ? se renseigna Adela, amusée, en pensant à Dorothy.

– Ou le mari ? s'exclama Renee, très sérieuse.

– … le mari ? Je pense pas. Par contre, si j'étais à la place de Mrs. Boyd, je serrerais les fesses ! »

La lessive n'était vraiment pas une corvée lorsque les quatre voisines étaient ensemble.

« J'ai ma cousine Minnie qui a fait un sale coup à sa patronne, raconta Albertine, mais elle l'a quand même pas tuée.

– Un sale coup ?… demanda Adela.

– … coup ?

– Je peux rien dire. Elle m'a fait jurer.

– C’est celle qui vit à Jackson ? s’informa Renee.

– Oui, c’est elle. Tout ce que je peux dire, c’est que la vengeance est un plat qui se mange froid… »

Albertine se tourna ensuite vers Fran :

« Et pour en revenir à Mrs. Boyd, j’espère quand même qu’elle va pas mourir pour une histoire de toilettes !

– …lettes ! Non, moi non plus, je lui souhaite pas de mal. Pas de bien non plus, mais pas de mal. Et si y avait que l’histoire des toilettes ! Elle… euh… comment dire ? Elle a des gaz, et elle dit que c’est moi. »

Les autres s’esclaffèrent.

« Mais je sais bien que c’est pas moi ! Je sais encore quand je pète ! »

*

Le petit Dexton courait. Il était en nage lorsqu’il arriva enfin chez ses parents. Sa mère, qui faisait ses comptes assise à la table de la cuisine, s’étonna de le voir rentrer seul :

« Où est ta sœur ?

– Elle est… »

Il essayait de reprendre son souffle. Teresa posa son crayon.

« Elle est quoi ?

– On jouait à cache-cache dans le bois. J’ai regardé partout… Je la trouve pas.

– Mon Dieu…

– C’est rien mais y faudrait que papa vienne m’aider. Elle a dû aller trop loin. Elle s’est perdue. »

La vie normale, celle qu'ils avaient toujours connue, venait brusquement de s'arrêter, mais Dexton, à sept ans, ne le savait pas encore. Teresa, elle, sut immédiatement que Regina ne s'était pas perdue. L'instinct.

Pour la police, en revanche, ce n'était pas évident du tout. La disparition de Regina n'avait rien à voir avec celles de Carlene et Dee Dee pour la simple et bonne raison que leur meurtrier, le saisonnier, était mort. Une battue fut malgré tout organisée, et Lee, le père de Regina, put compter sur quatre policiers et une centaine d'amis, voisins, connaissances et âmes charitables pour l'aider à chercher sa fille.

*

« Adela, viens vite, y a ton policier au téléphone ! »

Dans la précipitation, Mabel avait dit « policier » au lieu de « détective » mais Adela n'y fit même pas attention. Elle posa la bible qu'elle déchiffrait et suivit sa voisine de l'autre côté de la rue. Une fois chez Mabel, celle-ci lui tendit le combiné.

« Allô ? fit Adela.

– Je vous dérange ?

– Non. Enfin… Non.

– Je vais chez les parents d'une fille qui a disparu. Si vous pouviez venir…

– Chez Dee Dee ou chez Carlene ?

– Non… Une autre.

– Quoi ?… »

*

Adela arriva la première devant chez Lee et Teresa Harris et dut attendre Bud pendant quarante-cinq minutes.

« Saloperie de bus ! » grommela-t-il en guise d'excuses.

Adela, qui n'avait jamais connu que ce moyen de transport, fit semblant de compatir.

« Quand est-ce qu'ils auront réparé votre voiture ?

– À l'allure où ça va, à la Saint-Glinglin. »

Ils avancèrent jusqu'à la porte que Teresa avait laissée grande ouverte au cas où Regina rentrerait. Bud frappa, et Teresa accourut, son mouchoir à la main.

« Bonjour. Bud Larkin, détective privé. Je travaille pour Ellis Rodgers, le père de Dee Dee. C'est lui qui m'a prévenu pour votre fille. Vous savez qui sont les Rodgers ? »

Teresa éclata en sanglots. Bud, embêté, semblait chercher quelqu'un derrière elle.

« Votre mari est là ?

– Non... Il est à la battue...

– On peut entrer ? » demanda Adela.

Teresa s'écarta, et ils entrèrent. Tous les trois prirent place dans le salon.

« Comment ça s'est passé exactement ? interrogea Bud.

– Elle jouait à cache-cache avec son petit frère. Il l'a pas retrouvée. »

Elle se remit à pleurer.

« Elle voulait pas y aller. C'est moi qui ai insisté pour qu'elle sorte. Qu'est-ce que j'ai fait ? Mon Dieu, ayez pitié... »

Adela lui prit la main. Bud sortit un carnet et poursuivit l'interrogatoire, imperturbable :

« Vous vous souvenez de ce qu'elle portait ? »

Teresa se ressaisit :

« Une… Une jupe verte, un chemisier marron… et un gilet vert que je lui ai tricoté. »

Elle craqua à nouveau à l'évocation de ces vêtements.

« Et quel âge… ?

– Attendez, l'interrompit Adela. Une seconde. »

Bud attendit que Teresa se calme, avant de reprendre :

« Quel âge elle avait ?

– Quoi ? » bredouilla Teresa.

Adela lança à Bud un regard noir.

« Quel âge elle *a* ? se reprit-il.

– Quatorze ans. »

Bud notait. Teresa se tourna vers Adela :

« Excusez-moi mais vous… vous êtes qui, en fait ?

– C'est ma secrétaire », expliqua Bud sans sourciller.

Teresa le regardait écrire. Elle se tourna à nouveau vers Adela qui se contenta de sourire.

« Et votre fils, il est là ? demanda Bud.

– Oui. J'ose plus le laisser sortir.

– Je peux lui parler ? »

Elle interrogea du regard Adela qui hocha la tête.

« Dex, viens voir ! »

Le petit accourut, comme sa mère avant lui, et eut la cruelle déception de trouver dans son salon non pas sa sœur, mais une inconnue et un Blanc.

« Viens t'asseoir », lui dit sa mère.

Il s'assit à ses côtés.

« J'ai des questions à te poser, petit. Quand vous êtes allés jouer, vous avez croisé des inconnus ? »

Le petit haussa les épaules.

« Tu sais plus ? chuchota Adela.

– Réfléchis, c'est important, dit Teresa.

– Peut-être.

– Personne t'a paru bizarre ? » insista Bud.

Il fit non de la tête.

« T'as pas eu l'impression qu'on vous suivait ? Ou qu'on vous regardait quand vous étiez en train de jouer ?

– Non.

– Tu te souviens si t'as entendu un bruit de moteur au loin ? »

Le petit se tourna vers sa mère, dépité. Elle-même ne parvint pas à dissimuler son désespoir. Cette fois, c'est elle qui saisit les mains d'Adela, la drôle de secrétaire qui n'écrivait pas. Elle la supplia :

« S'il vous plaît, priez pour moi. Priez Dieu de me la ramener. »

Elle ne lâchait plus ses mains. On aurait dit qu'elles pouvaient la tirer de la noyade. Adela luttait pour ne pas ajouter ses larmes à celles qui inondaient les joues de la malheureuse femme. Elle n'était pas sûre d'être à la hauteur des espoirs que Teresa plaçait en elle. Elle n'était même pas sûre que Dieu l'était.

Dimanche 13 octobre 1963

Ce dimanche à la messe, on pria pour la disparue et sa famille.

« Sauve Regina, demanda le pasteur, si telle est Ta volonté. »

Adela releva la tête, outrée. *Comment ça, « si telle est Ta volonté » ?!* Autour d'elle, les gens continuaient à prier. Elle s'y remit. *Il manquerait plus que ça, que ce soit pas Sa volonté!* se dit-elle encore.

Elle essaya de suivre avec son doigt les paroles des cantiques sur le livret mais ça allait beaucoup trop vite ! Heureusement qu'elle les connaissait par cœur.

Après la messe, elle alluma un cierge pour Regina et un autre pour Teresa. Renee aussi en alluma deux, dont un pour Regina.

Mercredi 16 octobre 1963

Adela et ses enfants prenaient leur petit déjeuner tranquillement lorsque Lazarus entra, furieux :

« Cette saloperie de clebs a encore renversé la poubelle ! Y en avait partout. Si jamais je l'attrape… »

Il s'assit face à Adela, qui l'écoutait à peine. Elle avait d'autres préoccupations que les facéties d'un chien errant. Jusque-là, elle ne s'était pas trop inquiétée pour Bernice. Le tueur s'en était pris à des fillettes de onze et douze ans, et Bernice en avait quinze. Mais Regina en avait quatorze…

« J'y vais », dit l'adolescente.

Sa mère lui donna le sandwich qu'elle venait de lui préparer.

« Merci. À ce soir.

– À ce soir », firent Sid et Elijah.

Lazarus but une gorgée de café.

« Attends », fit Adela.

Elle prit quelque chose sur l'égouttoir qu'elle fourra dans la poche de son tablier et entraîna sa fille dans le salon. Là, à l'abri des regards, elle lui tendit un couteau.

« Prends ça.

– Pour quoi faire ?

– Pour te défendre si jamais…

– Quoi ? Si on m'attaque ? Je lui mettrais plutôt un bon coup de genou où je pense.

– Oui, eh ben… Prends ça quand même. »

Elle glissa le couteau dans le sac à main de sa fille.

« J'ai pas peur, tu sais.

– Moi si. La maison des Fitzgerald est tellement loin de tout. Quand je t'imagine marcher toute seule de l'arrêt de bus jusqu'à chez eux… Et même quand tu sors promener Isabella… »

Bernice sourit avant de sortir. Adela la regarda s'éloigner jusqu'à ce qu'elle soit hors de vue. Puis elle retourna s'asseoir à la cuisine, où Sid lui demanda :

« Pourquoi tu lui as donné un couteau ? »

*

Adela observait Bud à l'œuvre tandis qu'il arpentait le bois où Regina avait disparu. Il marmonnait, scrutait le sol maintes fois piétiné depuis la disparition, prenait des notes et dessinait les lieux d'une main qui tremblait sous l'effet de l'alcool, pour un résultat aussi flou que ses photos. Malgré tout, Adela eut l'impression qu'il savait ce qu'il faisait.

Ensuite, comme la veille et l'avant-veille, il interrogea les gens du coin, mais avec Adela à ses côtés, ceux qu'il croisait ne baissaient pas la tête, ne changeaient pas de trottoir et ne répondaient pas « Non » à toutes ses questions sans même réfléchir. Toutefois, il n'obtint rien de très probant. Vers quinze heures, passablement déçu, il se résolut à rentrer au bureau, en bus. Bud à l'avant, Adela à l'arrière.

Lorsqu'ils se rejoignirent, après être descendus chacun de son côté, Bud se voulut rassurant :

« Ils font une nouvelle battue aujourd'hui. Ils vont peut-être la retrouver. »

Adela voulait croire au miracle, mais ça lui semblait peu probable.

« Autant échardonner un pré avec des ciseaux à ongles… » répondit-elle.

Bud se dit que l'expression résumait assez bien la situation. Ils marchaient en silence lorsqu'un vieil homme distingué interpella Bud :

« Si c'est pas malheureux de voir ça ! Des Blancs qui traînent avec des négresses !

– Mais je vous emmerde, monsieur. »

Le vieil homme en resta pantois. De même qu'Adela. Bud et elle poursuivirent leur chemin. Plus loin, Adela se mit à rire.

« Quoi ? » fit Bud.

Elle le regarda et se remit à rire.

« Quoi ? J'ai été poli, j'ai dit "monsieur". »

Dimanche 20 octobre 1963

Pendant la messe, on pria à nouveau pour Regina, la prière de la semaine passée n'ayant pas été entendue. Adela se figura que telle n'était peut-être pas la volonté de Dieu, mais ça ne l'empêcha pas d'allumer à nouveau deux cierges. Renee, qui ne se faisait plus guère d'illusions quant au sort de la petite, n'en alluma qu'un.

Mardi 22 octobre 1963

Bernice n'arrêtait pas de se retourner vers le fond du bus, d'où fusaient des rires familiers. La jeune fille aurait tellement aimé être assise avec ses amies. Elle soupira bruyamment avant de porter à nouveau son attention sur la route. Pourquoi avait-il fallu que sa mère décrète que Lazarus l'accompagnerait désormais à son travail tous les matins ? Et irait aussi la chercher tous les soirs ? À côté d'elle, son chaperon fumait en silence. Ils n'avaient pas échangé un seul mot depuis qu'ils avaient quitté la maison. C'était décidé : demain, elle irait s'asseoir avec ses amies, et peu importe ce qu'en dirait « l'étouffoir à bougies » ! Lorsqu'elle sentit la jambe de son oncle se coller à la sienne, elle soupira une fois de plus. Elle se tourna vers lui : il regardait par la fenêtre, l'air absent. Elle changea de position. Elle ne supportait pas ce contact physique. Ça la dégoûtait. Elle allait se retourner vers ses amies une fois de plus lorsque la main moite de son oncle se posa sur sa cuisse. Tout son corps se raidit. Elle n'osa plus bouger jusqu'à son arrêt.

Quand ils descendirent, elle plongea une main dans son sac et serra fort le manche du couteau que sa mère lui avait donné la semaine précédente. Il leur restait encore quinze minutes à marcher ensemble sur un chemin isolé.

En fin d'après-midi, Adela passa prendre ses garçons chez Mabel, qui était allée les chercher à l'école, comme tous les jours. Les deux voisines prirent un thé, et lorsque Adela et les enfants rentrèrent chez eux à dix-huit heures dix, la maison était vide. Pourtant, Bernice et Lazarus auraient dû être là. Dès lors et pendant la demi-heure qui suivit, Adela ne cessa de regarder l'horloge. Elle essayait de se rassurer en se disant que son beau-frère ne marchait pas vite et qu'ils avaient dû rater leur bus. Ils ne tarderaient plus.

Lorsque la porte d'entrée s'ouvrit enfin, elle poussa un soupir de soulagement. Mais Lazarus était seul.

« J'ai poireauté un moment devant la maison mais elle sortait pas. J'ai fini par aller sonner et Mr. Fitzgerald m'a dit que Bernice était déjà partie. Du coup, j'ai raté le bus…

– Comment ça, elle était partie ?

– Mrs. Fitzgerald a emmené la petite chez le toubib. C'est pour ça qu'elle a autorisé Bernice à rentrer plus tôt.

– Mais elle aurait dû t'attendre !

– Je sais bien. Qu'est-ce que tu veux que je te dise ? »

Adela s'assit pour ne pas tomber.

À dix-neuf heures, elle faisait le pied de grue à l'arrêt de bus, lequel mit un temps fou à arriver. Une dizaine de jeunes filles en descendirent, mais pas Bernice. Adela interpella une amie de sa fille :

« T'as pas vu Bernice ?

– Non. Pourquoi ? »

Adela ne répondit pas. Elle repartit chez elle en pressant le pas.

Lazarus et les enfants mangèrent. Pas elle. Elle attendait à la fenêtre.

« Elle va rentrer, t'inquiète pas », dit Elijah.

Adela lui sourit. *Mon Dieu, faites qu'il dise vrai.*

« Je vais chez Mabel. »

Elle sortit sans plus d'explications.

Le téléphone à l'oreille, elle priait pour que Bud décroche. Au bout d'une vingtaine de sonneries, elle raccrocha.

« Appelle la police, lui suggéra Mabel.

– Ça servirait à rien. Je vais rentrer.

– Je viens avec toi. »

Lazarus entra sans frapper :

« Elle est là ! »

Adela se précipita chez elle.

« Mrs. Fitzgerald m'a dit que je pouvais partir, alors j'en ai profité pour aller en ville, pour une fois que j'ai du temps à moi. Et il fait encore tellement bon. J'ai pas vu le temps passer. J'ai raté le bus, j'ai marché. Voilà.

– Et t'as pas pensé que je serais morte d'inquiétude ?

– Mais j'avais ça. »

Bernice sortit le couteau que sa mère lui avait donné. Lazarus les rejoignit à ce moment-là. L'adolescente le regarda droit dans les yeux.

« Le premier qui essaiera de me toucher se le prendra dans le bide ! Il essaiera pas deux fois !

– “Dans le bide” ! » répéta Sid, amusé.

Adela suivit le regard de sa fille. Lazarus détourna les yeux. Un étrange malaise traversa la mère de famille.

« En tout cas, moi, je l’accompagnerai plus, conclut Lazarus. J’ai autre chose à faire que de passer mes journées dans le bus pour rien.

– Ah oui ? Et quoi donc ? » demanda Adela.

Il sortit sans répondre.

Une fois les petits couchés, mère et fille dînèrent en tête à tête, ce qui ne leur était encore jamais arrivé.

Jeudi 24 octobre 1963

Adela ne comprenait vraiment pas cette lubie de rester au lit. Gloria avait toujours été un peu farfelue, mais à ce point-là !... Avec Sissy, la cuisinière, elles s'inquiétaient beaucoup pour leur patronne et avaient tenté une fois de ne pas lui apporter son déjeuner au lit pour la pousser à se lever. Résultat : Gloria avait sauté un repas. Elles s'en étaient voulu et n'avaient pas renouvelé l'expérience. La seule chose qui les rassurait, c'était que la vieille dame continuait à se maquiller chaque matin, ou chaque après-midi, selon l'heure à laquelle elle se réveillait. C'était peut-être que tout n'était pas perdu.

« Vous sentez bon, constata Adela en remontant l'oreiller derrière le dos de sa patronne. Vous vous êtes parfumée ?

– C'est tout ce qu'il me reste : à mon âge, je n'ai plus beaucoup d'autres artifices à ma disposition », plaisanta Gloria.

Adela sourit. Elle se dirigea vers la fenêtre du fond pour ouvrir les rideaux.

« Laissez-les fermés, s'il vous plaît.

– Ah oui, c'est vrai… »

À contrecœur, Adela ne toucha pas aux rideaux tirés.

« Je ferme la fenêtre ?

– Non, laissez entrouvert.

– Comme vous voulez. »

Elle se mit à ranger les affaires qui traînaient partout sur le lit et tout autour.

« Vous semblez soucieuse, observa Gloria.

– C'est que vous me causez du souci, Miss Gloria.

– Non, c'est autre chose.

– Non, non, tout va bien, Miss Gloria. »

La vieille dame dévisageait Adela. Celle-ci s'efforça de ne pas y prêter attention.

« C'est à cause de votre fille ?

– Non… fit Adela.

– Non, l'interrompit Gloria. C'est l'autre fille, n'est-ce pas ?

– Quelle autre fille ?

– Celle qui a disparu. »

Adela hésita. Elle préféra mentir :

« Tout va bien, vous inquiétez pas. »

*

En sortant de chez Gloria, Adela se rendit chez Lee et Teresa Harris. Cette dernière était seule. Elle s'étonna que la « secrétaire » lui rende visite sans le détective. Adela, qui ne comprenait que trop bien l'attente et l'angoisse qui étaient les siennes, entreprit de la réconforter.

« La police fait sûrement tout son possible. »

Teresa fit mine de la croire.

« En tout cas, je sais que m'sieur Larkin fait tout pour la retrouver. »

Teresa acquiesça en silence.

« Je voulais aussi que vous sachiez que je prie pour vous tous les jours.

– Merci. »

Adela regardait sur les rebords des fenêtres les bougies que Teresa ne tarderait pas à allumer. Elle compatissait et se sentait coupable à la fois : comme elle était heureuse de ne pas être à sa place !

« Si elle pouvait rentrer… fit Teresa. Je donnerais n'importe quoi pour la voir rentrer… »

Cette fois, c'est Adela qui acquiesça en silence.

« … l'entendre rire. Ou même se disputer avec son petit frère.

– Comment il va ?

– Il fait des cauchemars toutes les nuits. Comme nous. Et quand on se réveille, le cauchemar continue. »

Que pouvait répondre Adela sans lui mentir ?

Son regard se posa sur une photo de Regina et de son frère, tout sourire, sur le mur du salon. Elle s'attarda sur le petit collier de perles que portait la fillette. Elle se remémora les paroles de Gloria : « Pas la Blanche, l'autre. Celle qui a un joli collier. En toc, mais ravissant. »

« Elle adorait ce bijou, lui dit Teresa. Comme si c'était des vraies perles. Il la quittait jamais. »

À quelques *miles* de là, on ouvrait un coffret en bois dans lequel se trouvait, entre autres, le bracelet aux petits cœurs de Dee Dee. Et on y déposait un petit collier de perles avant de rabattre le couvercle.

« Je suis sûre qu'on va bientôt la retrouver », assura Adela.

Vendredi 25 octobre 1963

En fin d'après-midi, après une longue journée de travail chez Dorothy, Adela rendit visite à Gloria.

« Adela ?! Grands dieux, comme le temps passe vite ! On est déjà lundi ?!

– Non, Miss Gloria. Je voulais vous voir pour discuter de quelque chose.

– D'accord. Asseyez-vous. »

Gloria tapotait le lit dans lequel elle était assise, bien calée contre ses deux oreillers. Adela préféra rester debout.

« Vous m'avez parlé d'une fille qui a disparu. Une fille avec un collier.

– Oui… »

Adela regrettait déjà d'être venue.

« Vous aviez raison.

– Mmh…

– Comment vous faites ça ?

– On ne voit pas qu'avec les yeux. »

Gloria attrapa son chat et se mit à le caresser. Adela se trouvait ridicule mais elle devait lui poser la question :

« Vous savez où elle est ? »

La vieille dame leva les yeux vers le ciel. Adela suivit son regard et comprit. Elles restèrent silencieuses un moment. D'une voix à peine audible, Adela demanda :

« Vous savez qui a fait ça ? »

Gloria secoua la tête. Elle continuait de caresser Atticus. Adela, abattue, regardait le chat.

« Je vais rentrer. »

Gloria lui sourit d'un air las.

« Bonsoir, Miss Gloria. »

Dimanche 27 octobre 1963

« Le méchant passe dans l'angoisse tous les jours de sa vie ; Toutes les années qui sont le partage de l'impie. La voix de la terreur retentit à ses oreilles ; Au sein de la paix, le dévastateur va fondre sur lui. »

Ce dimanche, Adela avait tenu à manifester son soutien aux Harris en assistant à la messe de leur église. Alors qu'elle balayait la foule du regard, elle remarqua un visage familier. Elle mit quelques secondes à reconnaître Virgil Tucker, le voisin des Rodgers. Qu'est-ce qu'il venait faire là ?

« Il n'espère pas échapper aux ténèbres, Il voit l'épée qui le menace ; Il court çà et là pour chercher du pain, Il sait que le jour des ténèbres l'attend. »

Virgil se tourna vers Adela. Il avait dû sentir son regard. Il la fixa froidement.

« La détresse et l'angoisse l'épouvantent, Elles l'assaillent comme un roi prêt à combattre ; Car il a levé la main contre Dieu, Il a bravé le Tout-Puissant[1]. »

Virgil adressa à Adela un sourire qui la glaça.

*

Les trois petits garçons, des amis de toujours, c'est-à-dire de onze ans, pêchaient depuis dix minutes quand Marcus sortit sa première truite de l'eau. En la jetant dans un seau, il s'exclama :

« Encore une que les Blancs n'auront pas ! »

Winston et Rod se gondolèrent.

« Je vais pisser, les gars ! lança Winston. Surveillez ma ligne ! »

Il s'éloigna et grimpa sur plusieurs troncs couchés sur l'eau en contrebas pour se soulager dans la rivière. Il allait défaire sa braguette lorsqu'il distingua une fille sous l'eau, les yeux grands ouverts, qui semblait le regarder. Il eut si peur qu'aucun son ne sortit de sa bouche lorsqu'il hurla.

*

« Jusqu'à quand les méchants, ô Éternel ! Jusqu'à quand les méchants triompheront-ils[2] ? »

Un murmure parcourut l'assistance.

1. Job, XV, 20-25.
2. Psaumes, XCIV, 3.

« À présent, mes frères et sœurs, prions ensemble pour que Lee et Teresa aient bientôt des nouvelles de leur petite Regina. »

*

Marcus, Winston et Rod s'étaient juré de ne rien dire mais Rod n'en avait parlé qu'à un ami, qui n'en avait parlé qu'à un ami, qui en avait parlé à ses parents, qui étaient allés trouver la police. Walt et Edwin avaient arrêté les trois garçons. Bud les rejoignit au poste pour assister à leur interrogatoire, mais les deux policiers ne tirèrent rien des trois enfants. Quand Nelson et Dwight arrivèrent en renfort, ils toisèrent Bud mais ne firent aucun commentaire sur sa présence dans les locaux de la police.

« Alors ? Qu'est-ce que ça donne ? demanda Nelson.

– Ils parlent pas, répondit Edwin.

– Ils seraient muets que ce serait pareil, ajouta Walt.

– Mettez-leur une trempe, suggéra Nelson.

– J'ai essayé, fit Edwin, mais ça change rien.

– On a qu'à les coller au trou, proposa Dwight. On verra bien s'ils parlent pas ! »

Les quatre policiers escortaient les trois petits en cellule quand Bud leur faussa compagnie.

*

Le détective, qui avait enfin récupéré sa voiture, roulait au pas. Laquelle de ces maisons pouvait être celle d'Adela ?

Il l'avait déposée à deux rues de chez elle l'autre fois. Elle ne devait pas habiter bien loin. Les gens qu'il interrogea prétendirent tous ne pas la connaître. Peut-être aurait-il eu plus de succès s'il avait su son nom de famille. Il fit une nouvelle tentative auprès d'une grosse dame qui passait par là.

« Vous connaissez une certaine Adela qui habite par ici ? »

Renee le reconnut tout de suite, elle.

« Qu'est-ce que vous lui voulez ? »

Sa question était davantage motivée par la curiosité que par le souci de protéger son amie.

« J'ai un service à lui demander.

– Quel genre de service ?

– Le genre qui vous regarde pas. Vous la connaissez, oui ou merde ? »

Elle soupira et montra du doigt la maison devant laquelle il s'était arrêté. Il coupa le moteur, sortit de sa voiture et alla frapper chez Adela sous l'œil inquisiteur de Renee, qui restait là les bras croisés. Lorsque Adela ouvrit, elle eut un choc en voyant Bud sur le pas de sa porte.

« J'ai besoin de vous », lui dit-il.

Adela vit Renee qui les espionnait.

« Il faut pas venir ici. Vous allez m'attirer des ennuis.

– On a peut-être retrouvé Regina.

– Peut-être ?

– Je vous raconterai en chemin.

– Mais… elle est vivante ?

– Si c'est elle, non. »

Adela accusa le coup.

« D'accord, attendez-moi dans la voiture. J'en ai pour une seconde. »

Elle referma la porte. Bud regagna sa Ford. Il passa à côté de Renee.

« Vous avez rien d'autre à foutre ? »

Il monta dans la voiture et remit le moteur en marche. Renee ne bougeait pas.

Adela sortit et se dirigea vers eux.

« Tu vas faire une balade ? demanda Renee.

– Je vais travailler.

– Un dimanche ?! »

C'était la question de trop. Adela décida de lui clouer le bec :

« On te dépose quelque part ? »

Renee, outrée, secoua la tête et partit enfin. Adela grimpa dans la Ford, qui démarra en trombe.

*

Assis à leurs postes, Edwin et Walt plaisantaient. Ils riaient lorsque Bud entra mais s'interrompirent dès qu'ils virent Adela. Le brouhaha ambiant aussi s'interrompit. Le détective et sa femme de ménage s'approchèrent des deux policiers dans un silence de plomb.

« Elle va leur parler, dit Bud.

– Quoi ?! T'es pas un peu dingue ? s'emporta Edwin.

– Qu'est-ce qui t'a pris de l'amener ici ? renchérit Walt.

– Je suis sûr qu'elle peut nous aider.

– Ah oui ? fit Edwin. Et pourquoi elle aurait plus de succès que nous ?

– Elle est *noire.* »

Ses amis semblaient perplexes, comme leurs collègues qui écoutaient ouvertement la discussion.

« Vous préférez attendre ? Combien de temps vous comptez garder en cellule des gamins de onze ans ? Vous avez pas encore eu assez d'émeutes ? »

Edwin se tourna vers Walt :

« On peut peut-être essayer ? On a rien à perdre. »

Walt hésita.

« Je vais les chercher », céda Edwin.

Il se leva et tapa dans ses mains :

« C'est bon, les gars, au boulot ! La récréation est terminée ! »

Deux minutes plus tard, il réapparut avec les trois garçons et croisa Nelson et Dwight.

« Pourquoi tu les remontes ? » s'étonna Nelson.

Edwin désigna Adela de la tête :

« Elle va leur parler.

– C'est la mère d'un des gamins ? demanda Nelson.

– Non. C'est la femme de ménage de Bud. »

Nelson et Dwight échangèrent un regard, incrédules.

*

Adela sortit de la petite salle où elle s'était enfermée avec les trois enfants. Bud et les policiers se levèrent.

« Ils veulent bien vous montrer l'endroit où ils ont trouvé le corps.

– Quoi ? ! » s'exclama Nelson.

Bud esquissa un sourire.

« Pourquoi ils nous ont rien dit, à nous ? voulut comprendre Walt.

– C'est là qu'ils pêchent le plus de poissons. Ils voulaient garder l'endroit secret.

– Et comment vous avez fait pour les faire parler ? l'interrogea Dwight.

– Je leur ai promis quelque chose.

– Quoi ? Des bonbons ? demanda Nelson.

– Mieux que ça. »

*

Marcus, Winston et Rod étaient hilares, serrés à l'avant de la voiture de Nelson, qui fonçait sirène hurlante. Adela avait tenu sa promesse. Dwight, remisé à l'arrière, s'amusait beaucoup moins. Walt et Edwin suivaient dans un autre véhicule, Herbert Cooke, le légiste, conduisait son fourgon, et Bud et Adela fermaient le cortège.

Les voitures allèrent aussi loin que la route le leur permit, puis la drôle de troupe s'engagea en file indienne sur un sentier étroit et glissant, les enfants en tête. En silence, ils guidèrent les adultes jusqu'aux troncs sur lesquels les hommes montèrent. Bud chancela et mit un pied dans l'eau.

« Merde ! »

Il préféra rebrousser chemin : il ne voulait pas prendre le risque de mouiller l'appareil photo qui se balançait autour de son cou. Il regarda les autres dégager le cadavre de sous les troncs et le porter jusqu'à la berge. Adela ne voulait pas voir ça. Elle se demanda comment son frère et elle avaient pu sortir de l'eau le corps de leur mère lorsqu'ils étaient enfants. Puis elle se tourna vers les trois garçons, qui observaient la scène avec un étonnant détachement.

« Venez. C'est pas un spectacle pour vous. »

Elle s'éloigna avec eux et fit semblant de s'intéresser à leurs histoires de pêche. Jusqu'à ce que Bud les rejoigne, quelques minutes plus tard.

« Vous pouvez me suivre ? »

Elle hésita, avant de s'exécuter en dépit de ses réticences. Herbert était penché sur Regina et lui soufflait la fumée de sa cigarette à la figure. Nelson et Dwight inspectaient les abords de la rivière tandis que Walt et Edwin prenaient des notes. Adela faisait son possible pour ne pas avoir le corps dans son champ de vision. Bud ôta de son cou son Kodak.

« J'ai fait des photos mais j'ai peur qu'elles soient floues. Je sais pas pourquoi, elles sont souvent floues. Essayez, vous. »

Il lui tendit son appareil. Elle le prit sans enthousiasme :

« Des photos de quoi ?

– Du corps.

– Je sais pas si je pourrai.

– Vous placez votre œil là, et vous appuyez ici.

– Je voulais dire… Je sais pas si je pourrai regarder la petite.

– Mais si.

– Tu peux m'aider ? » demanda Herbert.

Bud s'approcha de lui et, ensemble, ils bougèrent le cadavre. Adela regarda à travers le viseur. Pour la première fois, elle vit Regina à qui Bud tentait de fermer les paupières, sans succès.

« Il faudra les coller… » lâcha Herbert, laconique.

Le visage de la jeune adolescente était tuméfié, verdâtre. Elle avait les mains liées dans le dos par une cordelette. Son chemisier était déchiré. Sa jupe aussi, suffisamment pour qu'on voie qu'elle n'avait plus de culotte. Des larmes silencieuses coulaient sur les joues d'Adela pendant qu'elle prenait les photos. Elle faisait le tour du corps lorsqu'un détail l'interpella. Elle baissa l'appareil.

« Et son collier ? »

Bud et Herbert, accroupis à côté de Regina, levèrent la tête.

« Hein ? fit Bud.

– Son collier de perles. C'est vous qui l'avez enlevé ? demanda-t-elle à Herbert.

– Non. Y avait pas de collier.

– Sa mère m'a dit qu'elle l'avait toujours sur elle. »

Bud se releva. Il se tourna vers les policiers :

« Vous avez pas trouvé un collier ?

– Non, assura Nelson.

– Elle avait un collier de perles, expliqua Bud.

– Ah ouais ? De perles ? s'étonna Dwight.

– De fausses perles », précisa Adela.

Walt alla examiner l'endroit où le corps avait été repêché. Il scruta le fond de l'eau :

« Non, y a rien.

– Elle a pu le perdre dans l'eau, tenta Edwin.

– Ou en se débattant, suggéra Herbert.

– C'est bizarre, souligna Bud, on a pas non plus retrouvé le bracelet de Dee Dee.

– Peut-être que le tueur les garde en souvenir ! plaisanta Edwin. Si c'est ça, il va bientôt pouvoir ouvrir une bijouterie ! »

Adela le fusilla du regard.

« Déjà trois victimes, mine de rien, constata encore Edwin.

– Sans compter les familles… renchérit Adela.

– Depuis combien de temps elle est morte, à ton avis ? demanda Nelson à Herbert.

– Difficile à dire. L'eau l'a conservée. Un corps peut rester immergé pendant un mois sans trop se dégrader. Par contre, si on le sort de l'eau, le lendemain, il sera dans le même état que s'il avait été un mois à l'air libre. »

Adela, qui en avait assez vu et entendu, rendit son appareil photo à Bud et rejoignit les enfants.

« Du coup, tu dois faire l'autopsie très vite, en conclut Bud.

– Tout à l'heure, oui. »

En s'asseyant dans sa voiture, Bud poussa son plus gros soupir de la journée.

« J'allais le dire ! » fit Adela.

Il sourit.

Ils roulèrent un moment. Adela, pensive, regardait les arbres défiler. Pour une fois, c'est Bud qui rompit le silence :

« Vous croyez toujours en Dieu après ça ? »

Elle hésita avant de répondre :

« J'ai perdu un enfant y a quelques années… Un fils… »

Cette confidence le désarçonna. Elle poursuivit :

« Et un mari deux ans après. Et c'est pas pour ça que j'ai arrêté de croire en Dieu. »

Des dizaines d'arbres défilèrent encore avant que Bud ne lance :

« En tout cas, s'Il existe, Il est pas à Birmingham. »

*

Walt et Edwin furent officiellement chargés de l'enquête. De fait, ils assistèrent à l'autopsie de Regina, ce dont ils se seraient bien passés. Bud aussi était présent. Les trois hommes fumaient au moins autant qu'Herbert. Ce dernier leur livra ses conclusions au fur et à mesure de ses découvertes.

« Elle a été étranglée.

– Comme Dee Dee », commenta Bud.

Le légiste ouvrit le corps de Regina.

« Y a pas d'eau dans ses poumons. Elle était déjà morte quand on l'a jetée dans la rivière.

– Et tu dirais que ça remonte à quand ?

– C'est difficile de se prononcer, mais… pas plus de quatre jours, à mon avis.

– Quatre jours ?! s'exclama Bud. Mais elle a disparu le 12 ! »

Edwin faisait les comptes :

« Le 12… Attends, on est le combien ?

– Le 28, fit Walt.

– Le 28, elle serait morte le 24… Ça veut dire que le tueur l'aurait liquidée douze jours après l'avoir enlevée.

– À peu près, précisa le légiste.

– C'était pareil pour les premières ? demanda Bud. Il les a pas tuées tout de suite ? »

Il prit son carnet et ajouta :

« Carlene a disparu le 7 août, on l'a retrouvée le 17. Dee Dee a disparu le 8 août, on l'a retrouvée le 21.

– Elles, j'ai pas pu dire quand elles sont mortes, répondit Herbert. Les corps étaient trop abîmés, avec la canicule. Je suis parti du principe qu'on les avait tuées le jour de leur disparition, mais peut-être pas. »

Walt sortit un carnet à son tour et nota en même temps qu'il réfléchissait à voix haute :

« Donc, il a gardé Regina Harris en vie pendant douze jours…

– À peu près, précisa à nouveau le légiste.

– À peu près, rectifia Walt. Ça veut dire… qu'il l'a ramenée chez lui ?

– Ou ailleurs », fit Bud.

Une perspective qui les laissa tous songeurs.

*

Alertés par la rumeur, les Harris n'en pouvaient plus d'attendre des nouvelles de la police. Teresa avait déjà vomi deux fois et tenait à peine debout quand Lee décida de se rendre seul au poste pour en savoir plus. Là-bas, on lui répondit un vague :

« Allez peut-être voir à la morgue. »

Dix minutes plus tard, il y était. Il croisa Walt et Edwin, qui en sortaient.

« C'est elle ? demanda-t-il.

– On allait passer vous voir… » dit Walt.

Lee se décomposa. Il s'assit sur la chaise la plus proche.

« Désolé, fit Walt.

– Ouais », ajouta Edwin.

Walt posa une main compatissante sur l'épaule de Lee.

« J'ai des enfants. J'ose pas imaginer ce que vous…

– Je peux la voir ? »

Regina était recouverte d'un drap. Herbert dégagea son visage sans manifester la moindre émotion. La gorge de Lee se serra.

« Ma princesse… »

Walt et Edwin baissèrent les yeux.

« Elle est toujours magnifique… »

Edwin tiqua et jeta un regard en coin à Walt, qui préféra l'ignorer.

Lee caressa la joue de Regina.

« Je peux prendre une mèche de ses cheveux ? » demanda-t-il à Herbert.

Herbert se tourna vers les policiers. Walt accepta d'un signe de tête, et le légiste tendit une paire de ciseaux à Lee. Celui-ci coupa délicatement une longue mèche des cheveux de sa fille. Puis il rendit les ciseaux et contempla longuement cette enfant adorée. Les souvenirs se bousculaient tandis qu'il caressait de son pouce la précieuse mèche. Finalement, Herbert jeta un œil à sa montre et rabattit le drap sur Regina.

*

Quand Lee rentra chez lui, il tenait toujours la mèche de Regina dans son poing serré. Teresa, rongée par l'inquiétude, essayait de lire sur le visage de son mari. Il s'approcha d'une des bougies qui étaient posées sur les rebords des fenêtres et la souffla. Teresa s'effondra.

Lundi 28 octobre 1963

Quand Adela entra dans la chambre de Gloria, celle-ci l'attendait.

« On l'a retrouvée, fit Adela.

– Je sais.

– Vous l'avez vue dans vos rêves ?

– Non, c'est Sissy qui me l'a dit. »

Adela était presque déçue.

*

Aucun des éléments de l'autopsie ne fut rendu public. La police n'avait pas envie d'encourager la psychose qui avait commencé à gagner la population noire. La question des droits civiques avait d'ores et déjà fait de Birmingham une poudrière. Il s'agissait de calmer le jeu, donc les esprits. On instaura un couvre-feu pour les jeunes filles et on leur recommanda de se déplacer en groupes dans la journée. Et, fait historique, des voitures de police sillonnaient les quartiers noirs dans le seul but de protéger leurs habitants.

*

L'image du cadavre de Regina hantait Adela, qui faisait de son mieux pour n'en rien laisser paraître devant ses enfants. À cela s'ajoutaient ses inquiétudes pour Bernice, même si le tueur s'en prenait à des filles plus jeunes. Ce soir, après avoir creusé une citrouille avec Sid et Elijah en prévision d'Halloween, elle entreprit de leur lire une histoire pour la toute première fois. Elle choisit *Le Dragon de mon père*[1], qu'elle connaissait pour avoir entendu Bernice la lire maintes et maintes fois à ses frères, mais c'était sans doute un peu prématuré et la lecture s'avéra laborieuse. Surtout pour les enfants, qui s'endormirent alors que le jeune Elmer n'avait rencontré qu'un chat et qu'il n'était même pas encore question du moindre dragon.

---

1. Ruth Stiles Gannett, *My Father's Dragon*, Random House, 1948.

Mercredi 30 octobre 1963

Le matin, Bud et Adela assistèrent tous les deux aux funérailles de Regina. Chacun de son côté. Bud, qui était encore une fois le seul grain de sel dans la poivrière, joua à nouveau la carte de la discrétion en s'asseyant tout au fond de l'église. Adela se trouvait au centre. Elle ne voyait pas Virgil Tucker, mais Bud l'avait tout de suite repéré… quelques rangs derrière elle.

À la fin de la cérémonie, Adela alla présenter ses condoléances à Lee et Teresa :

« Je suis désolée.

– Merci, répondit Teresa.

– On essaie de se consoler en se disant qu'elle a été heureuse le peu qu'elle a vécu, confia Lee, la gorge nouée.

– Vous avez raison. »

Elle caressa la joue de Dexton.

« Sois courageux, mon bonhomme. Prends bien soin de ta mère et de ton père. »

Il acquiesça.

Avant de sortir, Adela vit Bud assis à l'autre bout de la dernière rangée. Ils se saluèrent d'un hochement de tête.

Quelques instants plus tard, ce fut au tour de Virgil Tucker de saluer Bud, d'un signe de la main qui resta sans réponse.

L'église s'était presque vidée quand le détective se leva pour aller dire quelques mots aux parents de Regina :

« Toutes mes condoléances.

– Merci », murmura Lee.

Teresa tenta un sourire de politesse.

« Il faut que vous le retrouviez, continua Lee. Ça nous la ramènera pas, mais il faut qu'il soit puni. Il peut pas s'en tirer comme ça. C'est pas possible.

– Et il faut pas qu'il recommence, ajouta Teresa. Il faut pas que d'autres gens vivent ça.

– Je vais le coincer », assura Bud.

Lee prit la main de sa femme. Tous les deux avaient besoin d'y croire.

« Elle avait encore tellement de choses à vivre. Elle nous disait souvent : "Vous verrez, un jour, y aura mon nom dans les journaux. Peut-être pas dans *Time Magazine* mais au moins dans le *Birmingham World*." Elle pouvait pas imaginer que ce serait pour… »

Il s'interrompit. Depuis trois jours, en effet, on ne parlait que d'elle dans le journal noir de Birmingham.

*

Quand Adela arriva chez Bud, il travaillait allongé sur le canapé, les yeux fermés. Elle rouvrit la porte qu'elle venait de fermer derrière elle et la referma bruyamment. Bud sursauta, et Goliath avec lui.

« 'jour, m'sieur Larkin.

– 'jour. »

Il s'assit. Elle alla poser son sac dans la cuisine.

« Je savais pas si vous viendriez aux funérailles, fit-elle.

– Moi non plus. Quelle idée d'enterrer les gens aussi tôt le matin ! Comme s'ils pouvaient pas attendre l'après-midi... Surtout que ça s'est rafraîchi depuis hier. »

Elle revint, un chiffon à la main. Elle préféra ignorer sa réflexion.

« En tout cas, y avait du monde.

– Oui, c'est sûr. Y en aura pas autant pour mon enterrement !

– Faut pas dire des choses pareilles, m'sieur Larkin.

– Y a peut-être trois personnes qui viendront... Et je suis pas sûr qu'elles pleureront.

– C'est gai !... »

Elle secoua la tête et passa un coup de chiffon sur le bureau. Elle trouva les photos de Regina qu'elle avait prises. Elles étaient nettes, et même trop à son goût. Elle les retourna, puis souleva le *Birmingham News*, le journal blanc.

« Je peux le jeter ? Vous l'avez lu ?

– Oui, c'est celui de lundi. »

Adela réfléchit quelques secondes.

« Ils parlent de Regina ? »

Bud hésita.

« Euh... oui.

– Je peux voir ?

– Pour quoi faire ?

– Pour voir. »

Elle ouvrit le journal et chercha. Il se leva péniblement et s'approcha. Elle finit par tomber sur un minuscule portrait de Regina et un entrefilet de cinq lignes perdus entre un article sur un fermier attaqué par son cochon et une réclame pour des grille-pain. Bud se racla la gorge, un peu gêné. Elle regarda le titre longuement avant de lire à voix haute :

« *Negro Girl Found Dead*[1]. »

Il tomba des nues.

« Vous savez lire ?

– J'apprends. »

La tristesse qu'elle éprouva en découvrant la place qu'occupait la mort de Regina dans le principal journal de Birmingham et d'Alabama l'emporta sur la fierté de savoir lire.

« Je peux le jeter ?

– Oui… »

Elle ne se fit pas prier.

Bud s'assit à son bureau. M'ame lui tournait autour, agitée.

« Vous l'avez sortie aujourd'hui ? demanda Adela.

– Non, j'ai pas eu le temps.

– Vous pourriez peut-être le faire, là ?

– J'attends un coup de fil. »

1. « Une fille noire retrouvée morte. » Le terme *Negro* en anglais n'était pas péjoratif à l'époque. Il signifiait « noir » et ne doit pas être confondu avec *nigger*, qui, lui, voulait dire « nègre » ou « négro » en français. Ce n'est qu'avec l'apparition de l'expression *Black Power* en 1966 qu'on lui a peu à peu préféré le mot *black*, qui a fini de s'imposer au milieu des années 1970.

Adela prit sur elle. Elle se doutait qu'il mentait. Elle n'avait aucune envie d'y aller mais avait encore moins envie de nettoyer les besoins de la chienne. Elle ronchonna avant d'ouvrir la porte.

« Allez, viens. »

M'ame la fixait.

« Je crois qu'elle veut pas venir avec moi. Vous allez devoir y aller. »

Bud montra la porte à l'animal.

« Allez, file. »

M'ame obéit et sortit. Adela lança un regard noir à Bud avant de claquer la porte. Depuis le couloir, elle entendit la sonnerie du téléphone.

Aussitôt dehors, la chienne alla pisser dans un coin. Puis elle revint vers Adela.

« Et le reste ? Tu rentreras pas tant que t'auras pas fait le reste. »

M'ame commença à remonter la rue et s'arrêta pour attendre Adela. Celle-ci grommela avant de la suivre. La chienne l'entraîna jusqu'au parc tout proche. Soudain, elle lui faussa compagnie et s'aventura dans la partie interdite aux Noirs.

« Où tu vas ? Reviens ici ! »

Adela restait près du panneau « WHITE ONLY[1] ». M'ame se retourna. Elle ne semblait pas comprendre quel était le problème. Adela gesticulait :

« Viens ici ! »

---

1. « Réservé aux Blancs. »

Elle tapait du pied.

« Ici, M'ame ! »

Elle tapait des mains.

« Viens ici, je te dis ! »

Rien à faire, M'ame n'obéissait pas.

« Pour la dernière fois !... »

La chienne finit par faire ses besoins au moment où Adela n'y croyait plus. Puis elle revint vers sa nouvelle amie, qui lui tapota la tête du bout des doigts :

« C'est bien. »

Adela regarda une dernière fois le panneau « WHITE ONLY » et ne put s'empêcher de sourire en songeant qu'à cause de leurs fichues lois c'est forcément un Blanc qui finirait par marcher dans la merde de M'ame.

*

Elijah et Sid étaient couchés quand Adela entra dans leur chambre. Lorsqu'elle prit le conte qu'elle avait entamé deux jours plus tôt, les deux frères échangèrent un regard anxieux.

« Tu peux nous raconter l'histoire de la plantation ? demanda Elijah.

– Vous préférez pas que je vous lise *Le Dragon de mon père* ? »

Les petits secouèrent la tête, les lèvres pincées. Adela capitula et reposa le livre.

« Y a très longtemps, dans une immense plantation de coton en Virginie, un Blanc très cruel possédait plein d'esclaves noirs qu'il battait et fouettait à la moindre occasion... »

À la fin du récit, une fois les esclaves libres et leur maître puni, Sid et Elijah étaient aux anges.

« Maintenant dodo. Vous avez fait votre prière ?

– Oui, répondit Elijah.

– Parfait. »

Elle les embrassa et se leva. Juste avant de quitter la chambre, elle se retourna :

« Et demain, je vous lirai la suite du *Dragon de mon père*. »

Quand elle eut fermé la porte, les garçons se tournèrent l'un vers l'autre, l'air abattu. Heureusement, le lendemain, c'était aussi Halloween, une perspective autrement plus réjouissante.

Jeudi 31 octobre 1963

Voilà quelques semaines que les enfants avaient déserté les rues mais, en cette soirée d'Halloween, ils se les réapproprièrent. Déguisés en monstres, ils se déplaçaient en groupes, accompagnés par des adultes ou des « grands ». Ce jeudi soir, la vie et les rires reprirent le dessus. Pour quelques heures.

Adela et Bernice escortaient Sid, Elijah et quelques petits voisins dans leur tournée des maisons du quartier. Bernice avait insisté pour venir. Elle ne tenait pas à rester seule à la maison avec Lazarus.

Les gamins frappèrent chez Renee, qui ouvrit sa porte.

« *Trick or treat*[1] *!* » s'écrièrent-ils.

Face à cette horde d'« abominables créatures », Renee fit semblant d'avoir peur et donna quelques bonbons à chacun. Adela lui fit un signe de la main depuis la rue.

---

1. Formule qu'emploient les enfants pour qu'on leur donne des bonbons le soir d'Halloween. « Des bonbons ou un sort ! » en français.

« Bonsoir, Adela. Bonsoir, Bernice.

– Bonsoir », répondit la jeune fille.

À l'intérieur, Joseph, le mari de Renee, dressa une oreille. Quant à elle, elle détailla les enfants :

« Ah mais alors, ça doit être Sid et Elijah, ces deux horribles monstres ! »

En guise de costumes, les deux garçons portaient des masques en carton. Ils avaient voulu se déguiser en fantômes mais Adela avait catégoriquement refusé, prétextant qu'il était hors de question qu'elle sacrifie des draps. La véritable raison, c'est que cette tenue lui faisait un peu trop penser à celle de ces assassins du Ku Klux Klan.

Joseph apparut derrière Renee. Il n'eut d'yeux que pour Bernice :

« Oh, me dites pas que c'est la petite Bernice !

– Bonsoir, m'sieur Williams, fit l'adolescente.

– T'es devenue une vraie beauté, dis donc. »

Elle rougit.

« Si j'avais dix ans de moins, plaisanta-t-il à moitié.

– Trente, tu veux dire ! » le recadra Renee.

Elle lui flanqua une claque derrière la tête.

« Espèce de vieux cochon !

– Bon, on y va, dit Adela, gênée.

– Bonsoir », conclut Renee.

Elle referma sa porte. Adela, Bernice et les enfants poursuivirent leur tournée. Adela marchait en retrait du groupe. Elle venait de prendre brutalement conscience du regard que les hommes portaient désormais sur sa petite fille qui n'en était plus une.

Dimanche 3 novembre 1963

« Maman ! Papa, il a les pieds qui touchent plus par terre ! »

Teresa ne comprenait pas ce que Dexton lui disait. Elle le suivit jusqu'à la remise où son mari s'était pendu.

Lundi 18 novembre 1963

Adela arrangeait les flacons de parfum sur la coiffeuse de Gloria.

« Je peux vous dire un secret ? demanda la vieille dame.

– Ça dépend… »

Adela se méfiait des révélations de Gloria.

« Approchez-vous. Je ne voudrais pas que Sissy nous entende. Elle va encore penser que je suis folle. »

Adela s'avança. Gloria se pencha vers elle et chuchota :

« Il y a un oiseau qui me rend visite tous les soirs.

– Un oiseau ?

– Oui. Avant que je m'endorme. Il vole au-dessus du lit et il disparaît. Vous verriez Atti ! »

Gloria riait comme une enfant. Adela essayait d'imaginer la scène, jusqu'à ce que ses yeux se posent sur l'oiseau en bronze sur la cheminée, face au lit. Pauvre Miss Gloria… Cette fois, elle commençait à vraiment perdre la boule.

« Je vous le dis à vous parce que je sais que vous me croyez. »

Adela ne voulut pas contrarier sa patronne et abonda dans son sens :

« Il doit venir vous dire bonne nuit.

– Oui, c’est ça. »

Adela lui sourit et la laissa à ses rêveries.

Mardi 19 novembre 1963

« Je peux ? »

Adela, qui était perdue dans ses pensées, sursauta. Elle n'avait pas vu Pearleen monter dans le bus. Elle était bien la seule : tout le monde l'avait remarquée, avec ses fameuses lunettes noires.

« Oh, Pearleen. Oui, bien sûr, assieds-toi. »

Il y avait de nombreuses places libres mais c'est à côté d'elle que la jeune fille avait choisi de s'asseoir. Pearleen se retourna pour s'assurer que personne ne pouvait l'entendre et confia à voix basse :

« Je sais que vous travaillez chez un détective qui enquête sur les meurtres des trois filles. »

Elle baissa encore d'un ton.

« Je sais qui est le tueur. »

Adela bondit.

« Qui ?

– Avant, vous devez me jurer que vous direz pas qui l'a dénoncé.

– D'accord, je te le jure, répondit Adela sans hésiter une seconde.

– C'est mon père.

– Quoi ? T'en es sûre ?

– Oui.

– Comment tu le sais ? »

Pearleen se mordillait les lèvres.

« C'est grave, déclara Adela. On peut pas accuser les gens comme ça. T'as vu quelque chose ? Ou il t'a dit quelque chose ? »

Pearleen retira ses lunettes noires et tourna la tête vers Adela, dévoilant un œil au beurre noir.

« C'est lui qui t'a fait ça ? »

L'adolescente baissa les yeux et fit oui de la tête. Puis elle souleva son pull-over et découvrit son ventre arrondi.

« Et ça aussi, fit-elle.

– T'as quel âge ?

– Seize ans. »

Seulement un an de plus que Bernice, se dit Adela, horrifiée. Pearleen rabaissa son pull-over et remit ses lunettes. Adela essayait de rassembler ses idées.

« Mais… et ta mère ? Elle sait que… ?

– Elle est partie.

– Elle t'a abandonnée avec lui ?

– Elle serait morte sinon. Elle a sauvé sa peau. Je lui en veux même pas.

– T'as des frères et sœurs ?

– Une petite sœur qui a onze ans.

– Et avec elle, il a pas… ?

– Non, il a compris que s'il la touche, je serais capable de le tuer. Y a que ça qui le retient. Pour l'instant. »

Au son de sa voix, Adela devinait sa rage, à défaut de pouvoir la lire dans ses yeux.

« C'est vraiment un sale bonhomme, conclut la jeune fille.

– C'est un monstre, oui ! Et tu penses que c'est lui qui a tué Dee Dee, Carlene et Regina ?

– Il me touche plus depuis que je lui ai dit que j'étais enceinte. Il faut bien qu'il fasse ses cochonneries quelque part. Et surtout, les meurtres ont commencé juste après. Je m'en veux de pas avoir parlé avant mais je voulais pas aller voir la police… et aussi, j'avais peur qu'il sache que ça venait de moi. »

Adela posa sa main sur celle de Pearleen, qui étouffa un sanglot et poursuivit :

« La troisième fille serait pas morte si j'avais tout raconté avant. »

Adela ne trouva rien à répondre pour la réconforter.

« Vous allez en parler à votre détective ?

– Dès demain. »

Pearleen se tut. Adela se demanda si elle réfléchissait aux conséquences de ses révélations. Peut-être les regrettait-elle déjà.

« Comment il s'appelle, ton père ? »

Pearleen se tourna vers Adela.

« Joe… Joe Hudson.

– Où vous habitez ?

– Je vais vous l'écrire. »

Elle sortit de son sac un bout de papier et un crayon et griffonna une adresse.

« Mais vous le trouverez plus facilement là. »

Elle écrivit une deuxième adresse.

« C'est un bar. Vous arrivez à me relire ? »

Adela prit le papier qu'elle lui tendait et le regarda un instant. Elle répondit :

« Oui. »

Avant de le fourrer dans son sac.

« Je descends ici, dit Pearleen. Merci.

– Merci à toi. »

La jeune fille se leva et descendit du bus. Adela pria pour elle et sa sœur. Puis elle reprit le bout de papier et s'appliqua à déchiffrer les deux adresses.

Avant de rentrer chez elle, elle passa chez Mabel pour essayer de joindre Bud, mais personne ne décrocha.

Mercredi 20 novembre 1963

Exceptionnellement, Adela était arrivée chez Bud dès neuf heures ce mercredi-là. Elle avait eu du mal à le sortir de son lit et à le traîner jusqu'à la voiture. Ils avaient trouvé porte close chez Joe Hudson, alors ils essayèrent le bar où le suspect avait ses habitudes. Lorsqu'ils entrèrent, les cinq hommes qui se trouvaient là se turent, et leurs regards se braquèrent sur les intrus : on ne voyait pas beaucoup de femmes ici et encore moins de Blancs, alors les deux réunis !… Bud avança jusqu'au comptoir, suivi d'Adela. Ils n'étaient visiblement pas les bienvenus.

« Je voudrais, euh… Je voudrais parler à Joe Hudson, fit Bud, la diction approximative.

– Il est pas là, répondit l'homme derrière le bar.

– Qu'est-ce que vous lui voulez ? » demanda un autre.

La tension était palpable, et lorsque l'un des clients se leva et renversa sa chaise, Adela sursauta.

« J'ai de l'argent pour lui, claironna Bud.

– De l'argent ? répéta le barman.

– De sa femme », précisa Adela.

La tension retomba d'un coup. L'homme qui s'était levé, la quarantaine, ramassa sa chaise et s'avança. Il était immense, large et bel homme. Il se planta devant Bud.

« Joe Hudson. »

Adela n'en revenait pas. Il ne ressemblait pas du tout à la bête immonde qu'elle s'était figurée.

« Paraît que vous avez de l'argent pour moi ? lança Joe.

– On va discuter un peu, avant », pondéra Bud en allumant une cigarette.

Il se tourna vers le barman :

« Un whisky sec. Double. Et une bière. »

Puis, à Adela :

« Vous buvez quelque chose ?

– Non, merci. »

Elle poursuivit à voix basse :

« Vous feriez peut-être bien d'en faire autant…

– Le meilleur moyen de dessaouler, c'est de boire exactement ce qui vous a saoulé. »

Elle ne semblait pas convaincue. Elle suivit Bud et Joe jusqu'à une table à l'écart.

« Qu'est-ce qu'elle devient ? feignit de s'intéresser Joe.

– Qui ? s'étonna Bud.

– Corrina. Ma femme.

– Elle va bien.

– Elle vous passe le bonjour, ajouta Adela. Elle voudrait des nouvelles de ses filles.

– Elles vont bien, elles aussi, affirma Joe. Je m'en occupe pour deux. »

Adela réprima un frisson de dégoût. Le barman arriva et demanda :

« Le whisky ?

– C'est pour moi », répondit Bud.

L'employé posa le whisky devant le détective et la bière devant Joe.

« Non, ça aussi, c'est pour moi », dit Bud.

Il prit la bière, qu'il siffla d'un trait, sous le regard consterné des trois autres. Le barman les laissa à leur conversation.

« C'est quoi cette histoire d'argent ? chercha à savoir Joe. Elle s'est trouvé un micheton ?

– T'as une voiture ? l'interrogea Bud.

– Oui. Quel rapport ?

– Aucun. Quel genre de voiture ?

– Une Chevrolet. Pourquoi ?

– Quelle couleur ? demanda Adela.

– Vous vous foutez de moi ?

– Marron ? insista-t-elle.

– Oui. Qu'est-ce que c'est que ces conneries ? »

Adela et Bud se regardèrent.

« Dee Dee Rodgers, ça te dit quelque chose ?

– Oui, c'est la gamine qu'on a retrouvée morte.

– Un témoin a vu une Chevrolet marron rôder vers chez les Rodgers un peu avant la disparition de leur fille.

– Je dois pas être le seul à avoir une Chevrolet marron à Birmingham. Bon, et mon fric ?

– Y a pas de fric. »

Bud attaqua le whisky.

« Quoi ? »

Joe se leva, menaçant. Adela glissa une main dans son sac et la referma sur une paire de ciseaux qu'elle avait prise chez Bud, au cas où. Ce dernier posa son Smith & Wesson sur la table, gardant un doigt sur la détente.

« Qu'est-ce que vous me voulez ? s'irrita Joe.

– Y a des bruits qui courent. Comme quoi ce serait toi le tueur. »

Joe se décomposa. Il se rassit et se radoucit. On avait déjà lynché un suspect. Il ne tenait pas à être le prochain.

« Je sais pas qui raconte ça mais faut pas les croire. C'est pas moi.

– T'es déjà allé à Childersburg ?

– Comme tout le monde.

– Moi, j'y suis jamais allée », nota Adela.

Joe la regarda, effaré. Pourquoi sa sœur de couleur cherchait-elle à l'enfoncer ? Elle soutint son regard. Bud observait son suspect. Le gars était grand et bien bâti : il n'aurait eu aucun mal à maîtriser une petite fille. Quant à ses mains, c'étaient de véritables battoirs.

« Pourquoi elle est partie ? demanda le détective.

– Qui ça ?

– Corrina.

– Oh, soupira Joe, c'était une belle garce, celle-là. Je lui ai tout donné et, pour me remercier, elle a foutu le camp. Quel genre de mère abandonne ses filles, hein ? J'ai bien une idée de ce qu'elle est devenue… Si c'est ça, elle a que ce qu'elle mérite.

– Vous l'avez jamais frappée ? » questionna Adela.

Joe ne répondit même pas. Il se contenta de la regarder à nouveau, impassible.

« T'as entendu la question ? articula Bud.

– Ça a pu arriver, deux ou trois fois. Mais elle avait le don de me pousser à bout.

– Vous savez pas vous contrôler ? » rebondit Adela.

Le sang de Joe ne fit qu'un tour :

« Qu'est-ce que t'essaies de dire, connasse ? »

Bud pointa son arme sur le suspect, et c'est tout le bar qui se figea. Adela osait à peine respirer. Joe leva les mains en l'air.

« Moi, je crois que c'est toi notre tueur, fit Bud.

– J'ai deux filles. Je ferais jamais de mal à une gosse.

– Vous êtes sûr ? » défia Adela.

Il la considéra un instant et, sans ciller, répondit :

« Je le jure. »

Adela était suffoquée par son aplomb. Elle aurait voulu dire ce qu'elle savait, le traiter de salopard et de violeur, mais elle ne pouvait pas : elle avait juré, et surtout elle craignait pour la vie de Pearleen. Sans compter qu'elle n'avait pas envie que Bud appuie sur la détente.

Celui-ci reposa son révolver. Lentement, Joe baissa les bras. Bud finit son whisky, rangea son arme et se leva d'un air mal assuré.

« On se reverra. »

Adela le suivit jusqu'au comptoir, sur lequel il jeta un billet. Avant de sortir, Bud se retourna vers Joe.

« Je t'ai à l'œil. »

Adela fixa le suspect de son air le plus menaçant et lança :

« Moi aussi. »

Et ils quittèrent les lieux.

Les habitués et le barman regardaient Joe d'un air suspicieux. Il vociféra :

« Qu'est-ce qu'y a ? Vous m'avez jamais vu ? »

*

« Alors ? Qu'est-ce que vous en dites ? sonda Adela une fois dans la rue.

– Je sais pas trop. »

Il hésita avant de demander :

« Et vous ?

– Je crois que c'est lui. *J'espère* que c'est lui. Ce type, c'est un… un sale bonhomme.

– Ouais… Je vais parler de lui à mes amis de la police.

– Bonne idée. »

Alors qu'ils approchaient de la voiture, Bud donna les clés à Adela.

« Conduisez, je vais dormir.

– Je peux pas, répondit Adela, affolée.

– Mais si. »

Il prit la place du passager. Elle restait plantée à côté de la Ford. Il baissa sa vitre.

« Montez, allez. »

Elle était terrifiée mais, en même temps, elle rêvait d'essayer. L'occasion ne se représenterait sans doute jamais et, après tout, elle apprenait bien à lire… Et puis elle ne pouvait pas conduire plus mal que Bud !

Elle fit le tour du véhicule et s'installa derrière le volant.

Il prit la clé et la mit dans le contact.

« Appuyez sur l'accélérateur.

– L'accélérateur ?...

– Oui, appuyez, plusieurs fois, là, à droite.

– Euh...

– L'accélérateur, quoi. Pour envoyer de l'essence au carburateur.

– Ah. »

Elle s'exécuta. Il tourna la clé, et le moteur se mit en marche. Elle regardait les pédales à ses pieds.

« Embrayage à gauche, frein, et accélérateur à droite, comme sur n'importe quelle voiture. Réveillez-moi quand on sera arrivés. »

Il baissa son Stetson sur ses yeux. Le cœur d'Adela battait la chamade mais l'envie l'emporta sur le reste. Elle démarra... et cala aussitôt.

« Attendez, je recommence. »

Elle démarra à nouveau, tout doucement, puis donna un coup d'accélérateur, puis de frein, puis d'accélérateur... Le chapeau de Bud tomba sur ses genoux. Sidéré, il dévisagea Adela qui s'appliquait, concentrée comme jamais, penchée sur le volant.

« Où vous avez appris à conduire ?!

– Nulle part.

– Quoi ?

– Je vous l'ai dit. »

Elle ne quittait pas la route des yeux.

« Non, vous m'avez dit...

– Je vous ai dit que je pouvais pas.

– Mais je croyais que vous aviez jamais conduit *une Ford* ! Pas que vous aviez *jamais conduit* ! Vous savez pas lire, vous savez pas conduire… Vous savez pas faire grand-chose !

– On a jamais voulu m'apprendre… »

Elle tourna la tête vers lui.

« Regardez devant vous.

– Oui.

– Accélérez un peu. »

Elle accéléra. Au bout d'un moment, il se fendit d'un :

« C'est pas si mal.

– Merci. »

Il se détendit et commença à apprécier le paysage, comme lorsqu'il conduisait lui-même. Elle, en revanche, était toujours aussi raide et concentrée, comme lorsque Bud était au volant.

Soudain, elle fut prise de panique.

« On va trop vite, non ? Qu'est-ce que je fais ? J'ai quelqu'un derrière. Je peux pas freiner, il va nous rentrer dedans… Je reste à cette vitesse ? C'est pas trop rapide ? »

Bud, avec le plus grand calme, se pencha sur le compteur.

« Non, vous inquiétez pas, on a de la marge. »

Lorsque le vélo qui était derrière eux les dépassa, Bud se mit à rire. Et Adela finit par se décoincer elle aussi.

« Ma nièce Frances s'est entichée d'un danseur dans un camp de vacances cet été. J'ai dit à son père que je ne voulais pas de ce genre de… »

Dorothy, qui discutait dans la rue avec une amie, s'interrompit au milieu de sa phrase. À son expression, on aurait pu croire qu'un fantôme lui était apparu.

« Tout va bien, Dorothy ? »

Elle ne répondit pas. Son amie suivit son regard et vit la bonne… Oui, *la bonne* de Dorothy au volant d'une voiture ! Et à côté d'un Blanc, en plus !

Vendredi 22 novembre 1963

Dorothy ne dit pas un mot à Adela sur ce qu'elle avait vu deux jours plus tôt. Sa bonne s'employa toute la matinée à repasser le linge et à cirer les meubles, comme si de rien n'était. La maîtresse de maison ne lui adressa la parole que pour lui dire :

« Vous ne connaissez pas votre chance : au moins, avec votre uniforme, vous n'avez pas à vous soucier d'être élégante. Je vous envie. »

Adela qui, pour lustrer la commode, déplaçait un buste en le tenant par le cou, le serra soudain comme si c'était le cou de sa patronne.

Peu après midi et demi, le téléphone sonna. À l'autre bout du fil, une femme en pleurs demanda à parler à Dorothy. Celle-ci interrompit son déjeuner pour prendre la communication, qu'elle écourta pour aller allumer le poste de télévision. Adela s'en étonna car, depuis quatre ans qu'elle était à son service, elle ne l'avait jamais vue devant le téléviseur. Intriguée, elle décida de s'attaquer au buffet du salon. Après une réclame pour Nescafé et une autre pour « Route 66 », la série du soir sur CBS, l'écran demeura noir pendant une trentaine de secondes, puis une voix masculine annonça « de plus amples détails concernant une tentative d'assassinat contre le président Kennedy à Dallas, au Texas ». Adela arrêta d'astiquer pour regarder l'écran noir sur lequel elle déchiffra les mots « CBS NEWS BULLETIN ». « On a tiré sur le président Kennedy, poursuivait le journaliste, alors qu'il rejoignait en voiture le centre de Dallas depuis l'aéroport. » Dorothy, en état de choc, se retourna vers son employée, elle aussi assommée par la nouvelle :

« Allez vous occuper du haut. Vous me dérangez. »

Adela obéit, contrainte et forcée. De là-haut, elle tendit l'oreille pour essayer d'en savoir plus, mais elle ne perçut que des bribes indistinctes.

Lorsqu'elle redescendit, un peu moins d'une heure plus tard, et qu'elle regagna le salon, elle vit sur l'écran de télévision Walter Cronkite[1] chausser ses lunettes avant de déclarer : « Nous venons de recevoir de Dallas, au Texas, ce communiqué apparemment officiel : "Le président Kennedy est mort à treize heures." » Il précisa, ému, après un rapide coup d'œil à l'horloge du studio : « Il y a trente-huit minutes. » Adela et Dorothy pleuraient d'un même chagrin.

« Le monde tourne vraiment plus rond, se désespéra Adela.

– Vous pouvez parler, vous !

– Pardon ? »

1. Journaliste américain emblématique.

Dorothy essuya ses larmes dans son mouchoir et reprit :

« Je vous ai vue mercredi, au volant d'une voiture, avec un Blanc ! C'est scandaleux ! »

Elle se leva, furieuse.

« Vous êtes renvoyée !

– Mais pourquoi vous me dites ça maintenant ? Maintenant que j'ai tout repassé et tout ciré...

– Justement, votre remplaçante ne commence que la semaine prochaine. »

Elle lui régla sa semaine. Adela lui arracha les billets des mains et allait sortir par la porte de la cuisine lorsqu'elle se ravisa. Elle traversa la maison et emprunta l'entrée principale pour la première et dernière fois sous le regard stupéfait de sa patronne, qui l'avait suivie. Adela apprécia la vue depuis le porche, prit une grande inspiration et, sans même prendre la peine de refermer derrière elle, descendit les six marches, le port altier. Dorothy fulminait :

« Quand je pense que je vous ai fait une lettre de recommandation !... J'ai été trop généreuse avec vous, tiens ! Ça m'apprendra ! »

Adela fit volte-face.

« Généreuse ? Non, c'est pas le premier mot qui me vient à l'esprit quand je pense à vous... Vous êtes... méchante, vous êtes... égoïste, vous êtes... moche ! Vous savez même pas vous maquiller. Et je l'ai lue, votre lettre. Et vous savez quoi ? Mon beau-frère s'est torché le cul avec ! »

Dorothy s'étrangla de stupeur et de rage. Adela s'éloigna avant de lancer encore :

« Et arrêtez de vous changer sans arrêt. Vous vous salissez pas, vous foutez rien de vos journées ! »

Elle partit sans plus se retourner. Elle n'arrivait même pas à s'inquiéter pour son avenir. Kennedy occupait toutes ses pensées.

*

Le soir, au Grady's, comme partout aux États-Unis et dans le monde, on était bouleversé par la mort de JFK.

« Pauvre Jackie, fit Lorraine.

– Pauvre John surtout ! s'émut Edwin.

– Pauvres gamins… poursuivit Lorraine.

– Y en a sûrement des plus malheureux, tempéra Walt.

– Peut-être, mais quand même, répondit Bud. N'empêche, quand tu vois qu'on peut tuer notre président comme ça, ça fait réfléchir…

– Quarante-six ans, c'est jeune pour mourir, nota encore Walt.

– Le matin président des États-Unis, le soir plus rien », observa Bud.

Sans prévenir, les yeux d'Edwin s'embuèrent. Il les essuya dans ses manches et se racla la gorge :

« Il a bien fait d'en profiter. Avec sa blonde. Et toutes celles qu'on sait pas ! »

Bud esquissa un sourire. Il posa une main réconfortante sur l'épaule de son ancien collègue, qui tenta encore de donner le change :

« C'est sûrement un coup des Russes. Vous allez pas me dire qu'il a fait ça tout seul, l'Oswald[1]. Vous l'avez vu ? On dirait qu'il sort de l'œuf !

– Il mériterait de se prendre une balle aussi, tiens ! s'exclama Lorraine.

– Dans sa petite tête de communiant ! » renchérit Edwin.

Les autres sourirent.

« J'espère qu'il s'en sortira pas comme ça, dit Walt.

– Ouais… approuva Bud. Edwin t'a dit pour Joe Hudson ?

– Ah non, j'ai oublié, s'excusa Edwin.

– Joe Hudson ? répéta Walt.

– Oui, Bud est passé au poste hier pendant que t'étais avec Nelson. Il pense qu'il tient peut-être le tueur de négrillonnes. Un négro. Je te raconterai.

– OK, on verra ça demain.

– Tu nous remets une bière, Lorraine ? demanda Edwin. S'il te plaît. »

Elle resservit les trois amis et s'en resservit une à elle aussi.

« À JFK ! » lança Edwin.

C'était la troisième fois qu'ils trinquaient à JFK.

« Tout président qu'il était, il donnerait cher pour être à notre place, philosopha Bud.

– Sans blague, vous croyez que c'est un coup des Russes ? » s'inquiéta Walt.

1. Lee Harvey Oswald, principal suspect de l'assassinat du président Kennedy.

Samedi 23 novembre 1963

« Le pauvre… fit Adela.

– Et elle ! Pauvre Jackie, ajouta Albertine.

– … Jackie, oui… »

À la laverie, les larmes n'étaient pas loin.

« Veuve à trente-quatre ans, reprit Fran.

– On a le même âge, observa Adela. Mais j'étais veuve à trente et un ans.

– … et un ans. Oui, c'est vrai. Mais tu imagines, voir ton mari se faire tuer comme ça ?

– C'est pas à moi que ça arriverait ! » grommela Renee.

Après un long silence, Adela lâcha :

« Au fait, j'ai claqué la porte de chez Dorothy Hayes. Si vous entendez parler d'une place… Le mardi et le vendredi.

– Comment ça, t'as claqué la porte ? demanda Renee.

– Je lui ai dit ses quatre vérités, et je suis partie.

– … partie. Tu lui as dit qu'elle avait pas besoin de se changer trois fois par jour ?

– Oui !

– Je te crois pas, fit Renee.

– Je te jure que je lui ai dit. Et qu'elle savait pas se maquiller ! »

Elles gloussèrent de plaisir.

« Et qu'elle était raciste ? renchérit Albertine.

– Ah non, ça, j'ai oublié. Mais j'ai pensé à "méchante", "égoïste"… »

Elles riaient.

« Et "moche".

– … moche. C'est déjà pas mal ! »

Les rires firent place à un nouveau silence.

« Je lui avais écrit, une fois, s'épancha Fran.

– À Dorothy ? s'étonna Adela.

– Non, à JFK. Quand mon Trevor a été mordu par un chien de la police. Il m'avait jamais répondu.

– Il en est mort ! plaisanta Adela.

– … mort. Trevor ?!

– Non, JFK !

– Un de plus sur ta liste, expliqua Renee.

– … liste. Oh, j'y avais même pas pensé. »

Les autres pouffèrent.

« Mais oui, si ça se trouve, c'est à cause de moi qu'il est mort… »

Elle porta une main à sa bouche, épouvantée :

« J'ai tué JFK… »

*

Edwin et Walt allèrent interroger Joe Hudson chez lui, puis fouillèrent son garage. Edwin découvrit la même cordelette que celle qui avait servi à attacher les mains de Regina. Sa voiture, qu'on avait vue rôder près de chez les Rodgers, la cordelette… Il n'en fallait pas davantage pour achever de convaincre des policiers déjà convaincus. Le compte de Joe était bon et l'affaire close. L'assassin resterait à l'ombre jusqu'à son jugement.

Lorsque la porte de sa cellule se referma sur lui, au poste de police, Joe mit en garde l'officier de service :

« Continuez à chercher parce que le tueur est toujours en liberté ! »

*

Bud voulait porter lui-même la nouvelle à Ellis et Lottie Rodgers.

« On l'a arrêté », annonça-t-il à Lottie dès qu'elle lui ouvrit.

Elle fondit en larmes. Ellis arriva aussitôt.

« Je vous avais dit que je l'aurais », rappela Bud.

Ellis le fit entrer, et ils s'installèrent dans le salon. Dans un coin, ils avaient dressé un petit autel à la mémoire de leur fille avec des photos, des fleurs et une bougie.

« Qui c'est ? demanda Lottie.

– Un garagiste, Joe Hudson.

– Pourquoi il a fait ça ?

– On sait pas. On a rien pu en tirer jusque-là.

– Merci, souffla Ellis. Pour nous, c'est trop tard, on est morts avec Dee Dee. Mais au moins, on sait qu'il recommencera pas.

– Vous avez un petit garçon, dit Bud. Faut continuer… pour lui.

– C'est tellement dur.

– Je sais. »

Les Rodgers savaient bien que non.

« On peut le voir ? » sollicita soudain Lottie.

Sa requête surprit Bud, qui balbutia :

« Non, je… J'ai peur que ce soit pas possible… Pas tout de suite, en tout cas.

– Pourquoi ?

– On veut voir à quoi il ressemble, insista Ellis. On veut voir celui qui nous a enlevé notre petit ange.

– Je comprends. Je vais essayer. Je vous tiens au courant. »

Il se leva. Les Rodgers le raccompagnèrent jusqu'à la porte. Pour la première fois, Ellis lui serra la main. Longuement.

« Merci.

– On compte sur vous », insista Lottie.

Bud hocha la tête avant de rejoindre sa voiture.

Dimanche 24 novembre 1963

« Quant aux lâches, aux incrédules, aux abominables, aux meurtriers, à ceux qui vivent dans l'immoralité sexuelle, aux sorciers, aux idolâtres et à tous les menteurs, leur part sera dans l'étang ardent de feu et de soufre. C'est la seconde mort[1]. »

En écoutant ces paroles, toute l'assistance pensait à la fois à Joe Hudson et à ce communiste de Lee Harvey Oswald. Adela pensait aussi à Pearleen qui était libérée de son bourreau.

À la sortie de la messe, à onze heures et demie, la nouvelle se répandit comme une traînée de poudre : Lee Harvey Oswald venait d'être abattu à son tour. Adela, sous le choc, était incapable de s'en réjouir.

*

1. Apocalypse, XXI, 8.

En arrivant chez elle, elle trouva une lettre qu'on avait glissée sous sa porte d'entrée. Elle s'assit dans le salon. À peine avait-elle déplié la feuille que Bernice sortait de sa chambre et s'asseyait face à elle. Adela déchiffra de son mieux :

« Les… Blancs… avec les Blancs. Les… chiens… avec les chiens. Les… nègres avec les nègres. »

Bernice devait le lire pour le croire. Elle lui prit le papier des mains. Adela tenta de la rassurer :

« C'est rien. Juste un idiot qui cherche à nous faire peur.

– Tu plaisantes ? C'est le Klan. C'est pas juste un idiot. C'est *des centaines* d'idiots. Des idiots dangereux et armés. Les mêmes que ceux qui ont failli tuer Lazarus ! Les mêmes que le salopard qui a tué Evers[1] ! »

Adela reprit la lettre qu'elle cacha au fond d'un tiroir et demanda à Sid et Elijah, qui jouaient à l'arrière de la maison, de rentrer immédiatement.

1. Medgar Evers, militant noir américain assassiné le 12 juin 1963 par un suprémaciste blanc.

Lundi 25 novembre 1963

Il fallait au moins un président pour sortir Gloria de son lit. À neuf heures, elle était habillée, maquillée, coiffée et assise devant le poste de télévision qu'Adela n'avait jamais vu allumé.

« Ça commence ! » appela la vieille dame.

Adela et Sissy accoururent. Elles restaient debout derrière le canapé.

« Asseyez-vous, fit Gloria.

– Non, merci, ça va, répondit Adela.

– On est bien là », ajouta Sissy.

Au bout d'un quart d'heure, elles posèrent une main sur le dossier du canapé. Un autre quart d'heure plus tard, du bout des fesses, elles s'assirent chacune sur un accoudoir. Une demi-heure plus tard, elles encadraient Gloria.

Adela et Sissy échangèrent un regard étonné lorsqu'elles découvrirent que parmi les soldats qui portaient le cercueil présidentiel figuraient deux Noirs.

Les trois femmes trouvèrent Jackie très digne, pleurèrent lorsque John-John salua la dépouille de son père et frissonnèrent lorsque le clairon retentit au cimetière d'Arlington. Même la fausse note, tout à la fin, leur plut. C'était le cri d'adieu déchirant d'un peuple à son président.

Mercredi 27 novembre 1963

Lorsque Adela parla à Bud de la lettre anonyme qu'elle avait reçue, il haussa les épaules :

« De quoi vous vous plaignez ? Au moins, vous aurez pas à y répondre ! »

Devant son air inquiet, il lui montra M'ame et Goliath qui dormaient l'un contre l'autre :

« "Les chiens avec les chiens" ! Vous voyez bien que c'est des conneries ! »

Il ouvrit le tiroir de son bureau et en sortit un paquet de lettres du même acabit.

« Si vous croyez que ça m'empêche de dormir !

– Vous en avez reçu aussi ?

– Évidemment ! »

Adela tombait des nues. Bud rangea son courrier et s'alluma une cigarette. Le chapitre était clos. Adela n'avait pas bougé.

« Euh… »

Il se retourna vers elle.

« Quoi encore ?

– Je voulais vous dire… Il faudrait me payer pour la dernière fois. Et pour aujourd'hui. Demain, c'est Thanksgiving et…

– Combien, déjà ?

– Dix dollars. »

Sans un mot, il s'assit à son bureau et décrocha son téléphone. Adela se mit au travail. Il ne lui avait même pas répondu. Il avait intérêt à la payer ! S'il s'imaginait qu'elle allait…

« 'jour, m'sieur Payne. Je vous appelle pour vous demander une petite rallonge. »

Adela n'entendit pas ce qu'on lui dit en retour.

« Je suis sur une piste. »

Une piste ? De quoi est-ce qu'il parlait ?

« Je sais. Mais là, je crois que je sais avec qui elle vous trompe. On doit pouvoir les prendre sur le fait, bientôt, mais c'est pas à côté, et il faut que je me déplace pour être sûr. »

Ah, il espionnait une femme volage…

« Dix dollars. Passez me les apporter. J'irai planquer devant chez ce type aussitôt après.

– …

– OK. Au revoir. »

Bud raccrocha avant de lancer à Adela :

« Et voilà. C'est aussi simple que ça.

– Vous pensez sortir vers quelle heure ? Il faut que je termine, moi… Ou alors je laisse la por… »

Bud la coupa :

« J'ai pas prévu de sortir.

– Mais… vous venez de dire…

– Il vous fallait dix dollars, non ? Ben, ils arrivent. »

À en juger par l'expression d'Adela, elle désapprouvait ces méthodes. D'ailleurs, lorsque William Payne vint déposer ses dix dollars, elle put à peine le regarder en face. Puis, quand il fut parti et que Bud lui tendit l'argent, elle eut des scrupules à le prendre. Mais après tout, peut-être que Mrs. Payne avait de bonnes raisons de tromper son mari. Peut-être qu'il la trompait lui aussi. Ou la battait. Ou les deux.

Elle prit l'argent.

« Merci. Bon, et sinon, vous, qu'est-ce que… »

Elle s'interrompit.

« Oui ? fit Bud.

– Qu'est-ce que vous faites pour Thanksgiving ?

– Rien.

– Il faut pas rester tout seul ce jour-là. Je suis sûre que ça vous ferait du bien de passer la soirée avec des gens.

– Attendez, vous êtes en train de m'inviter ? »

L'idée n'avait jamais effleuré Adela.

« Euh… »

Elle n'eut ni le courage ni le cœur de lui dire non.

« … Oui…

– C'est rudement gentil. Je vais réfléchir. »

Elle sourit jaune. Elle se remit au travail et pria le reste de l'après-midi pour qu'il se rende compte qu'il n'avait rien à faire chez elle le soir de Thanksgiving. Elle allait partir en prenant soin d'éviter le sujet lorsqu'il lui demanda :

« À quelle heure vous voulez que je vienne demain ? »

Jeudi 28 novembre 1963

À dix-huit heures, toute la maisonnée, sur son trente et un, attendait Bud. Même Lazarus avait fait un effort vestimentaire, mais il avait bien insisté : c'était uniquement pour Thanksgiving et certainement pas pour la « face de craie » qu'Adela avait osé inviter.

« L'invité » sonna à dix-huit heures quinze. Les petits se précipitèrent, curieux de voir le détective privé qui travaillait avec leur mère. Ils étaient d'autant plus excités qu'aucun Blanc n'avait jamais franchi le seuil de leur maison. Dès qu'Adela ouvrit la porte, M'ame se faufila à l'intérieur.

« Elle a voulu venir, se justifia Bud. Je crois qu'elle vous adore.

– Entrez. »

Adela le laissa passer et jeta un œil dans la rue. Il la tranquillisa :

« Vous inquiétez pas, je me suis garé plus loin. »

Elle referma la porte. Les garçons, effrayés par M'ame, se tenaient dans un coin. Adela dut prendre sur elle pour les rassurer et s'efforça de caresser la chienne :

« N'ayez pas peur. Elle est gentille. »

Elle y mit le plus de conviction possible. Elijah s'avança, puis Sid. Ils tendirent leurs mains, que M'ame lécha en remuant la queue. Ils étaient conquis.

« Comment elle s'appelle ? demanda Elijah.

– M'ame », répondit Bud.

Les deux enfants se regardèrent et explosèrent de rire.

Bud, lui, n'avait pas fait d'efforts vestimentaires. Il enleva son Stetson, qu'Adela accrocha au portemanteau. Puis il lui offrit un bouquet : des marguerites aux couleurs de l'automne. Gênée, elle hésita avant de le prendre.

« Elles vous plaisent pas ?

– Si, si. Elles sont très jolies. Merci. »

Lazarus se leva de son fauteuil. Adela allait faire les présentations :

« Lazarus…

– On s'est déjà vus, l'arrêta Lazarus. À l'enterrement de la petite Dee Dee.

– Oui, c'est ça », se souvint Bud.

Ils se gardèrent de se serrer la main. Bernice sortit de sa chambre.

« Ma fille, Bernice.

– Bonsoir », dit l'adolescente.

Il la salua d'un signe de tête.

« Et Elijah et Sid, fit Adela en désignant les deux garçons.

– Je retiendrai peut-être pas tous les prénoms mais OK. »

Adela donna le bouquet à Bernice, qui se retint de rire et fila dans la cuisine. La jeune fille jeta un œil par la fenêtre tandis qu'elle remplissait un vase d'eau au robinet : le jardin d'Adela était envahi de marguerites aux couleurs de l'automne.

Bernice posa le vase sur un buffet, dans le salon où étaient assis sa mère, son oncle et leur invité autour d'un pichet de thé glacé. Elle prit place à côté d'eux, et tous les quatre, gênés, regardèrent les deux petits jouer avec la chienne. Soudain, Adela bondit de son fauteuil :

« Oh, il faut que j'aille surveiller la dinde !

– Je viens avec toi ! » s'exclama Bernice, sautant sur l'occasion.

Elles sortirent… par la porte d'entrée. Étonné, Bud les suivit du regard tandis qu'elles traversaient la rue, et les vit entrer dans la maison d'en face. Il se tourna vers Lazarus qui s'allumait une cigarette. Il en fit autant.

Adela et Bernice réapparurent deux minutes plus tard.

« C'est bientôt prêt, annonça Adela. On peut passer à table. »

Tout le monde se leva… pour faire quelques pas et se rasseoir à table. Les garçons allaient les rejoindre quand Bernice les arrêta net :

« Allez vous laver les mains. »

Ils obéirent sans discuter.

Une fois tout le monde assis autour de la table, Adela proposa à Bud :

« Vous voulez dire le bénédicité ? »

Bud se demandait ce qui lui avait pris d'accepter l'invitation d'Adela.

« Euh, non merci. Allez-y, vous.

– Elijah ? » suggéra Adela.

Elijah accepta, tout fier :

« Bénissez-nous, Seigneur. Bénissez ce repas, ceux qui l'ont préparé et ceux qui vont le manger. Et donnez à manger à ceux qui ont rien. *Amen*.

– *Amen* », répétèrent les autres.

À part Bud. Adela lui lança un regard interrogateur.

« *Amen* », lâcha-t-il.

Ils mangeaient en silence quand Elijah observa :

« Vous ressemblez pas à Dick Tracy. »

Bud leva la tête de sa soupe de potimarron aux noix. Il répondit :

« Non.

– Il est où votre pistolet ? questionna Sid.

– Je l'ai laissé au bureau.

– Il en aura pas besoin ce soir, fit remarquer Adela. La soupe vous plaît ? demanda-t-elle en se tournant vers Bud.

– Ouais, elle est bonne. Je vais même vous dire, si les hosties avaient ce goût-là, on me verrait plus souvent à la messe ! »

Tout le monde sourit. Sid caressait M'ame en mangeant. Il dit à Bud :

« Votre chien, on l'aime bien parce qu'il est comme nous, il est noir.

– Il vous aime bien aussi », constata Bud.

Lazarus se leva de table sans un mot et quitta le salon, ce qui refroidit l'atmosphère. Tous se détendirent en le voyant revenir avec une bouteille de vin.

« La dinde ! s'écria alors Adela.

– Je viens avec toi ! » fit Bernice.

Et, à nouveau, elles laissèrent Bud en plan avec Lazarus et les petits. Lazarus se servit un verre avant d'en proposer à l'invité, qui accepta de bon cœur. Le petit remontant descendit tout seul.

Quelques minutes de silence plus tard, Adela et Bernice revinrent avec le dîner. Intrigué par leur drôle de manège, Bud se permit une question :

« Si c'est pas trop indiscret, comment ça se fait que vous êtes allées chercher la dinde dans la maison d'en face ?

– Oh, c'est parce que j'ai plus de four. Il a rendu l'âme la semaine dernière. Du coup, je me sers de celui de ma voisine Mabel. Vous savez, celle qui me laisse utiliser son téléphone. Elle fêtait Thanksgiving chez sa fille, alors ça la dérangeait pas. »

Bud, qui n'en demandait pas tant, répondit un elliptique :

« 'kay. »

Bud fit honneur au repas.

« Elle est très bonne, votre dinde. Au moins, elle est pas morte pour rien ! »

Ça faisait longtemps qu'il n'avait pas aussi bien mangé. Il reprit trois fois de la dinde farcie, de la purée de patates douces et de la gelée de canneberges.

« Vous avez déjà tué des gens ? demanda Elijah.

– Bien sûr », répondit Bud.

Adela se racla la gorge.

« Enfin… euh… C'est-à-dire que j'ai fait la guerre dans le Pacifique en quarante-trois. T'en as entendu parler ?

– Non.

– Tu vois où c'est ?

– Non.

– Là-bas, les gens sont tout jaunes. »

Sid s'esclaffa. Son frère aîné voulut comprendre :

« En fait, les Blancs, ils aiment pas les autres couleurs ?

– Elijah ! » intervint Adela.

Lazarus ricana. Il n'en pensait pas moins.

« Les jaunes non plus ils nous aiment pas beaucoup, dit Bud. J'ai été prisonnier et je peux te dire que j'en ai bavé. Heureusement, j'ai réussi à m'échapper du camp. J'ai eu du bol parce que, le lendemain, ils fusillaient tout le monde.

– Eh ben, vous aviez le bon Dieu avec vous ce jour-là ! » s'enthousiasma Adela.

Elijah réfléchit et fit valoir que :

« C'est peut-être parce que vous vous êtes échappé qu'ils ont tué tous les autres prisonniers... »

Bud s'en trouva sans voix. En vingt ans, cette idée ne lui avait jamais traversé l'esprit. La remarque innocente d'Elijah jeta un froid.

« Bon, fit Adela, et si on passait au dessert ? »

Entre deux bouchées de tarte au potiron, Elijah poursuivit l'interrogatoire :

« Comment on devient détective ? »

On tue son équipier, pensa Bud.

« Il faut bien travailler à l'école, dit-il. Qu'est-ce que tu voudrais faire, toi, plus tard ?

– Moi, j'aurais bien voulu être chirurgien mais Lazarus m'a dit que c'était pas possible.

– Pourquoi pas président des États-Unis ? » railla son oncle.

Ce qu'il pouvait agacer Adela parfois !... Souvent !

« Dieu a plus d'imagination que nous, rétorqua-t-elle.

– Y a des métiers que les Blancs peuvent pas faire ? se renseigna Sid.

– Non, répondit Adela.

– Je crois pas... estima Bud.

– Non », confirmèrent Lazarus et Bernice.

Bud s'éclaircit la voix puis enchaîna :

« Tiens, ça me rappelle une blague. Pourquoi les négr... »

Il s'interrompit soudain, embarrassé, cinq paires d'yeux braqués sur lui, ronds comme des soucoupes.

« Pourquoi quoi ? demanda Sid.

– Euh... non, en fait, je m'en souviens plus. »

Il reprit une bouchée de tarte, imité par Adela.

« Moi, j'ai une blague, annonça Elijah. Pourquoi c'est les Blancs qui avaient des esclaves noirs, et pas l'inverse ? »

Adela manqua de s'étouffer et Bernice se figea. Quant à Lazarus, il attendait la chute, d'autant plus qu'il la connaissait.

« Je sais pas, admit Bud.

– Parce qu'on aurait pas vu les Blancs dans les champs de coton ! »

Elijah, Sid et Lazarus se gondolèrent. Bud, désarçonné, hésita un instant avant de rire à son tour. Alors seulement Adela et Bernice s'autorisèrent à rire.

« Elle est pas mal, dit Bud. Pas mal du tout.

– J'en ai une autre, surenchérit Elijah. Pourquoi les Blancs ont des petites... »

Adela le coupa dans son élan :

« Non non, ça suffit pour aujourd'hui. Une autre fois. »

Adela pensait à Pearleen et à sa petite sœur. Où étaient-elles ce soir ?

« T'as vu, maman ? interpella Elijah.

– Mmh ? »

Il venait de prendre son fou à Bud. Sur la table, les assiettes avaient cédé la place à l'échiquier en carton et aux pièces en plastique de Lazarus. Certes, le jeu n'était pas aussi beau que celui de Bud, en bois, mais on y jouait tout aussi bien. Surtout Elijah.

« Il est bon, reconnut Bud.

– Je lui ai tout appris », plastronna Lazarus.

Assis par terre, à l'autre bout de la pièce, Bernice et Sid s'amusaient avec M'ame, qui n'avait jamais été autant caressée de sa vie.

Adela savourait cette douce fin de soirée. Même Lazarus ne trouvait rien à redire à la musique qui berçait le salon. Marty Robbins chantait « Don't Worry[1] » quand soudain une vitre vola en éclats. Adela et les enfants poussèrent un cri et M'ame se mit à aboyer.

« Allongez-vous par terre ! » hurla Bud en voyant la brique au milieu des éclats de verre.

Tout le monde s'exécuta, y compris Lazarus. Bud se précipita à la fenêtre et vit une voiture démarrer en trombe tandis que des lumières orangées illuminaient les murs du salon. Les Cobb se relevèrent lentement et rejoignirent leur invité à la fenêtre. Devant leur maison brûlait une grande croix en bois.

---

1. « Ne t'inquiète pas. »

Vendredi 29 novembre 1963

Walt et Edwin n'en revinrent pas lorsqu'ils virent Bud débarquer au poste de si bonne heure. Walt jeta un œil à l'horloge qui affichait onze heures.

« Qu'est-ce qui se passe ? s'étonna-t-il.

– Le Klan a brûlé une croix devant chez les Cobb.

– Qui ? demanda Edwin.

– Ma femme de ménage. Je suppose que vous êtes pas au courant.

– Comment on le saurait ? le rembarra Edwin. Par les nègres ? Le Klan ?

– Peut-être par toi. Peut-être que t'y étais ?

– Qu'est-ce que t'insinues ? »

Edwin se leva.

« Rien du tout, intervint Walt en se levant à son tour. C'est elle qui t'a prévenu, Bud ? Pourquoi elle est pas venue nous voir ?

– C'est vrai, ça, on se demande ! ironisa Bud.

– Dis-lui de venir faire une déposition.

– Je peux la faire, moi.

– T'as peut-être oublié la procédure, fit Edwin, mais il nous faut un témoin direct.

– Oui, je sais… J'y étais. »

Ses deux amis se regardèrent, ahuris.

« Qu'est-ce que tu foutais là-bas ? voulut savoir Walt.

– Il passait Thanksgiving en famille ! » se gaussa Edwin.

Bud prit sur lui, comme souvent avec son ancien collègue et de moins en moins ami.

« J'étais invité.

– Et tu t'étonnes qu'on brûle une croix devant chez elle ?! s'exclama Walt.

– Tu cherches la merde, résuma Edwin. C'est plus fort que toi, hein ?

– Bon, vous la prenez cette déposition ? Ou faut que je demande à Nelson ?

– Assieds-toi », dit Walt.

Il désigna la chaise à côté de son bureau et s'installa derrière la machine à écrire. Bud s'assit.

« Je t'écoute.

– *On* t'écoute, corrigea Edwin en s'asseyant à son tour. Je suis curieux d'entendre ça. »

*

Depuis son lit, Gloria observait Adela, qui cirait les pieds du fauteuil victorien en acajou d'un geste mécanique.

« Qu'est-ce qui vous tracasse, Adela ?
– Rien du tout, Miss Gloria.
– Venez vous asseoir. »

Gloria tapotait le lit.

« J'ai du travail, Miss Gloria.
– Laissez ce fauteuil, il ne vous a rien fait ! »

Adela continuait à cirer.

« Allez, arrêtez. Il est très bien comme il est. Et je ne compte pas l'emporter dans ma tombe, de toute façon. »

Adela hésita, mais finit par se relever.

« Vous devriez pas parler comme ça. »

Gloria tapota à nouveau le lit. Adela céda, mais pas tout à fait. Elle rapprocha de sa patronne le fauteuil qu'elle venait d'astiquer. Et y prit place.

« Qu'est-ce qui ne va pas ? »

Adela regardait son chiffon qu'elle triturait.

« C'est à cause... des trois lettres ? » demanda Gloria.

Adela ne comprenait pas pourquoi elle parlait de trois lettres.

« Non, j'en ai reçu qu'une. Enfin... pour l'instant. »

La vieille dame sourit et précisa sa pensée :

« Je parle du KKK.
– Ah... Oui. »

D'un regard, Gloria lui signifia qu'elle pouvait tout lui dire.

« On a brûlé une croix devant chez moi hier soir. »

Elle n'en dit pas plus. Gloria se voulut rassurante :

« J'en ai entendu, des histoires sur le Klan. Croyez-moi, quand ils veulent vraiment s'en prendre à quelqu'un, ils ne s'annoncent pas avant.

– J'espère.

– Le vent est en train de tourner, et ils le savent. Les lois changent. La société change. D'ailleurs, je ne sais pas si vous avez remarqué, mais il y avait deux Noirs pour porter le cercueil de notre président. Peut-être qu'un jour des Blanches iront faire le ménage chez des Noirs ! »

Adela pouffa et se releva :

« En attendant, c'est moi qui fais le vôtre. »

Elle remit le fauteuil à sa place.

« Vous voulez toujours pas que j'ouvre vos rideaux du fond ? C'est triste…

– Non, laissez-les comme ça.

– Bon. »

Adela s'attaqua à la table à thé en bois de rose.

« Dites-moi, Adela, il en est où votre maçon ?

– Pardon ?

– Votre détective.

– Ah. Eh ben, l'enquête est terminée. Ils ont arrêté l'assassin des trois petites. Il doit bientôt être jugé.

– Merveilleux. »

Adela hésita avant de demander :

« Et vous, vous avez toujours la visite de l'oiseau ?

– Bien sûr. Mais je n'en parle plus, on finirait par m'enfermer, moi aussi !

– Et si vous vous leviez ? Sissy m'a dit que vous aviez pris votre repas de Thanksgiving au lit. Vous croyez que c'est raisonnable ?

– Je ne me lève que pour les enterrements présidentiels, ma chère. On en reparlera à la mort de Johnson. »

Elle rit, espiègle. Adela sourit.

« Et encore ! ajouta Gloria. Il n'est pas aussi beau que Kennedy !… »

Samedi 30 novembre 1963

À la laverie, Renee se fit une joie de raconter à Albertine et Fran qu'elle avait vu de ses yeux vu le détective blanc et Lazarus éteindre la croix qui brûlait devant chez Adela.

« Qu'est-ce qui lui est passé par la tête d'inviter ce Blanc chez elle ? demanda-t-elle.

– … chez elle ? reprit Fran. Je sais pas…

– C'est sûr que c'était pas malin, répondit Albertine.

– … malin. »

La cloche au-dessus de la porte les interrompit, et Adela entra.

« C'est pour ça que… j'achète plus de poisson le lundi », improvisa Renee.

Adela sortit son linge de son chariot devant ses trois amies, soudain muettes.

« Je vous préviens, je veux pas en parler, leur annonça-t-elle. De toute façon, tout a déjà été dit.

– … dit, oui. »

Renee ne parvint pas à cacher sa déception. Elle aurait pu continuer à cancaner pendant des heures. Au lieu de ça, un silence pesant s'installa. N'y tenant plus, elle se risqua à poser une question :

« T'as des nouvelles de ton détective ? »

Adela la foudroya du regard.

« Quoi ? s'offusqua Renee. Alors on peut plus rien dire ! »

Soudain entra une jeune femme d'une trentaine d'années. Blanche.

« Bonjour, lança la jolie rousse avec un accent non identifié.

– 'jour… » répondirent les quatre habituées, interdites.

L'inconnue posa son panier à linge devant une machine qu'elle commença à remplir.

« Euh… hésita Renee, vous êtes dans une laverie pour les Noirs ici.

– Pardon ?

– Vous avez pas lu sur la vitre ?

– … la vitre ? » répéta Fran.

La jeune femme regarda les grosses lettres sur la vitrine, qu'elle avait bien vues avant de pousser la porte.

« Oh ! Oh… Oui… "Colored[1]", bien sûr… Je croyais que c'était une laverie pour le linge de couleur. »

Les quatre voisines s'interrogèrent du regard. La jeune femme poursuivit :

1. « Réservée aux Noirs », mais littéralement « De couleur ».

« J'ai vu "White Only[1]" écrit sur une laverie tout à l'heure, alors j'y ai mis mon linge blanc, et ça fait une demi-heure que j'en cherchais une pour la couleur…

– Vous vous moquez de nous, présuma Renee.

– Non, je vous assure. Je viens d'emménager à Birmingham. J'arrive de Calgary, au Canada. Je ne suis pas encore familiarisée avec… tout ça. »

Elle sourit. Face aux mines consternées des quatre amies, elle se hâta de reprendre son linge dans la machine.

« Excusez-moi. »

Elle se précipita jusqu'à la porte.

« Au revoir. »

Et elle sortit. Adela et les autres la regardèrent jeter son linge dans le coffre de sa Chrysler jaune décapotable, puis s'installer au volant. Puis ressortir de sa voiture et réentrer dans la laverie.

« Excusez-moi encore, dit-elle. Est-ce que par hasard l'une d'entre vous connaîtrait une femme de ménage ? »

Adela leva la main.

« Vous ? Vous connaissez quelqu'un ?

– Oui. Moi. Je suis femme de ménage.

– Sensass ! Il m'en faut une.

– D'accord. Je suis libre le mardi et le vendredi. Éventuellement le samedi…

– Oh, non, deux jours, ça suffira.

– D'accord, fit Adela.

– Parfait.

1. « Réservée aux Blancs », mais littéralement « Blanc seulement ».

– Parfait, répéta Adela.

– Je vous note mon adresse. »

La Blanche sortit de son sac une feuille ainsi qu'un stylo et écrivit.

« Tenez, dit-elle.

– Merci. Je prends un dollar de l'heure. »

Ses amies, surprises de ce tarif, se donnèrent des coups de coude.

« D'accord. Vous venez mardi alors ?

– D'accord.

– Sensass ! Je suis ravie. J'ai drôlement bien fait de venir ! Oh, j'ai oublié de me présenter : Shirley Ackerman.

– Adela Cobb.

– Enchantée. »

Elle lui serra la main.

« Alors à mardi, Adela.

– À mardi, Mrs. Ackerman. »

La Blanche se tourna vers les autres et leur adressa un :

« Au plaisir !

– Au plaisir... répondit Albertine.

– ... plaisir », bredouilla Fran.

Renee en oublia de répondre. Toutes les quatre regardèrent Shirley rejoindre à nouveau sa voiture et s'installer au volant avant de démarrer.

« Eh ben... fit Albertine. Un dollar de l'heure !...

– Ma foi, tu vas pas t'ennuyer avec elle, prédit Fran.

– Tu vas pouvoir l'inviter à prendre le thé, persifla Renee.

– ... le thé, répéta Fran. Oh non, quand même !

– Et pourquoi pas ? » répliqua Adela.

*

Ellis Rodgers n'en croyait pas ses yeux : le bureau de Bud était méconnaissable. C'est bien simple, maintenant qu'il était rangé et propre, il paraissait deux fois plus grand. Rien à voir avec la caverne immonde d'il y a trois mois. Quant à Bud, assis à son bureau, il semblait perdu au milieu de cette grande pièce. Il se leva pour accueillir son visiteur, à qui il serra la main.

« Je passais voir si vous aviez du nouveau sur Joe Hudson, dit Ellis.

– Non, malheureusement. Il a toujours pas avoué.

– Vous avez demandé si on pouvait le voir ?

– Euh, oui… »

Il avait complètement oublié. Il connaissait déjà la réponse, mais il aurait quand même pu essayer.

« C'est pas possible. Pas tout de suite. »

Ellis soupira.

« Si les gens savaient ce qu'on vit… Ils croient qu'ils savent. Ils croient qu'ils imaginent. Mais c'est pas quelque chose qui s'imagine. »

Bud baissa les yeux. Ellis reprit :

« Je pense plus qu'à une chose, c'est la rejoindre. Y a des nuits où je vais au cimetière et… je m'allonge sur sa tombe. Pour être avec elle. J'ai pas honte de l'avouer. »

Ses yeux se mouillèrent. Bud posa une main sur son épaule, quelques secondes.

« L'autre nuit, poursuivit Ellis, le répétez pas, mais j'ai commencé à gratter la terre pour toucher son cercueil. J'étais plus moi-même. Et je pleurais, et je pleurais… Moi qui croyais que j'avais plus de larmes, je crois que j'en aurai toujours pour elle. »

Sa voix s'étrangla.

« J'imagine sans arrêt ses derniers instants. Ce qu'elle a dû se dire. Que j'étais pas là. Elle a dû m'appeler, et moi j'étais pas là. J'ai pas réussi à la protéger. »

Cette fois, c'est la gorge de Bud qui se serra.

« Excusez-moi. Mais c'est dur, conclut Ellis.

– Je sais.

– Non, vous pouvez pas savoir. »

Il secouait la tête, les yeux rivés au sol.

« Si… répondit Bud. Je *sais.* »

Ellis leva les yeux, pantois. Alors lui aussi avait… ?

Bud alla se rasseoir derrière son bureau.

« J'espère qu'il va finir par avouer, dit-il.

– S'il avoue pas, c'est peut-être que c'est pas lui.

– Si, c'est lui.

– Vous avez retrouvé le bracelet de Dee Dee ?

– Non… admit Bud.

– Alors c'est peut-être pas lui ?… »

Peut-être… songea Bud. *Et si c'était pas lui ?*

*

Bud avait bu un verre lorsque Ellis l'avait quitté. Puis un autre, qui en avait appelé un autre. Les larmes et les paroles du père de Dee Dee avaient ébranlé le père qu'il avait été, en même temps que ses certitudes. Et c'est ainsi qu'à deux heures du matin, il se retrouva dans la clairière où l'on avait découvert le corps de Carlene, à la recherche d'une idée, voire d'un indice ou d'un détail, qui lui aurait échappé.

Il fumait là, à quelques mètres du grand chêne. La pleine lune disparaissait régulièrement derrière des nuages, le laissant alors dans une quasi totale obscurité. Soudain, il distingua au loin une lampe torche qui approchait. Il se baissa, éteignit sa cigarette et s'éloigna. Il s'allongea dans les hautes herbes et attendit de longues minutes avant que le promeneur ne parvienne jusqu'à l'arbre. La silhouette avança jusqu'à l'endroit exact où le corps avait été découvert. Bud se redressa pour mieux l'observer. Il avait dû faire du bruit parce que l'homme releva la tête. La lune réapparut, et Bud se baissa à temps lorsque l'autre regarda dans sa direction.

L'inconnu éteignit sa lampe, qu'il posa à ses pieds. Il balaya la clairière du regard, parut hésiter un instant, et défit sa braguette. Il sortit son sexe et commença à se masturber. Lentement, Bud attrapa son arme. À nouveau, le type releva la tête et se tourna vers lui. Il rangea son sexe et ramassa sa lampe. Puis se mit à courir. Bud lui cria :

« Arrête-toi ! »

… comme s'il allait s'arrêter ! Puis il se lança à sa poursuite. Il regretta d'avoir bu, d'autant qu'il courait vite, ce salaud ! Il tenta alors de le stopper en tirant deux fois, en vain. Sa cible était trop loin, trop mouvante, et Bud avait décidément trop bu. Il rangea son arme et courut de plus belle. Le sang battait à ses tempes, ses cuisses étaient douloureuses, l'air lui manquait. Il vomit sans cesser de courir, se contentant de pencher la tête sur le côté. L'enfoiré semblait savoir où il allait ! Il entra dans un champ de maïs. Bud le suivit. Les plants leur arrivaient aux épaules. Le détective s'arrêta quelques secondes pour reprendre son souffle, plié en deux, les mains sur les cuisses. Puis il se relança à la poursuite de l'inconnu. Il distingua un second homme, immobile, plus loin. Qu'est-ce qu'il foutait là, à cette heure de la nuit ? Bud accéléra et s'aperçut en approchant qu'il s'agissait d'un épouvantail. Il dépassa le mannequin, qui donnait l'impression de se moquer de lui, avec son large sourire narquois.

Il en croisa d'autres, spectateurs impassibles, indifférents à toute cette agitation. Quoiqu'il lui semblât que leurs sourires s'élargissaient au fur et à mesure que ses forces l'abandonnaient et que la silhouette devant lui gagnait du terrain. Il trébucha et s'écroula.

« Merde ! »

Il se releva et reprit sa course.

« Arrête-toi, nom de Dieu ! » cria-t-il.

Il n'avait pas couru comme ça depuis des années. Il s'accrochait. Mais l'autre était maintenant proche du bois qui bordait le champ. Bud vomit à nouveau, et cette fois il dut s'arrêter pour de bon. Il cracha et hurla de rage. Il savait que c'était cuit.

« Je t'aurai, fils de pute ! »

Ça s'était joué à pas grand-chose. Quelques années d'alcoolisme et une cuite le mauvais soir.

« T'entends ? JE T'AURAI ! »

L'ombre ralentit sa course et se paya même le luxe d'entrer dans le bois en marchant. Bud se maudit d'avoir raté une chance qui ne se représenterait sûrement pas.

Dimanche 1er décembre 1963

Dès qu'elle entra dans l'église, Adela sentit qu'elle n'était pas la bienvenue. Au moins, c'était clair : tout le monde savait qu'elle avait reçu un Blanc chez elle pour Thanksgiving et que le Klan s'était invité à la fête. Elle chercha Renee du regard, sachant que Fran et Albertine n'étaient pas des fidèles… très fidèles. Son amie l'aperçut et se risqua à la saluer. Adela, réconfortée, la salua en retour, discrètement. Elle préféra s'asseoir à l'écart, pour ne pas lui attirer d'ennuis. Tous ses autres « frères et sœurs » l'évitèrent soigneusement et quand, à la fin de son sermon, le pasteur invita ses ouailles à se donner la main en signe de fraternité, les gens qui étaient assis à côté d'elle, qu'elle connaissait depuis toujours, refusèrent de prendre la sienne. De toutes les humiliations qu'elle avait subies au cours de sa vie, et Dieu sait qu'elle en avait connu, celle-ci était la plus douloureuse. Jamais elle n'aurait pensé que les membres de sa propre communauté pourraient lui faire plus mal que toutes les Carol Finnegan et autres Dorothy Hayes de la terre.

*

Au Grady's, Walt et Edwin avaient écouté l'histoire de Bud avec la plus grande attention. Ils réfléchissaient.

« Comment ça se fait que le maïs était pas récolté ? finit par demander Edwin.

– C'est le champ de Willard Blaine, expliqua Walt. Le gars qui s'est fait écraser par sa moissonneuse le mois dernier. »

Bud était atterré.

« Attendez, les gars, c'est tout ce qui vous choque ? Que le maïs était pas récolté ?! »

Edwin le regarda, soupçonneux.

« Non. Y a autre chose. Qu'est-ce que t'étais allé foutre là-bas, toi ? Surtout à une heure pareille !

– À ton avis ? J'enquêtais ! répondit Bud. Tu sais, c'est un truc que tu pourrais essayer de faire, un jour.

– Quoi ? Répète ça un peu !

– C'est bon, calme-toi, fit Walt. Il le pense pas.

– Pff ! pesta Edwin. Mon cul qu'il le pense pas !

– Bref, coupa Bud, on s'est gourés. Joe Hudson a pas tué ces gamines.

– Ça, on en sait rien, rétorqua Edwin. Rien ne dit que t'as vu le tueur.

– C'était peut-être… un curieux ? renchérit Walt.

– Eh oh, réveillez-vous, les gars ! L'assassin revient toujours sur le lieu du crime ! Et le type s'est branlé !

– Si ça se trouve, c'était juste un pervers, tempéra Walt.

– Pile à l'endroit où on a retrouvé la gosse ? Évidemment que c'était lui.

– Pas de conclusion hâtive, fit Edwin. Pas de conclusion hâtive. »

Joe Hudson n'était pas encore tiré d'affaire.

*

Bud avait picolé pour oublier le fiasco de la veille. Et voilà qu'en sortant du Grady's, il avait décidé de retourner sur le terrain, dans les quartiers noirs cette fois. Pour chercher quoi ? Lui-même l'ignorait.

Sa voiture zigzaguait dans les rues désertes quand il aperçut une silhouette à deux cents mètres. Il s'approcha, et elle pressa le pas. Il distingua une jeune fille d'environ quatorze ans. Il la dépassa et s'arrêta. Il ouvrit la vitre passager et, quand elle arriva à sa hauteur, il l'interpella, la bouche pâteuse et la voix torve :

« Eh, toi ! C'est dangereux de se promener toute seule la nuit. Tu veux que je te raccompagne chez toi ? »

La jeune fille, affolée, s'enfuit en courant. Bud, hébété, la regarda détaler et disparaître au coin de la rue. Puis il remonta sa vitre et se remit en route.

Mardi 3 décembre 1963

Ça commençait bien ! On était mardi, pourtant, et il n'y avait personne chez les Ackerman pour accueillir Adela. Elle frappa une nouvelle fois au carreau. Personne. Bon…

Elle allait partir lorsqu'une femme d'une quarantaine d'années, grande, blonde, élégante, vint lui ouvrir.

« Bonjour. Adela, je suppose ?

– Oui… Bonjour… »

Shirley arriva sur ces entrefaites.

« Adela ! Qu'est-ce que vous faites là ?

– On est mardi, alors… comme on avait dit mardi…

– Oui, je sais, mais quand j'ai entendu frapper, je suis allée à la porte d'entrée. Pourquoi vous passez par la cuisine ?

– Parce que c'est toujours par là qu'on passe. Je veux dire, le personnel de maison.

– Ah… Je vois. Dans ce cas… OK. Comme vous voulez. »

Adela entra, et Shirley lui présenta l'autre femme :

« Adela-Madeline, Madeline-Adela.

– Enchantée, fit Madeline.

– Enchantée, répéta Adela.

– Madeline est ma cousine, précisa Shirley. Elle va vivre ici.

– D'accord. Dites-moi, c'est une grande maison que vous avez là ! Vous avez combien de chambres ?

– Six. Mais on n'en utilise que quatre : la chambre principale, celle de Madeline, et deux autres pour mes deux garçons. »

Une chambre chacun, se dit Adela. Pas une pour trois comme celle que se partageaient ses enfants.

Shirley lui fit visiter la maison dont elle était visiblement, et à raison, très fière. Adela ne fit aucun commentaire, en grande professionnelle qu'elle était. On ne demande pas son avis sur son intérieur à sa femme de ménage.

« Alors ? Qu'est-ce que vous en dites ? La maison vous plaît ?

– Euh… oui. Beaucoup.

– Ah. Tant mieux.

– Y a juste une chose… commença Adela.

– Oui ? »

Shirley, inquiète, alluma une cigarette.

« Qu'est-ce que je vais pouvoir faire ? l'interrogea Adela. Tout est impeccable.

– Oh, c'est gentil.

– Non, c'est vrai. Vous avez une autre femme de ménage ?

– Non, répondit Shirley, amusée. C'est moi qui m'en occupe.

– Vous ?!

– Oui.

– Vous faites votre ménage vous-même ?

– Oui. Pas vous ?

– Si, mais moi… j'ai pas de femme de ménage.

– Je sais, je n'en voulais pas, moi non plus. Mais on m'a dit que c'était mal vu de faire son ménage soi-même. Qu'il fallait respecter les convenances, bla-bla-bla. Du coup, vous m'aiderez. Un peu. Pour les carreaux, parce que si on me voit…

– Parce que vous allez continuer à faire votre ménage ? »

Shirley prit un cendrier sur une table de jeu et y déposa la cendre de sa cigarette.

« Oui. C'est-à-dire que je suis légèrement maniaque. »

Doux euphémisme. On aurait pu manger par terre.

« Ça me détend. Ou plutôt, ça calme mes angoisses. »

Elle tira une grande bouffée.

« Vos angoisses… »

Adela comprenait mieux. Mrs. Ackerman était folle, quoi.

« Mais qu'est-ce que je vais faire, moi ? À part les carreaux ?

– Vous pourrez… arranger les coussins ? Peut-être. »

Huit heures deux fois par semaine pour arranger les coussins… Ils allaient être sacrément bien arrangés !

« Dites, reprit Shirley, ça ne vous dérange pas si je dis aux gens que vous faites aussi la cuisine ?

– Euh…

– Non parce que j'adore cuisiner… »

Elle lissait nerveusement ses cheveux entre ses doigts.

« Ah oui… Euh… D'accord.

– Sensass ! »

Elle sourit, ivre de joie. Adela se dit que cette fois elle avait vraiment atterri chez les fous. Miss Gloria était un peu farfelue, Dorothy Hayes avait un grain, mais cette Shirley Ackerman était bonne pour la camisole !

*

Comme chaque fois que le bus s'arrêtait là, Adela pensa à Pearleen. Elle ne l'avait pas revue depuis deux semaines jour pour jour, depuis les confidences de la jeune fille qui avaient mené à l'arrestation de Joe Hudson. Elle avait dû perdre son travail, à cause de sa grossesse, de son père, de la rumeur… Comment allait-elle ? Et sa sœur ? Et son bébé ? Est-ce qu'Adela pouvait faire quoi que ce soit pour elle ? Elle se promit d'aller la voir. Après tout, elle savait où elle habitait.

« Je peux m'asseoir ? »

Adela leva les yeux, un sourire aux lèvres. Hélas, ce n'était pas Pearleen. La jeune femme s'assit à côté d'Adela, qui retourna à ses pensées.

*

Au rayon alcool de la petite épicerie, Bud hésitait… Une ou deux bouteilles de whisky ? Il sentit soudain un regard posé sur lui, depuis l'allée centrale. Il tourna la tête et vit Lynne, la veuve de Jack Anderson. Jack. Son ami et collègue. Jack qu'il avait accidentellement tué deux ans plus tôt alors qu'il avait bu. Et voilà qu'il se retrouvait face à Lynne, une bouteille à la main. Celle qui avait été autrefois une amie le fixait aujourd'hui avec presque autant de dégoût que de mépris. Leur plus jeune fils, Sam, huit ans, la rejoignit. Il surprit l'expression de sa mère et regarda Bud à son tour.

« Qui c'est ? demanda-t-il.

– Personne. »

Elle prit son fils par la main.

« C'est personne », réaffirma-t-elle.

Et elle l'entraîna dans un autre rayon.

Bud, honteux et défait, reposa la bouteille et quitta le magasin précipitamment.

Mercredi 4 décembre 1963

Lorsque Adela arriva chez Bud, à treize heures, elle le trouva vacillant au milieu de la pièce, ivre mort, une bouteille vide à la main. Il jeta le cadavre dans la poubelle à côté de son bureau et s'exclama :

« A voté ! »

Adela ne rit pas. Peut-être que si les Noirs n'étaient pas en train de se battre pour obtenir le droit de vote…

Elle l'aida à s'asseoir sur sa chaise.

« Dans quel état vous vous êtes encore mis !

– Merci. Ça va aller », balbutia-t-il.

Elle s'éloigna et entendit un grand barouf. Elle le retrouva étalé par terre, sur le flanc. Elle décida de le laisser là et d'emmener M'ame faire sa crotte dans le parc, dans le coin qui lui était interdit à elle mais où les chiens étaient tolérés.

À son retour, Bud n'avait pas bougé. Elle avait fait la poussière partout et passait le balai autour de lui quand il se réveilla. Il lui raconta la poursuite.

« Donc c'est pas Joe Hudson, conclut-il.

– Alors ils vont le libérer ?

– Non.

– Mais si c'est pas lui le tueur…

– Tant qu'ils auront personne d'autre à boucler, il fera l'affaire. »

Aussi choquée fut-elle par les méthodes de la police, elle était rassurée de savoir qu'il allait rester en prison. Il n'avait peut-être pas commis ces meurtres mais il était coupable à bien d'autres égards.

« Il faut reprendre l'enquête à zéro, dit Bud.

– Sans moi. C'est trop risqué. Je veux bien faire votre ménage mais il faut plus qu'on nous voie ensemble.

– Mais si vous venez pas avec moi…

– Je suis désolée. Je peux pas mettre ma famille en danger.

– C'est à cause des guignols qui ont foutu le feu devant chez vous ?

– C'est les mêmes guignols qui ont failli tuer Lazarus et qui ont réussi à en tuer plein d'autres. Si ça les amuse de jouer avec le feu, pas moi. J'ai déjà perdu mon mari et un fils, ça suffit. »

Bud comprit qu'il ne lui servirait à rien d'insister. Refroidie mais curieuse, Adela demanda :

« Il était comment, ce type dans la clairière ?

– Je sais pas trop. Il était pas tout près. Et ça avait beau être la pleine lune, avec les nuages… Bon, je vais pas dire qu'il faisait aussi noir que dans le cul d'un nègre, mais… euh, enfin…

– Ah oui. C'est sûr que s'il avait fait jour comme dans le cul d'un Blanc… »

Bud sourit. Il hésita avant de reprendre :

« Vous croyez que je peux coincer l'assassin ?

– Franchement ? Non. »

Il accusa le coup.

« Merci, dit-il.

– De rien. »

Elle prit appui sur son balai avant de se lancer :

« Écoutez, m'sieur Larkin, vous êtes pas un mauvais bougre mais vous pouvez pas continuer comme ça. Tant que vous vous obstinerez à boire autant, vous ferez rien de bon. Vous l'auriez rattrapé, ce tueur, si vous aviez tenu sur vos jambes. »

Elle avait raison, et il le savait.

« C'est une femme qu'il vous faudrait, aussi. Qui s'occupe de vous, qui vous fasse à manger, tout ça. Mais vous en trouverez jamais une qui voudra d'un pochtron. »

Piqué à vif, il rétorqua :

« J'en ai trouvé une, figurez-vous. Je crois.

– Ah… fit-elle, estomaquée. Eh ben, la lâchez pas, celle-là. Vous en trouverez pas deux. »

Sur ces bonnes paroles, ils entendirent frapper. Adela se remit à balayer.

« Entrez ! » cria Bud.

La porte s'ouvrit sur un type insignifiant.

« 'jour, m'sieur Larkin.

– 'jour. Vous désirez ?

– Je passe voir où vous en êtes.

– Où j'en suis ? De quoi ?

– Vous m'avez dit que vous étiez sur une piste. Pour ma femme. Je vous ai encore avancé dix dollars l'autre jour. »

William Payne. Le cocu. C'est ça. Bud savait bien que sa tête lui disait quelque chose.

« C'était une fausse piste, annonça-t-il.

– Encore ? Dites donc, ça fait beaucoup de fausses pistes, hein ! Je commence à me dire que… Enfin, j'ai l'impression que vous n'avez pas beaucoup enquêté. Franchement, vous me décevez. Voilà, c'est dit, je suis déçu. »

Adela posa son balai et ramassa le tas de poussière. Mr. Payne poursuivit :

« Je dis ce que je pense. Je vous faisais confiance, je vous prenais pour un as mais là, je suis drôlement déçu…

– Ah ouais ? Moi, par contre, j'ai tout de suite su que vous alliez m'emmerder, eh ben, je suis pas du tout déçu ! »

Adela laissa échapper un petit rire. Payne la foudroya du regard.

« Qu'est-ce qu'elle a, la boîte à cirage ? »

Adela en resta bouche bée. Bud, qui avait souvent employé ces mots lui-même, attrapa son client par le col et le traîna jusqu'à la porte de l'immeuble.

Lorsqu'il revint, le silence s'imposa, de ceux qui ne se meublent pas. Bud marcha jusqu'au buffet et tourna le petit oiseau jaune et gris en porcelaine vers la fenêtre. Adela rangea le balai et lâcha un timide :

« Merci. »

Goliath vint se frotter contre ses jambes, comme pour la réconforter. Elle se baissa et le caressa. Jalouse, M'ame demanda sa part et, pour une fois, Adela s'y plia de bonne grâce.

*

Adela venait de partir quand Walt et Edwin passèrent chez Bud. Ils refusèrent de s'asseoir. Ils étaient là en tant que policiers aujourd'hui. Visiblement mal à l'aise, Walt ouvrit le bal :

« Cet après-midi, on a eu la visite d'un couple de Noirs. Leur fille a été abordée par un inconnu en voiture dimanche soir. Un Blanc… »

Il lança un regard à Edwin pour l'inviter à poursuivre.

« T'es sorti faire un tour en voiture dimanche soir ? » demanda Edwin.

Bud s'assit. Il réfléchit.

« Je sais plus. Pourquoi ?

– La gosse a dit à ses parents que c'était la même voiture que leur voisin, une Customline. Mais en bleu clair.

– T'as quitté le Grady's vers vingt et une heures quinze, reprit Walt. Et la gamine s'est fait aborder vers vingt-deux heures. »

Quand Bud comprit ce qu'ils sous-entendaient, il se leva pour aller vomir dans les toilettes. Il avait en effet un vague souvenir d'être sorti dimanche. Lorsqu'il revint, Walt et Edwin, l'air contrit, se voulurent rassurants :

« Pour l'instant, ça reste entre nous, dit Walt.

– T'as de la chance que ce soit moi qui les ai reçus ! pérora Edwin.

– Vous croyez quand même pas que j'ai pu tuer des gamines ? demanda Bud.

– Ben, quand tu picoles… observa Walt. T'as bien tué Jack, et tu t'en souviens pas… »

Ce soir-là, Bud décida d'arrêter de boire. Il jeta ses bouteilles, rangea l'oiseau jaune et gris en porcelaine dans le buffet et remit son horloge en marche.

Vendredi 6 décembre 1963

Shirley Ackerman était dans tous ses états ce matin quand Adela arriva. Son cyclamen était mort, noyé sous trop d'amour et surtout trop d'eau. Les deux femmes étaient penchées sur la plante.

« Y a plus rien à faire, confirma Adela.

– Vous êtes sûre ?

– Oui. C'est terminé. Je suis désolée. »

Shirley tirait nerveusement sur sa cigarette. Inconsolable, elle caressa une feuille.

« C'était un cadeau de Maddie[1]. Je ne sais pas comment je vais lui annoncer…

– Vous pouvez peut-être en racheter un ?

– J'y ai pensé mais elle verra bien que ce n'est pas le même. »

Elle soupira.

« Non, je vais lui dire.

1. Diminutif de Madeline.

– Vous voulez que je m'en occupe ? proposa Adela.

– Non, c'est à moi de lui dire.

– Non, je parlais de… enfin… Vous voulez que je vous en débarrasse ?

– Qu'est-ce que vous allez en faire ?

– Ben, je vais l'enterrer. Au fond du jardin.

– Ah oui…

– Ça me fait pas plaisir à moi non plus, vous savez.

– Oui, bien sûr. C'est gentil de votre part de vous en charger. Moi, je ne peux pas. »

Adela prit la plante.

« Vous voulez garder la coupelle ? suggéra-t-elle.

– Oui, je veux bien.

– Moi aussi, j'en ai perdu un, une fois. J'avais gardé la coupelle.

– Les gens gardent souvent les coupelles, je suppose. Ce sera pour le prochain, si j'en reprends un. Peut-être pas tout de suite.

– Non, prenez votre temps. »

Adela sortit enterrer le cyclamen. Elle se dit qu'avec un peu de chance, Mrs. Ackerman aurait une bonne surprise au printemps prochain.

À son retour, la maîtresse des lieux passait l'aspirateur.

« J'espère que le bruit ne vous dérange pas mais il faut que je me défoule !

– Pas de souci, m'ame. »

Adela, pour sa part, se résigna à nettoyer tous les carreaux de la maison pour la deuxième fois de la semaine.

Dimanche 8 décembre 1963

Rien n'aurait pu dissuader Adela de se rendre à la messe, pas même l'humiliation, la blessure de la semaine précédente. Elle s'apprêtait à s'asseoir à l'écart, au fond, quand Renee l'apostropha :

« Adela ! Viens ! »

Elle lui fit signe de la rejoindre. Elle lui avait gardé une place. Ignorant les messes basses qui précédaient la vraie messe, Adela avança jusqu'à son amie, le dos droit et la tête haute.

*

Au Grady's, Lorraine servit un Coca-Cola à Bud. Cinq jours qu'il ne carburait plus qu'à ça mais ce soir, bizarrement, il n'y avait personne pour se foutre de lui. Il se retourna vers la salle quasi déserte.

« Ils sont où, tous ?

– À la battue.

– Quelle battue ?
– Ils t'ont rien dit ? Y a une quatrième fille qui a disparu.
– Quand ?
– Hier, en fin d'après-midi. »

Hier, en fin d'après-midi… Il était au Grady's… Lorraine le dirait à Walt et Edwin et lèverait les soupçons qui pesaient sur lui. Il se sentit soulagé, d'un coup. Puis il pensa à cette pauvre gamine.

« Pauvre gosse, fit Lorraine, lui ôtant les mots de la bouche. Douze ans… T'imagines ? Elle faisait du vélo devant chez elle. Quand sa mère est venue la chercher pour lui dire de rentrer, elle a trouvé le vélo couché au bord de la route. Il paraît qu'y avait une roue qui tournait encore… »

Bud essayait de se représenter la scène. Il se dit que le tueur prenait de plus en plus d'assurance.

« J'espère qu'on va la retrouver, dit Lorraine. Et l'autre enfoiré avec. »

Bud l'espérait aussi. Mais si Adela s'obstinait à lui refuser son aide, il ne se faisait plus beaucoup d'illusions quant à ses chances d'honorer sa promesse aux Rodgers.

Mercredi 11 décembre 1963

Toute la matinée, Adela s'était posé la question : devait-elle ou non continuer à aider Bud dans son enquête ? La disparition de la petite Sherri Rubin venait tout bouleverser.

Lorsqu'elle monta les marches de l'immeuble du détective, elle n'avait toujours pas pris sa décision. Elle poussa la porte d'entrée, puis un hurlement d'horreur qui tira Bud hors de son lit. Il déboula dans le couloir de l'immeuble, suivi de M'ame, et trouva Adela prostrée, épouvantée. Goliath se traînait là, les tripes à l'air. Au mur, trois lettres peintes en rouge : KKK.

« Les fils de pute ! » rugit-il.

M'ame léchait le museau de Goliath. Bud alla chercher une serviette, enveloppa son chat dedans, puis retourna à l'intérieur, talonné par sa chienne. Quand Adela entra, ils étaient dans la cuisine, où Bud abrégeait les souffrances de l'animal. Prise de vertiges, elle s'assit.

Lorsque le détective la rejoignit, les vêtements tachés de sang, elle pleurait.

« Mon Dieu… »

Sa décision était prise :

« J'arrête. Tout. Je peux même plus faire votre ménage. »

Bud ne répondit pas. Il ne pouvait pas la blâmer et ne voulait pas la mettre en danger, ni elle ni ses enfants. Elle se releva et essuya ses larmes.

« Je suis désolée, dit-elle encore.

– Pas autant que moi.

– Vous trouverez quelqu'un d'autre pour votre ménage.

– Le ménage, je m'en fous. Ça y est, c'est propre. C'est pour l'enquête.

– Ça restera pas propre longtemps si vous reprenez pas quelqu'un.

– Mmh-mmh.

– Et pour ce qui est de l'enquête… vous découragez pas. Continuez à planter des petites graines. Elles donneront des arbres, qui donneront des fruits, et bientôt vous aurez plus qu'à récolter. Alors ça peut être long, mais il faut attendre que l'arbre pousse. Vous avez pas le choix. On a jamais vu de fruit sans arbre et d'arbre sans graine.

– Mmh.

– Bon… Au revoir, m'sieur Larkin. »

Elle en oublia de lui rendre les ciseaux qu'elle lui avait empruntés pour aller interroger Joe Hudson trois semaines plus tôt. Il hocha la tête et la regarda s'en aller. M'ame s'apprêtait à la suivre, puis se retourna vers son maître, seul au milieu de la pièce, couvert de sang. Elle choisit de rester avec lui.

*

Ce soir, le petit Elmer s'envola enfin sur son dragon quand Adela vint à bout du *Dragon de mon père*.

De retour dans la cuisine, elle songea tour à tour à Bud, à Goliath qu'il avait dû enterrer quelque part, au cyclamen qu'elle-même avait enterré dans le jardin de Shirley, à son propre jardin… Elle repensa alors au rectangle de terre fraîchement retournée qu'elle avait vu la veille sans y prêter vraiment attention. Elle se demanda ce que Lazarus avait bien pu enfouir là-dessous. Sûrement pas une plante. Des idées saugrenues l'assaillirent.

Elle attendit que son beau-frère et Bernice fussent couchés pour sortir. Il fallait qu'elle en ait le cœur net. Elle alla chercher une pelle dans la remise et commença à creuser, en peignoir et chaussures, à la lueur des étoiles. Elle se figea lorsque les gyrophares d'une patrouille de police éclairèrent les façades alentour. Puis elle se remit au travail. Il ne devait guère faire plus de cinq degrés mais elle n'avait pas froid, loin de là. La pelle finit par heurter quelque chose. Quelque chose de mou. Elle s'arrêta un instant, pour reprendre des forces en même temps que ses esprits.

Doucement, elle écarta la terre avec la pelle… et dégagea… le cadavre d'un chien. Elle se laissa tomber sur l'herbe, épuisée. Lazarus avait dû surprendre la « saloperie de clebs » qui renversait régulièrement leurs poubelles. Passée l'émotion, elle se trouva ridicule d'avoir pu imaginer son beau-frère courir après des gamines avec sa canne.

Lorsqu'elle rentra dans la cuisine, après avoir réenterré la pauvre bête, elle distingua dans le salon le bout incandescent d'une cigarette sur laquelle on tirait. Elle sursauta.

« T'as pris l'air ? » demanda Lazarus.

Elle alluma la lumière et tira le rideau qui séparait les deux pièces. Elle se lava les mains et entendit Lazarus retourner dans sa chambre. Tranquillisée, elle se lava entièrement…

Lundi 16 décembre 1963

Gloria sut immédiatement que quelque chose n'allait pas : Adela ne se serait jamais assise sur son lit en temps normal. Et elle n'avait jamais caressé Atti avant aujourd'hui. Adela n'y alla pas par quatre chemins :

« Y a encore une petite qui a disparu.

– Seigneur… Quand est-ce que ça va s'arrêter ?

– Justement… J'allais vous poser la question.

– À moi ? s'étonna la vieille dame.

– Vous avez pas… vu quelque chose, par hasard ? Dans vos rêves.

– Dans mes rêves ? Non. J'ai rêvé d'une sirène cette nuit, mais je ne suis pas sûre que ça nous aide…

– Une sirène ?

– Oui.

– Mais… ça existe pas, les sirènes…

– Non, pas que je sache. »

Adela était bien avancée !

« Rien d'autre ? insista-t-elle.
– Si, on faisait un bridge !
– Avec la sirène ?
– Non, avec vous.
– Ah... ça risque pas, je sais même pas jouer. »
Adela réfléchissait tout en continuant de cajoler Atti.
« Si ça se trouve, le tueur joue au bridge ? extrapola-t-elle.
– Ou peut-être qu'il *a* un bridge ? tenta Gloria.
– Il faudrait interroger les dentistes de Birmingham...
– Je plaisantais, précisa Gloria.
– Ah... Mais sinon... vous avez rien vu d'autre ?
– Non. Mais vous savez, ce n'est pas facile. Je ne dors pas beaucoup, avec le... »
Elle leva un index et fit des cercles en l'air pour mimer le vol de l'oiseau dans sa chambre.
« Toujours ? » demanda Adela.
Gloria hocha la tête. Adela regarda l'oiseau en bronze sur la cheminée.
« On dirait pas quand on le voit comme ça, dit-elle.
– N'est-ce pas ?
– Vous voulez que je le mette dans une autre pièce ?
– Non, c'est gentil. Il se plaît tellement ici, avec ses amis.
– Ses amis ?
– Le chat, l'éléphant, les chiens... Ils jouent tous ensemble quand je dors. »
Adela considéra le chat en porcelaine, l'éléphant en terre cuite, les chiens en... elle ne savait même pas en quoi.
« Bien sûr... Vous aimez les animaux, hein ?

– Je les adore. Je vous ai dit que j'avais travaillé dans un cirque dans une autre vie ?

– Quand vous étiez jeune ?

– Non non, dans une autre vie.

– Ah… »

Décontenancée, Adela feignit de trouver cela normal.

« Non, je savais pas. Vous voulez savoir ce que je faisais, moi ?

– Oui.

– Je travaillais dans les champs de coton.

– Pas du tout, vous faisiez des paniers. Vous étiez indienne.

– Indienne… ?

– Oui. »

Adela n'y croyait pas mais l'idée lui plut assez. Tout sauf esclave.

« Et Atti ? s'enquit-elle, pour rire.

– Lui, c'était un lord anglais, répondit Gloria très sérieusement. C'était un artiste. Excellent pianiste. Mais il ne veut plus jouer… » déplora-t-elle.

Adela avait beau ne pas y croire, elle arrêta de caresser le ventre du petit lord qui ronronnait.

Mardi 17 décembre 1963

Chez Shirley Ackerman, Adela nettoyait à nouveau les carreaux du salon, qui n'en avaient vraiment pas besoin. Quant à sa patronne, elle astiquait sa collection de coquillages.

« Vous avez des enfants ? demanda Shirley.

– Oui, trois.

– Des garçons ou des filles ?

– Une fille de quinze ans et deux garçons, de dix et sept ans.

– Vous avez de la chance. J'aurais adoré avoir une fille. »

C'était la première fois qu'une Blanche trouvait qu'Adela avait de la chance.

« Vous pouvez encore avoir une fille. Il vous reste deux chambres vides.

– Non, je ne peux plus avoir d'enfants.

– Oh... pardon, je suis désolée.

– C'est pas grave. »

Adela songea qu'en effet elle avait de la chance d'avoir ses trois enfants, et tant pis s'ils devaient partager la même chambre. Shirley aurait sans doute volontiers échangé les deux siennes, inoccupées, contre une fille.

« J'ai terminé. Qu'est-ce que vous voulez que je fasse ? »

Shirley promena son regard sur les coussins du canapé, parfaitement arrangés…

« Euh… vous pourriez peut-être… »

… puis sous l'énorme sapin de Noël mais il n'avait pas perdu une seule aiguille depuis qu'elle en avait ramassé une dizaine, dix minutes plus tôt. Elle lissait ses cheveux avec ses doigts.

« Vous pourriez… m'apporter une tasse de chocolat chaud, peut-être ?

– Oui, m'ame. »

Elle fila et réapparut quelques minutes plus tard, un plateau à la main, sur lequel était posée une tasse de chocolat chaud.

« Merci, fit Shirley. Vous le voulez ?

– Pardon ?

– En fait, je n'aime pas beaucoup ça.

– Mais vous m'avez demandé…

– Je sais. Je voulais vous faire plaisir. Vous aviez tellement envie de faire quelque chose pour moi… C'est la première chose qui m'est venue à l'esprit.

– D'accord… Euh… Et maintenant, il vous vient autre chose que je pourrais faire… pour vous faire plaisir à *vous* ? »

Et voilà comment une femme de ménage noire de Birmingham se retrouva à feuilleter *McCall's*[1], un chocolat chaud à la main, dans le salon de sa patronne qui passait

1. Mensuel féminin très populaire dans les années 1960.

l'aspirateur. Le livreur qui assista à cette scène n'en crut pas ses yeux.

En fin d'après-midi, alors qu'Adela allait partir, Shirley descendit avec un carton rempli de vêtements qu'elle posa aux pieds de son employée.

« Tenez, c'est pour vous.

– Non, merci. C'est gentil mais je peux pas accepter.

– Si, ça me fait plaisir.

– Mais… de toute façon… ça m'a l'air petit.

– Vous m'avez dit… sept et dix ans…

– Ah, c'est pour mes garçons ?

– Oui, vous pensiez que c'était pour vous ?

– Oui, j'ai cru que… »

Elles rirent toutes les deux de sa méprise.

« Je me disais aussi, fit Adela.

– Cela dit, je dois avoir des robes qui vous… »

Elle allait repartir mais Adela la retint.

« Non, ça va aller. C'est bien. Merci.

– D'accord. La prochaine fois.

– C'est des affaires de vos fils alors ?

– Oui. Regardez si ça vous plaît. »

Adela se pencha sur le carton et souleva quelques habits.

« Ce que je vois là, c'est très joli. »

Elle se redressa.

« Mais… et Mr. Ackerman, il sera d'accord ?

– Ne vous inquiétez pas pour ça.

– Quand même, je préférerais que vous lui en parliez avant.

– C'est-à-dire… qu'il n'y a plus de Mr. Ackerman.

– Oh, désolée. Je… Moi aussi, j'ai perdu mon mari.

– Non… il est bien vivant. Mais il est resté au Canada. Je suis venue vivre ici… seule. Enfin… »

Madeline, la cousine de Shirley, entra et posa son sac à main sur la console de l'entrée.

« Bonjour, dit-elle à Adela.

– 'jour, m'ame. »

Madeline enleva son manteau qu'elle jeta sur un fauteuil.

« Vous voulez que je le range ? demanda Adela.

– Non, merci. On doit ressortir. »

Elle regarda le carton aux pieds d'Adela.

« Je lui donne quelques vêtements pour ses enfants.

– Ah, excellente idée ! »

Shirley sourit à sa femme de ménage.

« Vous voyez, tout le monde est d'accord. »

Adela, gênée quoique ravie, ramassa le carton.

« Bon… ben, merci alors.

– Vous arriverez à rentrer avec ça ? s'inquiéta Shirley. Vous voulez que je vous ramène ?

– Non, non.

– Si, attendez… »

Elle allait chercher ses clés mais, à nouveau, Adela la coupa dans son élan.

« Ça ira, merci. »

La dernière chose dont elle avait besoin, c'était qu'on la voie dans la voiture jaune d'une Blanche !

« Ah, fit Shirley, j'ai mis aussi des petites choses pour votre fille. Comme ça, pas de jaloux.

– C'est gentil.

– Ça me fait plaisir. »

Adela ne regrettait vraiment pas Dorothy, qui ne lui avait jamais offert qu'un plat de poisson avarié !

*

Le soir, Adela fit quelques retouches aux habits que sa patronne lui avait donnés. Comme toujours avec les vêtements des Blancs, les manches étaient trop courtes. À part ça, ils étaient parfaits.

Mercredi 18 décembre 1963

En milieu d'après-midi, Walt et Edwin passèrent chez Bud et s'étonnèrent du désordre. Une fois de plus, Edwin mit les pieds dans le plat :

« Qu'est-ce qu'elle fout, ta femme de ménage ? C'est bien beau de la promener en ville, mais il faudrait peut-être qu'elle fasse son boulot !

– Elle travaille plus ici », répondit Bud sans plus d'explications.

Walt prit l'échiquier sur le buffet et le posa sur le bureau.

« Tu l'as renvoyée ? demanda-t-il.

– C'est ça », fit Bud.

Il n'avait pas envie de s'étaler. Tous les trois s'assirent autour du bureau, et les deux joueurs reprirent la partie qu'ils avaient engagée huit mois plus tôt. Edwin fit semblant de s'y intéresser.

« C'est à toi de jouer », dit Walt.

Bud et Walt étudiaient l'échiquier en silence quand Edwin interrompit leurs réflexions :

« Vous avez pas soif, vous ? Bud, t'as rien à boire ?

– J'ai du Coca.

– Ouais, t'as rien, quoi. »

Il préféra s'allumer une cigarette. Bud et Walt en firent autant, puis Bud changea de sujet :

« Et sinon, vous tenez quelque chose ? »

Il déplaça son dernier fou et prit un pion à Walt.

« Quelque chose ? répéta Edwin.

– Il parle de la petite qui a disparu, Sherri Rubin, expliqua Walt.

– Ah, fit Edwin. Non, rien.

– Le néant, confirma Walt. On est allés dans son quartier, y en a pas un qui nous a ouvert sa porte. »

Bud n'était pas surpris.

« Et Joe Hudson ? se renseigna-t-il en avançant sa tour.

– Quoi Joe Hudson ? demanda Edwin.

– On l'a libéré lundi, répondit Walt.

– C'était pas une bonne idée, ajouta Edwin. Ce con a rien trouvé de mieux à faire que de tabasser sa gamine. Enfin, on pense que c'est lui mais on a aucune preuve.

– Elle a perdu son bébé », annonça Walt.

Walt déplaça son cavalier et prit son dernier fou à Bud, qui payait là des mois de jeu sous l'emprise de l'alcool.

« Elle était enceinte ? s'étonna Bud.

– Ouais, à seize ans ! s'indigna Edwin. Et tu connais pas la meilleure : elle a dit au médecin que c'était son père qui l'avait foutue en cloque ! Ils sont pires que des animaux… En plus, vous l'avez vu le bestiau ? Il fait deux têtes de plus que moi ! Un vrai gorille ! »

Bud préféra ne pas relever.

« Vous l'avez remis en taule, du coup ?

– Penses-tu ! pesta Walt. Elle refuse de nous répéter ce qu'elle a raconté au médecin. Et elle veut pas porter plainte. Elle maintient qu'elle est tombée dans les escaliers.

– Donc… vous allez rien faire ? demanda Bud.

– Tant qu'elle veut pas porter plainte… déplora Walt.

– Quand elle en aura marre de se prendre des branlées… énonça froidement Edwin. Après, si elle aime ça… Et de toute façon, des bleus sur une Noire, ça se voit pas… »

Les oreilles de Bud commençaient à chauffer.

« Elle a seize ans, rappela-t-il. Vous allez pas laisser ce salaud continuer à…

– Si on doit foutre en taule tous les nègres qui baisent leur fille, on a pas fini. Tu les connais, ils ont ça dans la peau. »

C'était la phrase de trop. Bud bondit de sa chaise et fit le tour du bureau.

« Allez, dégage.

– Quoi ?

– J'en ai plein le cul de tes remarques à la con. »

Edwin, incrédule, prit Walt à témoin.

« Ça y est, il est pote avec tous les nègres maintenant qu'il s'en tape une ! »

Bud lui balança un coup de poing qui l'étala. Tandis que M'ame se mit à aboyer, Walt se précipita vers Edwin pour l'aider à se relever.

« T'es vraiment malade ! » explosa Edwin, une main sur la mâchoire.

Stupéfait, Walt regarda Bud, qui se rassit.

« T'as de la chance d'être un pote ! fulmina Edwin. Je pourrais t'arrêter, enfoiré.

– On y va », décida Walt.

Il entraîna son ami vers la porte. M'ame continua d'aboyer jusqu'à ce qu'ils soient sortis.

*

Bernice n'avait pas plus tôt tiré le rideau qui séparait la cuisine du salon que Lazarus fila dans sa chambre. Adela se fit la réflexion qu'il s'y enfermait dès que Bernice ou elle se lavaient. Curieux... Elle eut soudain un affreux soupçon. Sur la pointe des pieds, elle s'approcha de la porte de la chambre de son beau-frère et tendit l'oreille. Pas un bruit. Elle posa une main sur la poignée ronde, la tourna doucement, tout doucement, avant de... pousser brusquement la porte et de jaillir dans la pièce ! Lazarus se tenait debout, un œil collé au mur. Le Christ qui se trouvait accroché là d'habitude était posé sur le lit. Lazarus sursauta et bafouilla :

« C'est... C'est pas... »

Elle entra, le bouscula, regarda dans le trou minuscule qu'il avait fait dans la cloison et vit sa fille, nue, se laver.

« Sors de ma maison, dit-elle très calmement.

– Adela, je...

– FOUS LE CAMP ! » hurla-t-elle.

Elle le frappa et l'insulta pendant qu'il réunissait quelques affaires.

« TA PROPRE NIÈCE ! SALOPARD ! COCHON ! »

Il traversa la maison sous les coups et les injures. Il n'avait jamais remarché aussi vite depuis l'agression qui l'avait laissé handicapé !

« COCHON, VA ! ESPÈCE DE PORC ! SORS DE MA MAISON ! ET REMETS PLUS JAMAIS LES PIEDS ICI ! »

Elle claqua la porte derrière lui. Il lui fallut quelques instants pour retrouver son calme. Dans le salon, Elijah et Sid n'avaient rien raté de la scène. Ils n'avaient jamais vu leur mère se mettre dans un état pareil.

« Qu'est-ce qu'il a fait, tonton ? balbutia Elijah.

– Pourquoi c'est un cochon ? bredouilla Sid.

– Non, pour rien. Il a pas rangé sa chambre. Ça m'a énervée. »

Les garçons se consultèrent du regard et foncèrent ranger la leur.

*

En début de soirée, Bud fit un tour du côté du bar où il avait interrogé Joe Hudson. Il l'aperçut, accoudé au comptoir, qui plaisantait avec le barman. Il préféra passer son chemin et marcha jusqu'à la bicoque de Joe.

À présent, il grillait cigarette sur cigarette, tapi dans l'ombre, en attendant qu'il rentre. Il ne savait pas vraiment ce qu'il ferait lorsque le père violent et incestueux regagnerait ses pénates. Et puis Joe arriva, aviné et titubant, et Bud sut.

Jeudi 19 décembre 1963

Tôt le matin, Bud appela un ancien collègue qui travaillait à la police de Jasper, à quarante *miles*[1] de Birmingham. Celui-ci lui apprit qu'on avait retrouvé en janvier le corps d'une fillette noire de douze ans qui avait disparu quelques jours auparavant. Aucune enquête n'avait été ouverte.

Bud passa plusieurs coups de fil, à Tuscaloosa, Gadsden, Hartselle et jusqu'à Montgomery : partout, des fillettes noires s'étaient mystérieusement volatilisées depuis au moins trois ans. Certaines étaient réapparues, mortes. La plupart demeuraient introuvables. Les polices des différentes villes ne communiquant pas entre elles, aucun lien n'avait jamais été établi entre toutes ces affaires.

Bud en était sûr : il était face à un seul et même tueur. En outre, il constata que, depuis quelques mois, le rythme des disparitions s'intensifiait. Le tueur gagnait en assurance,

1. 65 kilomètres.

c'était certain. D'ailleurs, il se mettait de plus en plus en danger, agissant en plein jour, près d'habitations, au risque d'être surpris. Les trois dernières victimes étant de Birmingham, Bud comprit que le tueur devait y vivre, et ne prenait plus la peine d'aller chasser loin de chez lui. Le détective savait que ce type ne s'arrêterait jamais de lui-même. Il fallait que quelqu'un l'y oblige.

*

Assis à une table du Grady's, Bud fit part de ses réflexions à Walt.

« Ça te réussit, le Coca ! » plaisanta son ami.

Bud sourit.

« OK, poursuivit Walt, on va étudier ça avec Edwin. »

Edwin avait pris place au fond du bar avec Nelson, Dwight et les autres.

« Il fait la gueule, dit Walt.

– Je m'en fous.

– Il est pas méchant.

– Non, tant qu'on est pas noirs !... »

Walt n'en revenait pas. Ce n'était plus le Bud qu'il avait connu. Celui-ci reprit :

« Qu'il fasse la gueule s'il veut, ça l'occupe. Mais il a pas une gamine à retrouver ?

– On cherche. On fait que ça. »

Bud jeta un coup d'œil aux policiers qui riaient au fond de la salle.

« On va finir par le coincer, affirma Walt. C'est qu'une question de temps.

– T'expliqueras ça aux parents des prochaines victimes. »

Walt se demanda s'il ne préférait pas l'ancien Bud à celui-ci qui poursuivit :

« On est en guerre contre ce salaud. Et une guerre, ça s'arrête pas tous les soirs à cinq heures. Et je sais pas si vous êtes au courant mais, lui, il prend pas ses week-ends non plus…

– C'est pas parce qu'on est pas sur le terrain qu'on y pense pas. C'est pas à toi que je vais apprendre ça… Tout ce que je sais, c'est de toi que je le tiens.

– Ah ouais ? Tant mieux parce que j'ai l'impression d'avoir tout oublié. »

Walt ne releva pas.

« Qu'est-ce que tu veux qu'on fasse ? demanda-t-il. Qu'on s'épuise jour et nuit, sept jours sur sept ? On tiendra pas longtemps. Et on sera plus bons à rien. Elle peut être n'importe où. Dans n'importe quelle… cave, n'importe quelle maison… Si elle est pas déjà morte.

– C'est sûr. Autant échardonner un pré avec des ciseaux à ongles… »

L'expression plut à Walt.

« C'est ça. On a pas l'ombre du début d'une piste.

– C'est pas possible… dit Bud. Ce type va pas nous échapper pendant des années ! »

De rage, il frappa la table de son poing et fit sursauter Walt. Le bar entier se tut, et tous les regards se tournèrent vers eux. Lorraine aussi les regardait. Bud lui fit un signe de la main pour lui signifier que tout allait bien. Puis les conversations reprirent. Bud et Walt restèrent silencieux une minute, avant que Walt ne tente de rassurer son ami :

« T'inquiète pas, on va finir par l'avoir. Toi ou moi ou Nelson…

– Pas Edwin, fit Bud.

– Peut-être pas Edwin, et encore, on sait pas. Mais bref, on l'aura. Et plus tôt que tu ne crois. Il va faire une connerie, c'est obligé. C'est toi qui m'as dit un jour qu'il fallait souvent des mois et des mois d'enquête pour trouver l'assassin du jour au lendemain.

– J'ai dit ça, moi ?

– Ouais. »

Bud réfléchit un instant.

« C'est pas con, apprécia-t-il. J'avais raison.

– Évidemment que t'avais raison. Il faut pas baisser les bras.

– Ouais… C'est ça le truc. On a jamais vu de fruit sans graine.

– Quoi ?

– Enfin, on a jamais vu de fruit sans arbre et d'arbre sans graine.

– Qu'est-ce que ça veut dire ?

– Ça veut dire qu'il faut une graine pour avoir un fruit. Il faut continuer à planter des graines qui vont donner des arbres, qui vont donner des fruits, qu'on récoltera.

– Ah oui… D'accord… Des graines… »

Tous deux méditèrent là-dessus en finissant leurs verres.

*

Walt et les autres étaient rentrés chez eux depuis un moment mais Bud était toujours là, à la même table. Il tenait compagnie à Lorraine, à moins que ce ne soit l'inverse, pendant qu'elle donnait un dernier coup de balai. Elle retourna derrière le comptoir, sur lequel elle commença à passer un torchon humide.

« Il paraît que t'as cogné Edwin ?

– Ouais.

– On peut savoir pourquoi ?

– J'aime pas les encagoulés. »

Elle arrêta de frotter.

« Il est du Klan ?

– Si c'est pas encore fait, il devrait prendre sa carte de membre. »

Elle finit de nettoyer le zinc et s'appuya dessus.

« Et la gamine qui a disparu, tu crois que tu peux la retrouver ?

– Vivante ? Non, je pense pas. »

Elle fit le tour du comptoir et vint s'asseoir à sa table, deux bouteilles de Coca-Cola à la main. À la radio, Bobby Vinton entonnait « Blue Velvet ».

« En tout cas, si quelqu'un peut arrêter ce type, c'est bien toi.

– C'est gentil.

– Surtout depuis que tu bois plus. »

Il le prit comme un compliment.

« Ça me ferait chier que ce soit Nelson, dit-il.

– Je miserais plus sur toi que sur Nelson. Walt pourrait peut-être le coincer, si y avait pas Edwin avec lui. »

Ils sourirent.

« Non, c'est toi qui vas l'avoir », affirma-t-elle.

Elle semblait si sûre d'elle qu'il la crut. Malgré tout, il ne put s'empêcher de songer que :

« C'était plus simple avec Adela.

– Ta femme de ménage ? »

Bud crut percevoir comme une pointe de jalousie, qui le ravit.

« Ouais. Les Noirs me parlaient plus facilement quand elle était là.

– En attendant, elle est plus là. Il va bien falloir que tu fasses avec. Ou plutôt sans. »

Elle était peut-être bel et bien jalouse.

« Si je peux faire quoi que ce soit… reprit Lorraine. En dehors de te servir un Coca quand tu me redemanderas un whisky.

– Là comme ça, je vois pas, mais c'est gentil.

– Vivement que tu le coinces, ce fils de pute.

– Ouais. Que je puisse passer à autre chose. »

Il but une gorgée de Coca au goulot et poursuivit :

« Je suis même pas sûr de continuer à jouer les détectives.

– C'est vrai ? Qu'est-ce que tu voudrais faire ?

– Je sais pas. Peut-être partir. Reprendre une ferme, loin de la ville.

– Je te vois bien dans une ferme.

– C'est vrai ?

– Ouais.

– Moi aussi, je m'y vois bien. J'aurais des poules, des cochons, des chevaux…

– Tu sais monter à cheval ?

– Non. »

Elle rit.

« J'apprendrai, dit-il.

– T'as déjà le chapeau. »

Il sourit.

« En tout cas, je viendrai te voir, promit-elle.

– J'espère. »

En réalité, il espérait qu'elle vivrait là-bas avec lui, mais il préféra remettre sa déclaration à une prochaine fois, comme d'habitude.

Vendredi 20 décembre 1963

Cet après-midi-là, Shirley recevait des voisines pour le goûter. Adela, qui servait le thé et le cheesecake que son employeuse avait fait infuser pour l'un et préparé pour l'autre, eut droit à un concert de louanges. Rarement on avait vu maison si bien tenue. L'une des invitées, Diane Corbett, était particulièrement élogieuse :

« C'est une perle rare que vous avez dégotée là, Shirley. »

Adela était très gênée par ces compliments qui revenaient à Shirley, mais cette dernière semblait ravie.

« Je sais, elle est exceptionnelle, dit-elle.

– Comment est-ce qu'elle lave le sol sous la table de la cuisine ? demanda Diane. À l'ancienne ou… ?

– À l'ancienne, bien sûr, répondit Shirley. Elle retourne toutes les chaises sur la table.

– Pas comme ça se fait maintenant, déplora une invitée. On passe autour des pattes, et on en laisse la moitié par terre ! »

À ces mots, Shirley eut un frisson de dégoût qui surprit quelque peu ses nouvelles amies.

Diane prit une bouchée de gâteau et tomba à nouveau en pâmoison :

« Mon Dieu, mais cette petite gourmandise est une pure merveille ! C'est elle qui l'a faite ?

– Bien sûr, confirma Shirley. Qui d'autre ? Mais vous pouvez lui parler directement, vous savez. Elle est là. »

Une invitée manqua de s'étrangler.

« Enfin, Shirley, objecta Diane, on ne s'adresse pas directement aux employées de maison de ses amies !

– Ah ? Bon, dans ce cas, posez-moi vos questions, et je transmettrai, dit-elle en riant.

– Qu'est-ce qu'elle met dedans ? demanda Diane avec le plus grand sérieux.

– Qu'est-ce que vous mettez dans votre cheesecake, Adela ? » reprit Shirley.

Adela aurait bien aimé le savoir.

« De la crème fraîche... répondit-elle. Deux œufs... Du sucre...

– De la crème fraîche, deux œufs, du sucre... répéta Shirley à l'attention de ses invitées.

– Du beurre... de la vanille...

– Du beurre, de la vanille...

– Vous n'êtes pas obligée de tout répéter, l'avisa Diane.

– Ah, d'accord.

– Et du citron, conclut Adela.

– Non, il y a autre chose », nota Diane.

Adela regarda le gâteau en se demandant ce que Shirley avait bien pu y ajouter.

« Euh... »

Toutes les invitées la fixaient.

« Euh...

– Je l'ai vue mettre de la noix de coco, dit Shirley sur le ton de la confidence.

– C'est ça ! s'exclama Diane. Eh bien, félicitations, il est délicieux !

– Merci, répondit Shirley. Je vous recopierai la recette si vous voulez. »

Ses invitées se regardèrent.

« Enfin, si Adela est d'accord, ajouta la maîtresse de maison, tout sourire.

– Bien sûr, m'ame, accepta Adela.

– Si ça ne vous dérange pas... fit Diane.

– Ça ne me dérange pas du tout, la coupa Shirley.

– Non, je veux dire, si ça ne vous dérange pas, j'aimerais beaucoup recourir aux services d'Adela à partir de janvier. Un ou deux jours par semaine. Leonie me quitte, alors...

– Aucun souci, consentit Shirley.

– Je sais que ça ne se fait pas d'employer les bonnes de ses amies, mais... »

Shirley l'apprenait. Néanmoins, elle la rassura :

« Je sais bien mais ça ne me dérange pas.

– C'est que... quand je vois votre maison...

– C'est gentil. Adela, ça vous intéresse ?

– Oui, m'ame. Je suis libre le mercredi et le samedi.

– Sensass ! » s'exclama Shirley.

Lorsque Adela retourna à la cuisine, l'affaire était entendue et Bud officiellement remplacé. Il faudrait seulement qu'elle pense à demander à sa patronne la recette exacte de son cheesecake. Elle s'assit pour boire une tasse de thé et remercia le ciel d'avoir envoyé une Canadienne blanche de Calgary dans une laverie réservée aux Noirs de Birmingham.

Samedi 21 décembre 1963

À la laverie, Adela, Renee, Fran et Albertine remplissaient leurs machines attitrées.

« Et tu sais où il est allé ? demanda Renee.

– … allé ? répéta Fran.

– Non, répondit Adela. Tout ce que je sais, c'est que, quand je suis rentrée hier, il avait pris toutes ses affaires. C'est Bernice qui est contente : elle a récupéré sa chambre.

– … chambre. Ah oui.

– Il t'a rien dit ? s'étonna Albertine.

– Non. Vous le connaissez, il est pas très loquace.

– Quand même, c'est bizarre cette histoire, objecta Renee. Partir du jour au lendemain comme ça… À mon avis, y a une femme là-dessous. Dans le fond, c'est peut-être un coureur…

– … coureur. Oh, avec sa jambe ?! »

Elles rirent toutes les quatre.

« Vous voyez le coup que ce soit lui, le tueur ?! dit Renee. Et qu'il fuie la police.

– Si ça se trouve ! souscrivit Albertine. Les petites pouvaient pas se méfier…

– … méfier. Avec sa jambe ! insista Fran.

– Ça m'a effleuré l'esprit », avoua Adela.

Les trois autres se tournèrent vers elle.

« Ah oui ? rebondit Renee. T'en avais parlé à ton détective ?

– Non, c'était juste une idée comme ça. C'est un sale con mais c'est pas un tueur. Je crois pas. »

Elle prit l'exemplaire du *Birmingham World* de la veille qui traînait sur l'une des tables et commença à le feuilleter devant ses amies médusées.

« Qu'est-ce que tu fais ? interrogea Albertine.

– Je regarde si on parle de la petite Sherri Rubin.

– … Rubin. Tu sais lire maintenant ?

– Oui, Bernice m'a appris. »

Elle fit de son mieux pour ne pas se gonfler d'orgueil.

« Eh ben ! fit Renee. Lazarus qui part rejoindre une poule… Toi qui sais lire… T'as autre chose à nous annoncer ? »

Adela réfléchit un instant avant de déclarer, amusée :

« Il paraît que j'étais indienne dans une autre vie.

– … vie. Tiens donc ?

– Indienne ?! s'étonna Albertine.

– Décidément, dit Renee, tu passes tes vies à te faire exploiter par les Blancs !

– … Blancs. C'est vrai, ça. »

Adela n'avait pas vu les choses sous cet angle. Sacrée Renee ! Elle ne changerait jamais…

Adela referma le journal, dépitée. Elle n'avait pas trouvé une seule ligne sur Sherri Rubin. À croire que le sort de ces gamines n'intéressait plus personne.

*

Bud ne savait pas lui-même ce qu'il venait chercher chez Ellis et Lottie Rodgers. Des encouragements ? Des conseils ? Des remerciements ? Un peu de tout ça, probablement.

« Il faut plus venir nous voir si vous avez rien, m'sieur Larkin. C'est trop dur. On espère, à chaque fois.

– Je comprends. Je voulais juste vous tenir au courant.

– Je vous fais pas entrer. Je préfère pas, pour Lottie. On y croyait quand vous nous avez annoncé que c'était Joe Hudson. Et puis une autre gamine disparaît, et c'est plus lui… On est fatigués. Ça fait des mois que ça dure, qu'on soupçonne tout le monde : le voisin, le facteur… Tout le monde. C'est pas une vie. Et la police qui nous dit rien… »

Lottie les rejoignit à la porte.

« Qu'est-ce que vous voulez ? demanda-t-elle.

– Je venais voir comment vous alliez, répondit Bud.

– Comment on va, à votre avis ? Comment on peut aller quand un salopard a violé et tué notre fille et continue à… à vivre, à rire, à se balader dans la nature, à tuer d'autres petites filles parce que personne est foutu de l'arrêter ? Il dort sûrement mieux que nous, et il va fêter Noël comme si de rien n'était, alors que nous…

– Je voulais aussi vous dire que j'abandonne pas. Et que la police…

– On a jamais cru en la police et, franchement, on se fait plus d'illusions sur vous non plus.

– Lottie... tempéra Ellis, gêné.

– Alors arrêtez de nous donner de faux espoirs. Ne venez plus. S'il vous plaît.

– Attendez ... » fit Ellis.

Il rentra et revint avec son portefeuille.

« On vous règle ce qu'on vous doit et comme ça... »

Bud posa une main sur le portefeuille.

« Non, dit-il.

– Vous êtes sûr ?

– Merci ! » accepta Lottie sans le moindre scrupule.

Bud hocha la tête et tourna les talons.

« Passez un joyeux Noël ! » lança Lottie, amère.

Il entendit la porte des Rodgers se refermer derrière lui.

*

Bud ne fut pas mécontent de voir Walt, après ça. Son ami lui rendit visite en fin d'après-midi. Il avait apporté sa bouteille de whisky, qu'il posa sur le buffet pour prendre l'échiquier. Finalement, il but du Coca-Cola, par solidarité.

« Joe Hudson a disparu, annonça-t-il alors qu'ils reprenaient leur partie d'échecs.

– Ah ouais ?

– Personne l'a vu depuis mardi.

– Tiens...

– T'as pas une idée d'où il pourrait être ?

– Non. Pourquoi tu me demandes ça ?

– Je sais pas. Je me disais que t'aurais peut-être une idée.

– Non. »

Bud déplaça son cavalier.

« Et ses filles alors ? Tu sais ce qu'elles…

– Elles sont chez leur tante. Ça a l'air d'être une brave femme.

– Tant mieux. »

Walt bougea sa dame et prit sa tour à Bud. Ils continuèrent à jouer dix minutes, pendant lesquelles ils parlèrent de leurs enquêtes respectives… et d'Edwin, bref de tout… et de rien.

Puis Walt se rendit compte de l'heure qu'il était et abandonna Bud en oubliant sa bouteille. Dans la soirée, Bud, ivre mort, s'adressait à sa fille disparue :

« Papa est là, ma chérie. Papa est là. »

Lundi 23 décembre 1963

Face à l'insistance et à la bonhomie de Gloria, Adela avait définitivement rendu les armes : voilà qu'elle était assise à côté de la vieille dame, sur son lit, un oreiller dans le dos !

« Encore cette sirène ?! s'exclama-t-elle.

– Oui.

– Peut-être qu'on va retrouver la petite dans l'eau…

– C'est possible. »

Adela se demandait si elle devait en parler à Bud lorsque Gloria observa :

« Bizarrement, il paraît plus grand sur la cheminée. »

Toutes les deux regardaient l'oiseau en bronze face à elles. Adela se rappela soudain que la femme qui l'avait mise sur la piste d'une sirène voyait parfois son oiseau en bronze voler au-dessus d'elle. Elle se dit qu'elle ferait peut-être mieux de garder cette piste pour elle. Puis ses yeux se posèrent sur une tache, sur le dossier d'une chaise. Elle se leva et alla l'étudier de plus près : on aurait dit… une fiente. Elle se tourna vers le bronze immobile, interloquée.

« C'est une fiente d'oiseau ? s'étonna-t-elle.

– Ça n'aurait rien de surprenant. »

Adela inspecta la pièce et en vit une autre, non, deux autres au pied des lourds rideaux tirés. Elle ouvrit ces derniers et fut saisie par le froid qui régnait là derrière. Elle ferma la fenêtre, leva les yeux… et poussa un cri lorsqu'elle s'aperçut qu'une petite tête l'observait depuis son nid, en équilibre sur la tringle à rideaux !

« Qu'est-ce qui se passe ? s'inquiéta Gloria.

– Vous avez un oiseau dans votre chambre !

– Évidemment ! Je me tue à vous le dire !

– Attendez, bougez pas. Je reviens. »

Gloria n'avait aucune intention de bouger, de toute façon. Adela alla chercher un escabeau en catastrophe. Lorsqu'elle revint, Sissy l'accompagnait. Celle-ci tint l'escabeau sur lequel grimpa Adela.

« Faites attention à vous ! » recommanda Gloria depuis son lit.

Adela approcha une main du nid, et l'oiseau se mit à voleter dans la pièce. Les trois femmes le suivirent du regard jusqu'à ce qu'il se pose sur le lustre. Adela descendit de son propre perchoir et ouvrit la fenêtre en grand. Sissy et elle brassèrent l'air sous le lustre en sautillant.

« Va-t'en ! ordonna Adela.

– Sors d'ici tout de suite ! » tonna Sissy.

L'oiseau semblait les narguer de là-haut. Sissy le menaça :

« Tu vas voir ! »

Elle sortit et revint avec un balai qu'elle agita sous son bec. Elle fit davantage trembler les pampilles que l'animal.

« Faites attention au lustre ! recommanda Gloria. C'est un Murano ! »

L'oiseau s'envola à nouveau, fit un tour au-dessus du lit et s'échappa par la fenêtre. Gloria eut à peine le temps de crier « Au revoir, mon joli ! » qu'Adela refermait la fenêtre derrière lui.

Sissy et elle étaient essoufflées.

« Quelle aventure ! s'exclama Gloria.

– J'espère que vous nous demanderez plus de laisser votre fenêtre ouverte jour et nuit, maintenant ! » gronda Sissy.

Gloria haussa les épaules. Adela la regardait, incrédule. Alors elle ne perdait pas la tête… Elle avait dit vrai pour l'oiseau. Peut-être disait-elle vrai pour la sirène ?

Cinq minutes plus tard, elle téléphonait à Bud depuis la chambre de Gloria, qui tenait l'écouteur collé à son oreille.

« 'jour, m'sieur Larkin. C'est Adela. Cobb.

– 'jour.

– Il a une belle voix », commenta Gloria.

Adela enchaîna :

« Je vous appelle parce que j'ai un renseignement à vous donner à propos de la petite Sherri Rubin.

– Ah oui ? Quoi ?

– Je connais quelqu'un qui l'a vue… près d'une sirène.

– D'une sirène ?…

– Oui, vous savez, les femmes qui vivent dans l'eau.

– Oui, je vois ce que c'est mais… ça existe pas.

– Non, je sais, seulement… »

Elle se sentit bête tout à coup.

« … c'est ce qu'elle a vu, expliqua-t-elle.

– Qui ?

– Une… connaissance.

– Une amie, souffla Gloria.

– Une… amie, répéta Adela.

– C'était où ?

– Elle sait pas.

– Elle sait pas où elle l'a vue ?

– C'est-à-dire qu'elle l'a pas *vraiment* vue. C'était plus comme un rêve.

– Un rêve ?

– Une vision, souffla Gloria.

– Un rêve, répéta Adela. Mais deux fois. Peut-être qu'elle est dans l'eau, ou au bord de l'eau. »

Il ne fit aucun commentaire.

« Vous êtes là ? demanda-t-elle.

– Oui, oui, je vous écoute.

– Voilà, c'est tout ce que je voulais vous dire.

– D'accord. Merci. »

Elle ne savait pas quoi ajouter.

« Vous allez bien ? s'enquit-elle. M'ame va bien ?

– Oui, elle va bien. Et vous ?

– Ça va, merci.

– OK. Bon… »

Lui non plus ne savait pas quoi ajouter.

« Merci d'avoir appelé, dit-il.

– De rien. Passez un joyeux Noël. »

Elle se garda bien de lui demander ce qu'il avait prévu.

« Oui, vous aussi.

– Merci. Au revoir, m'sieur Larkin.

– Au revoir, Adela. »

Et ils raccrochèrent.

« Il n'a pas eu l'air plus étonné que ça », décréta Gloria.

Adela n'était pas de cet avis. Comment avait-elle pu l'appeler pour lui raconter cette histoire de sirène ?!

Quant à Bud, il s'interrogeait : comment avait-elle pu l'appeler pour lui raconter cette histoire de sirène ?!

Mardi 24 décembre 1963

Déjà l'an dernier, Bud et Lorraine avaient réveillonné ensemble. Au Grady's. Avec une dizaine d'autres âmes esseulées.

Cette année, ils furent huit à pousser la porte du bar, dont sept qui se regroupèrent autour de deux tables et passèrent la soirée à boire et à plaisanter. Bud, le huitième, préféra s'installer à l'écart. Lorraine finit par se joindre à lui.

« J'ai réfléchi à mon projet de ferme, dit-il. Je suis pas sûr que ça m'intéresse de me lancer là-dedans tout seul.

– Tu cherches un associé ?

– Euh… non. »

Il repensa aux mots d'Adela : « La lâchez pas, celle-là. Vous en trouverez pas deux. »

« Ça te dirait ? » demanda-t-il.

Il but une gorgée de Coca-Cola pour ne pas croiser son regard. Il regrettait déjà son audace.

« Faut voir, répondit-elle. Elle serait où, ta ferme ? »

Quand il osa enfin lever les yeux vers elle, elle souriait. À la radio, en sourdine, Jackie Wilson chantait :

« *I want a woman,*
I want a lover,
I want a friend[1]. »

*

Après s'être rendus à la messe de dix-huit heures, Adela et les enfants célébrèrent le réveillon sans Lazarus mais avec, entre autres, Bing Crosby, Andy Williams, Darlene Love, les Beach Boys et les Ronettes, dont Bernice n'écorchait plus le nom. Et personne pour leur couper le sifflet. Régulièrement, ils sortaient de table pour se trémousser au milieu du salon.

Le prénom de Lazarus ne fut prononcé qu'une seule fois, lorsque Sid s'exclama :

« On s'amuse quand même mieux sans tonton Lazarus ! »

*

Leroy et Patti Rubin avaient attendu que leurs trois enfants soient couchés pour aller chercher les cadeaux, cachés dans leur chambre. Leroy lut « Sherri » sur l'un des quatre paquets. Il se figea quelques secondes avant de trouver la force de le reposer au fond de l'armoire.

---

1. « Je veux une femme, une maîtresse, une amie. » « A Woman, a Lover, a Friend », Jackie Wilson, 1960.

Vendredi 27 décembre 1963

Adela était un peu en avance ce jour-là. Elle entra chez Shirley et s'arrêta net : sa patronne et la cousine de celle-ci, qui étaient enlacées contre l'évier, s'écartèrent immédiatement l'une de l'autre. Après quelques secondes de flottement, Adela franchit le seuil et referma la porte derrière elle.

« 'jour. »

Avant que les deux femmes n'aient pu répondre, elle fila dans le salon avec son sac à main.

Lorsque Shirley la rejoignit une minute plus tard, elle arrangeait les coussins du canapé et n'avait toujours pas quitté son manteau.

« Euh… Adela… ?

– Mmh-mmh ?

– Je suis désolée… Je voulais vous en parler, mais…

– Vous avez rien à me dire, m'ame. Ça me regarde pas.

– Je vous aime bien et j'avais peur que… avec toutes les horreurs qu'on raconte sur… sur les gens comme nous… »

Adela arrêta de tapoter les coussins et se redressa. Elle regarda sa patronne droit dans les yeux.

« Je vous aime bien aussi et je voudrais pas que vous croyiez toutes les horreurs qu'on raconte sur… sur les… "nègres".

– Bien sûr que non. »

Shirley n'en finissait pas de lisser ses cheveux.

« Alors pourquoi *moi* je croirais ce qu'on raconte sur vous ? »

Après un moment d'hésitation, Shirley demanda :

« Alors ça ne change rien ?

– Non, rien du tout. »

Elle tapota à nouveau les coussins et poursuivit :

« C'est pas mes affaires si vous aimez votre cousine… »

Shirley en resta sans voix. Ou presque :

« Euh… Ce n'est pas ma cousine. »

Adela se décida à laisser ces pauvres coussins tranquilles.

« Ah ? »

Elle hocha la tête tandis qu'elle assimilait cette nouvelle information.

« Tant mieux, lâcha-t-elle.

– Donc… vous pensez rester à notre service ?

– Euh… oui.

– Sensass. »

Shirley sourit.

Lorsqu'elle partit retrouver Madeline dans la cuisine, Adela s'assit sur les coussins qu'elle venait d'arranger avec tant de soin. Pour la énième fois ces derniers temps, elle se dit que, décidément, Dieu avait plus d'imagination qu'elle et que tout était possible en ce bas monde. Si un détective blanc pouvait aider des Noirs, si on pouvait assassiner le président des États-Unis, si elle avait pu se débarrasser de Lazarus, si une femme pouvait vivre avec une femme, alors peut-être qu'un jour Elijah pourrait être chirurgien. Ou président. Non, trop dangereux. Chirurgien.

*

En fin d'après-midi, Faith Harper, treize ans, longeait seule la petite route au milieu des bois. Les Blancs dont elle avait gardé l'enfant étaient rentrés plus tard que prévu et elle n'avait pas osé leur demander de la ramener chez elle. Et maintenant, il était presque dix-sept heures et la nuit était en train de tomber. Heureusement, elle portait son nouveau manteau rouge, bien plus chaud que le précédent. De nature trouillarde, elle pressait le pas et se retournait au moindre bruit. Elle était persuadée qu'on l'observait et craignait qu'un monstre ne sorte d'un fourré pour la dévorer. Son imagination débordante travaillait à plein régime, et elle avait de plus en plus peur. Un craquement plus fort que les autres acheva de la terrifier, et elle se mit à courir, sûre que quelque chose ou quelqu'un était à ses trousses.

Elle entendit une voiture au loin derrière elle, bien avant que ses phares ne viennent éclairer la route. Elle cessa de courir et fit de grands signes au conducteur. Le véhicule de police s'arrêta à sa hauteur. Walt ouvrit la vitre passager.

« Tout va bien ?

– Non, m'sieur, fit-elle, affolée. Y a quelqu'un qui me suit.

– Calme-toi. »

Walt sortit de la voiture avec une lampe torche qu'il dirigea vers les ombres inquiétantes que formaient les arbres.

« Y a personne, affirma-t-il, rassurant.

– Si. Je suis sûre. »

Walt soupira et regarda sa montre.

« Bon, où tu vas ?

– Je rentre chez moi. J'habite un peu plus loin. »

Le policier balaya une nouvelle fois du regard le bois et chaque côté de la route, déserte.

« OK, monte… » fit-il, las.

Faith hésitait.

« À l'avant ou à l'arrière ? demanda-t-elle.

– Dans le coffre. »

Et il lui asséna un violent coup de lampe torche sur la tête.

Quarante-cinq minutes plus tard, il sortit Faith du coffre, à demi inconsciente, et la jeta sur son épaule. Il lui fallait encore marcher quelques centaines de mètres dans la forêt pour arriver à son cabanon de chasse. Il avançait en éclairant le sol devant lui avec sa lampe torche quand il perçut des craquements sur sa droite. Il pointa le faisceau lumineux dans cette direction et se retrouva face à un renard aux yeux luminescents, qui tenait un lièvre dans sa gueule. Les deux prédateurs se jaugèrent pendant un court instant, puis chacun poursuivit son chemin.

*

Le soir, Connie et Walt recevaient deux couples de voisins à dîner. La conversation allait bon train et tout le monde passait un bon moment quand Connie remarqua que son mari semblait absent, comme perdu dans ses pensées. Walt sentit son regard et lui sourit. C'est alors que leur fille Penny entra dans le salon en chouinant, les larmes aux yeux.

« Papa, j'ai fait un cauchemar ! »

Walt se leva et la prit dans ses bras.

« C'est rien, ma chérie. Viens, je te ramène dans ta chambre.

– J'ai peur.

– Je vais rester un peu avec toi, d'accord ? »

Penny fit oui de la tête.

« Le devoir m'appelle, s'excusa Walt auprès de ses amis. Une urgence. »

À peine avait-il quitté la salle à manger que les invités louèrent le père modèle. *C'est vrai*, pensa Connie, *j'ai vraiment beaucoup de chance.*

Samedi 28 décembre 1963

Les frères Lange, Tom et Charlie, quinze et treize ans, arpentaient la décharge avec une barre de fer et une batte de baseball, à la recherche de gros objets à casser. Ceux en verre avaient leur préférence à tous les deux, aussi avaient-ils instauré une règle : le premier qui repérait quelque chose qui lui plaisait devait nommer l'objet à voix haute et, dès lors, l'autre ne pouvait plus y toucher. Une règle qui leur avait sans doute évité bien des bleus puisque, avant son application, ils s'étaient souvent disputé leurs butins et en étaient même plusieurs fois venus aux mains.

« Radio ! » cria Tom.

Il s'avança et la réduisit en miettes à grands coups de barre de fer.

« Aquarium ! hurla Charlie.

– Merde ! » fit Tom.

Il délaissa sa radio pour aller lorgner sur l'aquarium qu'avait déniché son petit frère. La trouvaille était fêlée, mais de belle taille et en un seul morceau. Une jolie prise qui rendit Tom malade de jalousie. L'objet explosa sous l'impact de la batte.

Après quoi les frères reprirent leurs recherches. Charlie considérait un lavabo lorsque Tom brailla :

« Une négresse !

– Ha ha, très drôle !

– Non, je rigole pas. »

Il était livide. Charlie s'approcha. Son frère ne plaisantait pas. Le corps d'une fillette noire gisait là, en contrebas.

*

Bud sortit de sa chambre en caleçon et alla décrocher le téléphone qui sonnait.

« Ouais ?

– … »

Son visage se ferma.

« Où ça ?

– …

– OK, j'arrive. »

Il reposa le combiné. Lorraine sortit de la chambre à son tour, dans un peignoir trop grand pour elle.

« C'était Walt », lui dit Bud sans plus de détails.

Il alla ramasser son pantalon au pied du lit.

« Où tu vas ? demanda Lorraine en le regardant s'habiller.

– On a retrouvé Sherri Rubin… »

Il attrapa sa chemise sur une chaise. Il aurait dû être plus clair. Il précisa :

« Enfin, on a retrouvé son corps. »

Lorraine poussa un soupir de désolation.

« Où ça ? » murmura-t-elle.

Bud hésitait.

« Où ? insista-t-elle.

– À la décharge. »

Lorraine prit appui contre le chambranle de la porte.

« Ça va aller ? » s'assura Bud.

Elle hocha la tête. Il finit de s'habiller.

« Je vais essayer de pas être trop long. »

Il l'embrassa en sortant de la chambre.

« Je te tiens au courant. Je t'appelle.

– D'accord », bredouilla-t-elle.

Il attrapa son Stetson, son arme, ses clés de voiture et quitta l'appartement. Lorraine, hagarde, s'assit à côté de M'ame sur le canapé du salon. Elle se raccrocha à l'idée qu'ils vivraient bientôt dans une ferme.

*

Bud arriva à la décharge en même temps que Walt et Edwin. Bud et Edwin ne s'étaient pas reparlé depuis leur altercation, dix jours plus tôt.

« Salut, dit Bud.

– Toi, m'approche pas », fit Edwin.

Walt observait les lieux, bientôt imité par Bud, qui commenta :

« Une décharge ! De mieux en mieux !

– Il se fout de notre gueule, décrypta Walt.

– Ouais », approuva Edwin.

Tous les trois se dirigèrent vers le petit attroupement composé de policiers et des frères Lange. Ils croisèrent Dwight qui vomissait sur ce qu'il restait d'une radio.

« Qu'est-ce que vous foutiez là ? demandait Nelson aux deux frères.

– Rien, on cherchait des trucs à récupérer », mentit Charlie.

Bud se tourna vers Walt :

« Vous avez appelé Herb ?

– Évidemment, répondit Nelson. Il devrait plus tarder. »

Walt regardait autour de lui :

« Bon, on peut savoir où elle est ?

– Là-bas », indiqua Nelson en pointant du doigt un endroit précis, quelques mètres plus loin.

Walt, Edwin et Bud avancèrent et découvrirent Sherri, qu'on avait jetée là comme un vieil objet qui avait suffisamment servi. Ils s'arrêtèrent à quelques mètres du corps.

« Putain… » marmonna Bud.

Il enleva son Stetson, par respect. Edwin mâchait son chewing-gum nerveusement et évitait de poser les yeux sur le visage de l'enfant. Quant à Walt, il se concentrait pour retenir l'érection qui le gagnait. Bud s'approcha du cadavre, suivi des deux policiers.

« Où ça va s'arrêter ? enragea-t-il.

– Ça s'arrêtera pas », prédit Walt.

À peine avait-il fini de fanfaronner qu'il remarqua, par terre à côté du corps de Sherri, son porte-clés en plastique, avec la photo de ses enfants. Il se souvint que son trousseau était tombé quand il s'était débarrassé du corps. Il l'avait ramassé en vitesse sans s'apercevoir que l'attache s'était cassée. Son érection retomba d'un coup.

« J'aurai sa peau, à ce fils de pute ! » annonça Bud.

Walt était coincé. Il ne pouvait pas ramasser son porte-clés sans que les autres ne le voient faire. Il sentit une goutte de sueur couler dans son dos. Il allait se faire coincer à cause de cette salope de négrillonne !

« Pauvre gosse quand même, fit Edwin.

– Pourquoi "quand même" ? grogna Bud.

– Oh, c'est bon, lâche-moi. »

Walt fit quelques pas en direction du porte-clés. Son cœur battait à tout rompre. Bud l'interpella :

« Quoi ? T'as vu quelque chose ? »

Walt s'arrêta net. Il eut l'impression que son cœur se décrochait. En une fraction de seconde, il imagina la suite des événements : Bud voyait la photo de Penny et Colton à ses pieds, comprenait qu'il était le tueur et sortait son arme, Edwin lui passait les menottes, Nelson refermait sur lui la porte d'une cellule. Sa première pensée n'alla ni à Connie ni à ses enfants. Il se dit qu'il ne pourrait plus chasser avant un moment. Le temps qu'un jury blanc l'acquitte.

« Non, rien, je regarde », répondit Walt d'une voix qui ne trahit aucune émotion.

Le porte-clés était à deux pas, perdu au milieu des détritus, mais bien visible. Il suffisait que Bud et Edwin regardent de ce côté pour qu'ils le remarquent. Le souffle de Walt était court, il se sentit vaciller, mais il avait tellement l'habitude de faire semblant qu'il n'en laissa rien paraître. Il fit deux pas en avant et posa son pied sur les visages de ses enfants. Il était sauvé.

Ces deux cons n'avaient rien vu. Non, décidément, ils n'étaient pas près de le coincer.

Il jubilait. Lentement mais sûrement, son érection le reprit.

Bud réfléchit à voix haute :

« Je comprends pas qu'il arrive encore à tuer des gamines alors que tout le monde se méfie. Il doit inspirer confiance. Je pense pas qu'il soit blanc. Ou alors… Ou alors c'est quelqu'un au-dessus de tout soupçon. Comme un médecin ou… un flic, ou… »

L'entrée en scène d'Herbert, à point nommé, détourna un peu l'attention de Bud et Edwin. Walt en profita : sûr que personne ne s'étonnerait de voir un policier s'accroupir à côté d'un cadavre, c'est ce qu'il fit, feignant de l'étudier. Il ramassa discrètement son porte-clés avant de se relever.

« Alors… Qu'est-ce qui lui est arrivé à celle-là ? » ronchonna Herbert.

Bud n'attendit pas sa réponse. Il fixait une silhouette à une dizaine de mètres de là, à contre-jour, qui semblait flotter sur une mer d'immondices. Il abandonna les autres, qui n'y prêtèrent pas attention. À mesure que ses pas le rapprochaient de la silhouette, Bud en distingua mieux les détails. Il s'agissait d'une figure de proue en bois sculpté, d'une femme qui paraissait veiller sur la dépouille de Sherri, de loin. *Si seulement elle pouvait parler*, se dit Bud. Mais peut-être le pouvait-elle ? À deux mètres de la figure de proue, il n'en crut pas ses yeux : le bas de son corps était recouvert d'écailles. La sirène, échouée là par le plus grand des mystères, lui souriait.

*

Chez Adela, Albertine s'appliquait à recopier des lignes de « a » et de « b », couchée sur sa feuille. Adela et Bernice lui dispensaient son premier cours, et elle ne voulait pas se ridiculiser, et encore moins les décevoir.

« Tu vois que t'y arrives ! fit Adela. Je t'avais bien dit que t'étais pas plus bête qu'une autre. »

Albertine prit un peu de recul pour admirer son œuvre. On frappa à la porte d'entrée. Les trois femmes échangèrent un regard.

« Vous attendez quelqu'un ? demanda Albertine.

– Non », répondit Adela.

Bernice leva les yeux vers l'horloge qui affichait quatorze heures. Adela alla ouvrir. Elle eut un mouvement de surprise en découvrant Bud derrière sa porte.

« M'sieur Larkin ? Entrez vite. Si jamais on vous voit... »

Elle le tira à l'intérieur et vérifia à droite et à gauche qu'il n'y avait pas de témoin avant de refermer derrière lui. Albertine plia sa page d'écriture et la fit disparaître dans sa poche.

« Je suis désolé de venir chez vous, s'excusa Bud. On a retrouvé Sherri Rubin... morte... Et euh, vous aviez raison, elle était à côté d'une sirène. »

Adela n'en croyait pas ses oreilles.

« Enfin... une sculpture de sirène, poursuivit Bud. Du coup, je voudrais qu'on aille voir votre amie qui fait ces drôles de rêves. »

Adela prit le temps de digérer toutes ces informations, puis s'adressa à Bernice et Albertine, dans la cuisine :

« Vous pouvez continuer sans moi ?

– Oui, oui, lui assura sa fille.

– Bien sûr », confirma son amie.

Adela attrapa son manteau, son sac, et sortit avec Bud. Bernice et Albertine allèrent à la fenêtre.

« C'est quoi cette histoire de sirène ? » questionna Albertine.

Bernice fit une moue pour signifier qu'elle n'en savait pas plus qu'elle.

Bud démarra en trombe.

« Où elle habite, votre amie ? »

Un enfant déboula de nulle part en courant, un chapeau de cow-boy rouge sur la tête et un pistolet en plastique à la main. Adela poussa un cri :

« ATTENTION ! »

Le détective pila. Le petit, que la peur avait jeté en arrière, tomba en même temps que son chapeau et son pistolet. Bud se précipita hors de la voiture. Adela, tétanisée, ne bougea pas.

Lorsqu'il vit l'adulte s'approcher, l'enfant se protégea instinctivement de ses mains. Il avait traversé sans regarder et savait qu'il n'échapperait pas à une bonne correction. Bud lui attrapa le bras.

« Ça va, mon grand ? »

Puis, lorsqu'il le reconnut :

« Encore toi ?! »

Il releva le petit, puis ramassa le pistolet et le chapeau rouge, qu'il remit sur la tête de l'apprenti cow-boy. Ce dernier le dévisagea un instant, avant de reprendre son arme et de s'enfuir en courant.

Adela se remettait de ses émotions lorsque Bud regagna le véhicule.

« Alors ? reprit-il. Où on va ? »

*

Bud n'avait jamais mis les pieds dans le quartier de Redmont Park.

« Elle travaille par ici, votre amie ? s'enquit-il.

– Non, elle *vit* ici. »

Il se demanda comment une amie d'Adela pouvait vivre dans ce quartier chic.

« C'est là », dit-elle.

Ils se trouvaient devant une magnifique demeure. Ils en firent le tour et y entrèrent par la porte de service. Sissy les regarda à deux fois.

« 'jour, fit Bud.

– On vient voir Miss Gloria, expliqua Adela.

– 'jour… » répondit Sissy, décontenancée.

Adela et Bud traversèrent la cuisine. Adela s'arrêta au pied des escaliers qui menaient à l'étage.

« Attendez-moi là. »

Elle monta, l'abandonnant quelques minutes. Il s'alluma une cigarette et arpenta le vestibule. Soudain, il entendit Adela l'appeler de là-haut :

« M'sieur Larkin ! Vous pouvez venir. »

Il la rejoignit. Elle lui retira son chapeau et prit sa cigarette qu'elle écrasa dans un pot de fleurs. Elle l'examina de haut en bas, arrangea le col de sa chemise et défroissa la manche de sa veste de quelques coups de main vigoureux.

« C'est bon, décréta-t-elle. On peut y aller. »

Elle le guida jusqu'à une porte entrouverte. Elle entra et il la suivit dans la chambre de Gloria. La vieille dame était assise dans son lit. Bud ne cacha pas sa surprise.

« Vous êtes blanche… »

Gloria rit.

« Vous êtes fin observateur ! Vous n'êtes pas détective pour rien ! »

Bud adressa un regard d'incompréhension à Adela.

« Vous m'aviez dit "une *amie*"…

– Oui, fit Gloria. Nous sommes amies. Ça vous étonne ?

– Euh… non… Non. Mais elle m'avait parlé de vos rêves, alors je m'étais plutôt imaginé…

– Que je connaissais une sorcière noire ? se moqua Adela.

– Oui. Enfin, non… »

Bud préféra couper court et en venir à la raison de sa visite. Il interrogea Gloria :

« Euh… est-ce que… est-ce que vous avez vu autre chose dans vos rêves ? »

Elle n'avait pas entendu sa question, trop absorbée qu'elle était à le dévisager. Bud commençait presque à se sentir mal à l'aise.

« Vous avez perdu une fille, annonça-t-elle enfin.

– Non, lui, c'est le détective qui enquête sur les filles qu'on a tuées, expliqua Adela. Les filles noires.

– Oui, je sais. Mais lui aussi a perdu une fille. »

Adela, perplexe, attendait le démenti de Bud. Il hésita avant de répondre :

« Oui. »

Adela en eut le souffle coupé.

« Et tout va de travers depuis, dit Gloria.

– Mmh, fit Bud. Ça, c'est le moins qu'on puisse dire.

– Vous vous dites que, si vous sauvez l'une de ces petites, vous réussirez là où vous avez échoué avec la vôtre. Vous pensez que ça calmera peut-être votre douleur.

– Votre fille a été assassinée ? demanda timidement Adela.

– Non, répondit Bud. Elle était malade.

– Vous pouvez peut-être encore retrouver la fillette qui a disparu, déclara Gloria.

– On l'a retrouvée, répliqua Bud. Près d'une sirène, comme vous aviez dit.

– Non, l'autre fillette. »

Bud et Adela échangèrent un regard inquiet.

« Cherchez du côté d'un pont couvert et d'un arbre penché. »

Le détective réfléchit quelques secondes.

« Je peux passer un coup de fil ?

– Je vous en prie. »

Il prit le téléphone de Gloria et composa le numéro du poste de police. Adela s'assit sur le lit, épouvantée.

« Oui, c'est Bud. C'est Clyde ? Salut, dis-moi, est-ce que tu sais si une fille a disparu aujourd'hui ou... ?

– ...

– Merde. »

Adela ferma les yeux et grimaça d'effroi.

« OK, fit Bud. Walt est là ? Oui ? Tu peux me le passer ? Merci. »

Il se tourna vers Adela et l'informa :

« Ils viennent d'avoir la visite des parents d'une gamine qui a disparu hier soir. »

Elle eut un frisson.

« Walt ? reprit Bud. Je suis chez une femme qui a une sorte de don et qui croit que la gosse se trouve près d'un pont couvert et d'un arbre “penché”. Du coup, je pensais à Waldo, qui est pas très loin…

– …

– Oui, je sais mais…

– …

– Bon, ben, fais comme tu veux mais, moi, je vais aller voir.

– …

– OK. Salut. »

Il raccrocha.

« Retrouvez cette petite, dit Gloria. Pour elle et pour… la paix de votre âme.

– Oui, répondit-il à mi-voix. Oui… »

*

Bud se gara un peu avant le pont couvert, sur lequel un panneau annonçait « Kymulga Bridge[1] ». En chemin, il s'était rappelé qu'il y avait ce pont, avant celui de Waldo. Adela et lui descendirent de voiture.

« Vous avez peut-être pas besoin de votre sac à main… » fit remarquer Bud.

Il parlait fort : l'eau qui tombait en cascade à quelques mètres de là faisait beaucoup de bruit.

« Je préfère le garder avec moi, répondit Adela.

1. « Pont de Kymulga. »

– Comme vous voulez.

– “Ky… mulga Bridge” », lut Adela.

Ils regardèrent autour d'eux.

« Là-bas ! » fit Adela.

Elle pointait du doigt, sur l'autre rive, un arbre biscornu, qui rasait le sol avant de finir par s'élever péniblement. Ils empruntèrent le pont, sur lequel résonnèrent leurs pas décidés, puis la voix de Bud :

« “Kymulga”, c'est de l'indien. »

Adela songea à ce que lui avait dit Gloria, sur sa vie antérieure. Elle regretta de ne plus parler indien !

« Ça veut dire “qui guérit” », précisa Bud.

Elle se demanda comment un pont pouvait guérir.

Une fois de l'autre côté, ils progressèrent sur un tapis de feuilles mortes. Ils marchèrent une trentaine de mètres avant d'arriver au pied du hêtre.

« OK, et maintenant ? demanda Bud. Où on va ? »

Un peu plus loin, un sentier traversait le bois.

« On pourrait peut-être suivre ce petit chemin ? proposa Adela.

– Mais de quel côté ? »

Soudain, ils entendirent un bruit de moteur approcher. Une voiture de police arriva et se gara derrière la Ford de Bud. C'était Walt.

« Qu'est-ce qu'il fout là ? » s'exclama Bud.

Walt s'avança vers eux.

« T'es tout seul ? s'étonna Bud.

– Les autres vont pas tarder. Le temps de s'organiser. T'avais raison, ça coûte rien d'essayer.

– Mais je t'ai parlé de Waldo tout à l'heure…

– Ouais, mais j'ai repensé à ton histoire d'arbre penché et je me suis souvenu de celui-là. »

Il montrait le hêtre du doigt.

« Je viens souvent pique-niquer ici avec Connie et les enfants. »

Bud se fit la réflexion qu'il y avait plus proche et plus agréable pour pique-niquer.

« OK, dit-il. On avait l'intention de suivre le sentier.

– Mais de quel côté ? l'interrogea Walt. C'était où dans le rêve de votre voyante ? »

Bud et Adela firent semblant de ne pas saisir le sarcasme de sa remarque. Ils scrutaient l'horizon dans chaque direction.

« Qu'est-ce que tu me fais pas faire ! rechigna Walt. Me voilà en train de m'en remettre aux élucubrations d'une folle !

– Par où tu veux aller ? » lui demanda son ami.

Walt exultait. Il allait encore pouvoir embourber ce con de Bud.

« On a qu'à essayer par là », suggéra-t-il innocemment.

De son pouce, il indiqua la gauche.

« OK, approuva Bud. Toi, va par là. Avec Adela, on va voir de l'autre côté. »

Merde…

« T'es sûr qu'on devrait se séparer ? interrogea Walt.

– Évidemment ! Quel intérêt de rester tous les trois ensemble ?

– D'accord… »

Et ils se séparèrent.

Bud et Adela marchèrent aussi vite que les petits talons d'Adela le lui permettaient sur un sentier rendu glissant par les feuilles mortes.

« J'aime pas beaucoup votre ami, lança Adela.

– C'est un bon gars. Et un bon flic.

– Peut-être, mais je l'aime pas. Et pour un bon flic, on peut pas dire qu'il ait fait des étincelles jusque-là. »

Bud sourit.

Ils continuèrent à avancer en silence pendant une minute. Adela hésita, avant d'oser :

« Je suis désolée… pour votre fille. Je savais pas que…

– Merci.

– Comment elle s'appelait ?

– Susie.

– C'est joli.

– Mmh… »

Bud n'était pas très à l'aise avec ce genre de conversation.

« Et… commença-t-il, votre fils… comment il s'appelait ?

– Jared.

– Jared… »

Il aurait aimé lui poser des questions, lui dire que lui aussi était désolé, qu'il savait ce qu'elle avait pu ressentir et ressentait encore. Mais il en était incapable.

« Il avait un an quand il nous a quittés.

– Putain… »

Il crut deviner son regard réprobateur.

« Pardon.

– Mmh… Je l'aurais pas dit comme ça, mais… »

Après un autre silence, Bud lui confia :

« Susie avait treize ans. »

Elle posa une main sur son bras.

« Elle est avec vous, vous savez.

– Vous croyez ?

– Je le crois pas. J'en suis *sûre.* »

Il sentit l'émotion l'envahir, mais refusa d'y céder. Après quelques secondes, il adressa à Adela un timide mais sincère :

« Merci.

– Oh, de rien.

– Non, je parlais pas que de... Je parlais de... *tout.* »

Un coup de feu retentit. Adela poussa un cri, puis Bud s'écroula. Elle se retourna et vit Walt qui la visait.

« Courez ! cria Bud. Sauvez-vous ! »

Elle lui obéit et quitta le sentier pour s'enfoncer dans les bois. Walt tira quatre fois, mais la manqua. Il rugit :

« C'est ça, cours, salope ! Je t'aurai ! J'adore la chasse ! »

Bud gisait par terre. Il ne comprenait plus rien.

« Walt ? ... marmonna-t-il. Non... »

Il eut soudain une impression de déjà-vu. Il avait déjà vécu cette situation. Il s'était déjà retrouvé étendu par terre, pas blessé, non, mais saoul, à demi inconscient. Walt était là aussi, déjà. Il s'engueulait avec leur collègue Jack, qui l'accusait de quelque chose. Walt avait... soi-disant... pratiqué des attouchements sur une gamine. C'est ça. Walt, naturellement, n'acceptait pas de se voir insulté de cette façon. Excédé et à court d'arguments, il avait fini par sortir son arme... et par abattre Jack.

Quand Bud avait repris connaissance, ce jour-là, il portait des menottes. Walt avait expliqué à leurs collègues que son mentor, sous l'effet de l'alcool, avait braqué son revolver sur Jack, pour rigoler, et l'avait accidentellement tué. Personne n'avait songé à mettre sa parole en doute. Pas même Bud.

Mais ce n'était pas lui le meurtrier. C'était Walt. Son ami Walt qui rechargeait maintenant son arme pour le faire taire une fois pour toutes. Bud fit un effort surhumain, saisit la sienne et tira le premier.

Adela courait toujours le plus vite possible mais lorsqu'elle entendit ce nouveau tir, elle accéléra encore, affolée, jusqu'à tomber et se tordre la cheville. Elle se releva malgré la douleur et se remit à courir comme elle put, en boitant. Soudain, elle aperçut une vieille cabane, au milieu des bois, à environ deux cents mètres. Une autre détonation la fit tressaillir. Elle se dépêcha de rejoindre la baraque pour s'y réfugier. Elle appuya frénétiquement sur la clenche, mais la porte était verrouillée. Elle perçut des cris étouffés à l'intérieur.

« Y a quelqu'un ? » demanda-t-elle.

D'autres cris étouffés lui parvinrent.

« C'est toi, ma chérie ? Attends. »

Elle fit le tour de la cabane en clopinant. L'unique fenêtre était obstruée par des planches. De retour devant la porte, Adela se résolut à essayer de l'enfoncer. À bien la regarder, elle n'avait pas l'air si robuste. La cahute semblait être là depuis des décennies, et le temps et l'humidité avaient fait leur œuvre. Elle prit soin de s'annoncer, au cas où :

« Ma puce, éloigne-toi. »

Elle posa son sac à main, prit son élan et se jeta sur la porte, qui céda. Adela s'étala par terre. Elle leva la tête et vit la petite Faith Harper, sur un matelas dans un coin, qui pleurait. Elle était bâillonnée et ligotée. Adela se précipita vers elle et se mit à genoux.

« C'est fini, ma chérie. »

Elle lui enleva son bâillon.

« C'est fini », répéta-t-elle.

Elle essayait maintenant de dénouer les cordelettes qui entravaient les mains et les pieds de la fillette.

« Où il est ? » demanda Faith.

Elles entendirent plusieurs coups de feu qui les firent sursauter. Adela ne parvenait pas à défaire les liens. Elle se releva.

« Attends, je reviens tout de suite. Je vais chercher… »

Elle sortit de la cabane…

« Non, me laissez pas ! » supplia Faith.

… pour revenir avec son sac.

« Je suis là, ma chérie. Je suis là. »

Elle prit dans son sac la paire de ciseaux de Bud avec laquelle elle coupa les cordelettes. C'est alors qu'elles distinguèrent des bruits de pas dans les feuilles. Adela se redressa péniblement, fit rempart devant Faith et brandit ses ciseaux comme une arme, prête à en découdre. Son cœur battait dans tout son corps : dans sa tête, dans son ventre, dans ses mains. Les pas se rapprochaient. Elle voulait croire que c'était Bud, mais c'est Walt qui apparut. Il s'immobilisa dans l'encadrement de la porte. Il était blessé et semblait hagard et épuisé.

« Quand je pense que c'est moi qui ai mis cette putain d'annonce pour lui trouver une boniche !… »

Il rit de l'ironie de la situation. Il fit enfin un pas en avant lorsqu'un coup de feu retentit et l'arrêta net. Il écarquilla les yeux et s'écroula.

Adela et Faith se figèrent, pétrifiées. Jusqu'à ce que de nouveaux bruits de pas les sortent de leur prostration.

« Viens, ma puce, enjoignit Adela.

– Non...

– Si, viens, tout va bien. C'est un ami. »

Elle tendit une main à la petite pour l'encourager à se lever. La fillette hésita avant de la saisir. Lorsqu'elle fut debout, Adela l'enveloppa dans le manteau rouge qui traînait dans un coin. Toutes les deux sortirent, en contournant Walt. À peine étaient-elles dehors qu'elles virent Bud s'effondrer.

« M'sieur Larkin ! » cria Adela.

Elle se précipita tant bien que mal et s'accroupit à ses côtés.

« Adela... souffla Bud en la voyant. On a réussi. »

Il était blessé à la poitrine et au ventre. Ses yeux se portèrent sur Faith, debout devant lui.

« Tu ressembles au Petit Chaperon rouge avec ton beau manteau... Comment tu t'appelles, ma grande ?

– Faith. »

Il sourit.

« Faith ?! On a retrouvé Faith[1], s'amusa-t-il.

– Oui », confirma Adela en souriant elle aussi.

Bud grimaça soudain.

« Je vais chercher du secours, lui annonça Adela. Bougez pas.

– Non, restez là. Restez avec moi.

1. « Foi » en anglais.

– Non, il faut…

– Restez là, je vous en prie.

– D'accord. »

Elle lui prit la main.

« Je suis là. »

C'est lui qui n'était plus là, tout à coup. Il regardait dans le vide.

« M'sieur Larkin ? »

Le regard de Bud se porta à nouveau sur Faith. Son visage s'éclaira.

« Susie… ma chérie… c'est papa. »

Faith, visiblement impressionnée, se rapprocha d'Adela, qui la rassura :

« Il te prend pour sa fille, chuchota-t-elle.

– Je t'aime, ma chérie, dit-il. Tu m'as tellement manqué. Si tu savais comme tu m'as manqué… »

Adela essayait de retenir ses larmes. Il lui offrit un large sourire.

« Merci, Adela. Restez là, hein…

– Oui, oui, je vous lâche pas. On fait une trop bonne équipe !

– C'est sûr… Dites à Edwin que c'est pas moi qui ai tué Jack. C'est Walt. Il avait tripoté une gamine… Jack savait. J'avais trop bu, je…

– D'accord.

– Et dites à Lorraine que je l'aime…

– Vous lui direz vous-même. »

Il respirait difficilement. Il ferma les yeux.

« Accrochez-vous, m'sieur Larkin. »

Elle serra un peu plus sa main et ne put contenir ses larmes. Il rouvrit les yeux et murmura :

« Restez avec moi. »

Il comptait bien faire mentir la devise de son père qu'il avait fait sienne : « On naît seul, on meurt seul. »

« Parlez-moi… lâcha-t-il dans un souffle. Parlez-moi, Adela.

– De quoi ?

– De n'importe quoi. »

Elle réfléchit… hésita…

« Ce que vous voulez, insista Bud, mais parlez-moi… »

Elle avala sa salive, s'essuya les joues, en vain, et se lança :

« Y a… Y a très longtemps… dans une grande plantation de coton, quelque part en Virginie… »

Bud écoutait. Il referma les yeux et ses traits se détendirent.

« … un riche Blanc… euh… pas très gentil… possédait plein d'esclaves noirs qu'il battait… plus que de raison. »

Adela s'interrompit. Qu'est-ce qui lui avait pris de se lancer dans cette histoire ? Elle fit signe à Faith de s'asseoir à côté d'elle.

« Et… ? demanda Bud.

– Et… voilà qu'un jour, sa femme… perd un bijou. »

Sa voix tremblait.

« Une broche… Mais lui est persuadé que c'est un de ses esclaves qui l'a volée… Alors… il laisse la nuit au coupable pour se dénoncer. Sinon, il fouettera tous les esclaves le lendemain… et il vendra leurs enfants. »

Elle prit une profonde inspiration. Bud était suspendu à ses lèvres.

« Continuez. »

Faith se blottit contre Adela, qui l'entoura de son bras.

« Le lendemain… à l'aube, quand il se lève… le maître remarque qu'y a pas un bruit dans la plantation. Ses esclaves devraient pourtant être au travail. Alors il regarde par la fenêtre… personne nulle part… Et y a plus une seule fleur de coton dans les champs… »

Bud respirait lentement.

« Continuez…

– Il court jusqu'aux baraquements : personne. Deux cents esclaves, hommes, femmes, enfants… disparus en une nuit… Le maître est ruiné. Et le pire, c'est que sa femme retrouve sa broche le lendemain.

– Et où ils sont ? questionna Bud d'une voix à peine audible. Les esclaves ?

– Ça, personne l'a jamais su. Mais… à ce qu'on raconte, dans la nuit, tout le coton s'est transformé en un nuage qui les a emportés… »

Sa voix se brisa. On aurait dit que ses larmes coulaient aussi dans sa gorge.

« … très loin, dans un pays où ils ont enfin pu être libres. »

Bud souriait.

« M'sieur Larkin ? l'appela Adela d'une voix étranglée. M'sieur Larkin ! »

Elle secoua sa main, mais il ne pouvait plus l'entendre.

Alors elle se mit à pleurer comme elle n'aurait jamais imaginé pleurer un jour pour un Blanc.

Adela et Faith traversèrent la forêt pour rejoindre la voiture. La cheville d'Adela aurait dû la faire souffrir davantage mais une autre douleur, plus vive, semblait l'avoir anesthésiée. Elles progressaient lentement, main dans la main. Un instant, Adela songea au petit Elmer qui avait bravé la jungle pour délivrer un gentil dragon retenu prisonnier.

Lorsqu'elles arrivèrent enfin au pont couvert et qu'elle vit à nouveau le panneau « Kymulga Bridge », c'est le « Bridge » qui attira son attention cette fois. Alors voilà pourquoi Gloria avait rêvé qu'elles jouaient au bridge ensemble !

L'adulte et l'enfant franchirent le pont dans l'autre sens et s'approchèrent de la voiture de Bud.

« Monte, ma chérie », dit Adela.

Sa voix était assurée mais, au fond d'elle, elle était dans tous ses états. Elle trouva la clé sur le contact et tâcha de se souvenir des indications de Bud avant de démarrer. Ne sachant pas faire de marche arrière, elle fit un large demi-tour dans l'herbe.

« Ça va aller… Ça va aller… »

Elle le répétait autant pour se rassurer elle-même que pour rassurer Faith.

« On rentre à Birmingham ? demanda la petite.

– Oui, il faut aller voir la police. »

Elles auraient pu aller trouver celle de Childersburg, puisque c'était sur leur route, mais Adela n'avait pas envie qu'on l'accuse d'avoir tué deux Blancs pour voler une voiture.

La nuit tomba au milieu du trajet, qui devait durer plus d'une heure. Elle tripota dans tous les sens chaque manette qui s'offrait à elle, sous l'œil inquiet de sa jeune passagère. Elle cherchait les phares et finit par les trouver. Ces tâtonnements lui permirent d'identifier la commande des essuie-glaces, ce qui lui fut bien utile lorsque la pluie s'invita.

La nuit, la pluie, la tension… Elle était à bout de nerfs lorsqu'elle arriva enfin au poste de police de Birmingham. L'agent à l'accueil vit boiter jusqu'à lui une négresse décoiffée, aux vêtements en désordre, sales, déchirés, qui tenait des propos décousus et était flanquée d'une fillette hagarde. Elle eut la plus grande peine à le convaincre d'aller chercher « le policier qui travaille avec Mr. Walt ». Même Edwin eut du mal à la reconnaître. Elle lui expliqua pêle-mêle que Bud et Walt étaient morts, que c'était Walt le tueur de petites filles, qu'il les retenait prisonnières dans une cabane dans les bois et que c'était lui aussi qui avait tué leur ancien collègue, un certain Jack. Edwin l'écouta sans l'interrompre. À la fin de son récit, décomposé, il alluma une cigarette sur laquelle il ne tira pas une seule bouffée. Adela dut ensuite répéter son histoire à Nelson et au chef de la police. Puis, à son tour, Faith dut expliquer ce qu'elle avait vécu et répondre à leurs questions. Les autorités étaient encore en train d'interroger l'enfant lorsque Terrence et Janet Harper, ses parents, firent irruption dans la pièce. L'agent qui avait tenté de les retenir n'avait rien pu faire pour les empêcher de serrer leur fille dans leurs bras. Toutes les polices du monde n'y auraient pas suffi.

*

Dans la soirée, après moult tergiversations, la police finit par procéder à une perquisition chez Walt. Connie, dans un état second depuis l'annonce de la mort de son mari, s'était réfugiée dans sa chambre avec ses enfants. Nelson et Dwight, qui fouillaient le bureau de Walt, vinrent lui demander si elle savait où était la clé du secrétaire. Elle l'ignorait, aussi Nelson lui annonça-t-il qu'il allait devoir forcer la serrure. Sans réfléchir, elle se leva et le suivit. Dans le secrétaire, le policier mit la main sur un coffret en bois. À l'intérieur se trouvaient le bracelet de Dee Dee, le collier de Regina et une dizaine d'autres trophées. Au regard qu'échangèrent Nelson et Dwight, Connie sut à qui appartenaient ces bijoux d'enfants. Alors que Penny et Colton venaient la rejoindre, elle se sentit mal. Elle s'évanouit dans les bras d'Edwin.

Lundi 30 décembre 1963

Adela n'était pas allée travailler chez Gloria et était donc là lorsqu'on sonna à sa porte en fin de matinée.

« J'ai une livraison pour Adela Cobb. C'est vous ?

– Oui… mais j'ai rien commandé… »

Le livreur vérifia l'adresse.

« Non, c'est bien pour vous. Je vais vous chercher ça. »

Il retourna à son camion et en sortit un gros carton qu'il déposa sur un diable. Adela se demandait qui lui faisait cette mauvaise blague. Elle distinguait mal le dessin sur l'emballage. Lorsque l'homme approcha, l'illustration se précisa. Elle n'en croyait pas ses yeux. *Un four ?!*

« J'ai jamais commandé ça. »

Le type jeta un œil au bon de commande.

« Ça a été réglé par… Mr. Bud Larkin, le 20 décembre. C'était pour Noël mais on a eu un souci avec notre fournisseur. Désolé pour le retard. Je vous le mets où ? »

Elle regardait le carton, stupéfaite.

« Dans la cuisine, peut-être ? suggéra le livreur.

– Oui… »

Elle s'écarta pour le laisser entrer.

Mardi 31 décembre 1963

Bud était persuadé que trois personnes, tout au plus, assisteraient à son enterrement. Mais elles étaient des dizaines à se masser devant l'église. Edwin, Nelson, Dwight et la plupart de ses anciens collègues, tous en uniformes pour rendre officiellement un dernier hommage à l'un des leurs. Herbert. Lorraine, bien sûr. Des habitués du Grady's. Adela, Bernice, Elijah et Sid. Et Renee, Fran, Albertine et Mabel. Ellis et Lottie Rodgers aussi, Teresa Harris, Leroy et Patti Rubin, Terrence et Janet Harper. Virgil Tucker. Lynne Anderson, la veuve de Jack. Et d'autres encore, nombreux, affluaient, qui ne connaissaient pas Bud directement. Sa mort les avait tous réunis, Blancs et Noirs. Pourtant, ils ne se mélangeaient pas.

Adela fut touchée de voir arriver Shirley Ackerman et Madeline. Puis Sissy… accompagnée de Gloria ! Celle-là même qui avait juré qu'elle ne se lèverait plus que pour des enterrements présidentiels !

Tous avaient revêtu une tenue élégante et sobre.

Les policiers et Lorraine furent les premiers à entrer. Les Noirs hésitaient à les suivre. Ils n'avaient jamais mis les pieds dans une église de Blancs. Adela leur montra la voie, entourée de ses enfants. Bernice la soutenait, tant à cause de sa cheville que de l'émotion. Renee, Fran et Albertine leur emboîtèrent le pas, suivies des parents des victimes.

L'église se remplit de Noirs d'un côté et de Blancs de l'autre. Certains Blancs préférèrent sortir. Pas Edwin, trop dévasté. Les insultes fusèrent, et il fallut que le prêtre en appelle au calme.

Durant son sermon, il rappela que :

« Le souvenir du juste est en bénédiction, tandis que le nom des méchants tombe en pourriture[1]. »

Edwin prononça quelques mots pour évoquer Bud. Il s'effondra au bout de quelques secondes et retourna s'asseoir. Il avait perdu ses deux meilleurs amis d'un coup.

Puis ce fut au tour d'Adela de se lever. L'église bruissa tandis qu'elle boitillait jusqu'à l'autel, sa bible à la main. Elle sentait tous les yeux braqués sur elle et entendait les murmures désapprobateurs sur son passage. Lorsqu'elle monta sur l'estrade, elle était plus morte que vive. Elle ouvrit le livre sacré, parcourut l'assistance du regard, s'attarda un instant sur ses enfants, sur Bernice qui l'encouragea d'un petit signe de tête, puis elle prit une grande inspiration et entama la lecture :

« Même s'il meurt avant l'âge, le… le juste trouvera le repos. Il a su plaire à Dieu, et Dieu l'a aimé ; il vivait dans ce monde pécheur : il en… fut retiré. »

---

1. Proverbes, X, 7.

Sa voix tremblait.

« Parce qu'il plaisait au Seigneur, celui-ci, sans attendre, l'a retiré d'un monde mauvais. Les gens voient cela sans comprendre ; il ne leur vient pas à… l'esprit que Dieu accorde à ses élus grâce et… misé… ricorde, et qu'il… veille sur ses amis[1]. »

Elle avait buté sur quelques mots mais avait bien lu. Elle referma sa bible et releva les yeux. En dehors de quelques têtes baissées, tout le monde la fixait. Elle hésita à parler davantage, puis oublia l'assemblée et pensa à Bud.

« M'sieur Larkin était quelqu'un de bien. Il était grognon, il buvait, il jurait, il… bref… mais c'était quand même une belle âme. Je l'entends déjà qui doit se dire : "Pourquoi ils m'enterrent le matin ? Je pouvais attendre l'après-midi !" »

Elle sourit.

« C'était un sacré numéro… Je suis triste qu'il soit plus là. Ce qui me réconforte un peu, c'est qu'il est parti en paix. Et je suis sûre qu'il est au paradis parce qu'il le méritait. »

Edwin acquiesça.

« Il m'avait dit une fois, en parlant de son enterrement, qu'y aurait peut-être trois personnes qui viendraient et qu'il était même pas sûr qu'elles pleureraient. »

Elle considéra l'assistance face à elle. Lorraine essuyait une larme.

« Il doit pas en revenir de nous voir tous là », conclut Adela.

---

1. Sagesse, IV, 7-15.

Elle alla se rasseoir, heureuse d'avoir rendu hommage à son ami. Fran, assise derrière elle, lui tapota l'épaule en guise de félicitations.

Quand la messe fut terminée, Blancs et Noirs se mélangèrent. Un peu. De loin, Edwin, les yeux rougis, salua Adela d'un mouvement de tête. Shirley, émue, vint l'assurer de son soutien. Puis Adela s'approcha de Lorraine à qui, l'avant-veille, elle avait confié les dernières paroles de Bud la concernant. Elle lui prit les mains et les serra un moment, avant qu'elles ne se quittent sur un sourire. Enfin, ce fut au tour de Gloria de s'avancer et d'étreindre son amie dans ses bras frêles.

*

Le soir venu, ni Adela ni ses enfants n'avaient le cœur à fêter la nouvelle année. Lorsque 1964 débuta, toute la maisonnée dormait depuis longtemps.

À huit cent vingt-trois *miles*[1] de là, à Austin, au Texas, l'ambiance était beaucoup plus gaie. Le nouveau président, Lyndon Johnson, passait la soirée au Forty Acres Club, un club privé strictement réservé aux Blancs. Son épouse, fatiguée, ayant préféré décliner l'invitation, Johnson avait débarqué avec à son bras Geraldine « Gerri » Whittington, la jeune secrétaire particulière noire qu'il venait d'engager.

« Monsieur le Président, lui avait-elle demandé quelque peu inquiète en arrivant, est-ce que vous savez ce que vous faites ?

1. 1 324 kilomètres.

– Bien sûr, avait-il répondu. La moitié de ces gens vont penser que vous êtes mon épouse… et ça me va. »

Plus tard dans la soirée, à la surprise générale, il était allé jusqu'à danser avec elle.

L'événement allait faire grand bruit. Dès le lendemain, le club acceptait les membres de couleur.

Jeudi 2 janvier 1964

Pourvu qu'elle soit pas morte! se dit Adela. Elle frappa de nouveau à la porte de la chambre de Gloria.

« Tout va bien, Miss Gloria ? »

Elle colla son oreille à la porte quand, soudain, la vieille dame lui ouvrit, vêtue d'une belle robe mauve, et maquillée.

« Bonjour, Adela ! Je suis contente de vous voir.

– 'jour, Miss Gloria. Merci, c'est gentil de dire ça.

– Vous allez mieux ?

– Ça va... Mais dites-moi, vous êtes toute belle...

– Oh, votre vue a dû baisser, ma chère.

– Non, c'est vrai. Vous avez de l'allure.

– C'est que j'ai de beaux restes alors », en conclut Gloria, malicieuse.

Adela sourit.

« Qu'est-ce que vous faites debout ? » demanda-t-elle.

Gloria jeta un œil à la pendule et avisa Adela :

« Il est déjà onze heures, vous savez.

– Je sais, mais vous voulez pas rester au lit ?

– Oh, non, ça, c'était drôle au début. J'en ai ras le bol d'être allongée !

– Tant mieux », se félicita Adela.

Elle suivit Gloria dans la chambre. La pimpante septuagénaire s'assit devant la coiffeuse pour finir de se maquiller.

« Vous sortez ? se réjouit Adela.

– Non, je reçois. Cet après-midi. Norma, Rose et Mary Ann. »

Des amies qu'elle n'avait pas beaucoup vues ces derniers temps.

« Quelle bonne idée ! » s'enthousiasma Adela.

Seulement l'après-midi venu, Rose eut un empêchement. Gloria, Norma et Mary Ann étaient bien embêtées car elles avaient prévu une partie de cartes ; or il fallait être quatre pour jouer. Sissy refusa de se joindre à elles sous le prétexte fallacieux qu'elle ne connaissait pas les règles. Adela non plus ne savait pas jouer, mais elle finit par céder et disputa ce jour-là sa première partie de bridge.

Samedi 4 janvier 1964

« Qu'est-ce que je ferais d'un bonhomme ? demanda Adela en remplissant une machine à laver.

– Ça peut rendre des services, dit Albertine. Et puis ça tient chaud en hiver.

– … hiver, reprit Fran. Oui, c'est vrai.

– De toute façon, tu verras bien demain midi. Il vient manger avec nous. Moi, je suis sûre que vous vous entendrez. Il est veuf aussi et il a pas d'enfant.

– …fant. Ah…

– Il est gentil, il est calme, il boit pas. C'est un très bon danseur.

– …seur. Et à quoi il ressemble ?

– Grand, mince, souriant.

– Je te préviens, menaça Renee, si t'en veux pas, moi je le prends ! »

Les autres s'esclaffèrent.

« Qu'est-ce qu'y va dire, ton Joseph ? s'inquiéta Adela.

– Qui ça ? plaisanta Renee.

– Ton mari, lui rappela Albertine.

– Ah, lui ! Il est chez sa mère. M'est avis qu'il va y rester un bout de temps. Il me revenait trop cher en cierges ! Je l'ai surpris en train de conter fleurette à une maigrichonne. Allez hop, du balai ! »

Les autres la regardaient, estomaquées.

« Quoi ? Ça suffit de se faire prendre pour une poire. Alors c'est pour ça, si t'en veux pas, du grand mince souriant qui sait danser et qui boit pas, moi je suis preneuse.

– Je vais peut-être quand même le rencontrer, décida Adela. Ça mange pas de pain.

– Si ça marche pas, je te le présenterai, promit Albertine à Renee.

– Ah non, je me contente pas des miettes.

– … des miettes, non, c'est sûr. »

Renee montra son tour de taille et ajouta :

« Ça se voit, non ? »

Les quatre amies pouffèrent.

Pendant encore presque une heure, elles tirèrent des plans sur la comète quant à l'avenir sentimental de Renee et d'Adela.

*

En début d'après-midi, Adela répondit à une autre invitation, de Lorraine cette fois. Elle la retrouva chez Bud pour empaqueter les affaires de celui-ci et s'étonna de trouver l'endroit presque aussi propre qu'elle l'avait laissé trois semaines plus tôt. Elle avait amené Elijah et Sid, qui étaient curieux de découvrir le bureau d'un détective privé. Les deux garçons jouèrent avec M'ame, dont Lorraine s'occupait depuis une semaine.

Adela sortit du buffet l'oiseau jaune et gris en porcelaine que Bud affectionnait.

« C'était un cadeau de sa fille », lui apprit Lorraine.

Adela le remit sur le buffet, tourné vers la fenêtre, tel que Bud aimait le voir. Elle prit un peu de recul et le contempla.

« Gardez-le, dit Lorraine. Je pense que ça lui aurait fait plaisir que vous l'ayez.

– Je peux pas. »

Lorraine le prit et le mit dans le sac à main d'Adela.

« Et vous, vous allez garder quelque chose ?

– Son chapeau. »

Elle sourit d'un air triste et regarda Elijah et Sid qui s'amusaient avec M'ame.

« Vous voulez bien la prendre ? » demanda-t-elle.

Les enfants se tournèrent vers leur mère.

« Oh oui, m'man ! s'exclama Sid.

– Dis oui, s'te plaît ! supplia Elijah.

– Je vais pas rester à Birmingham, reprit Lorraine. Je sais pas encore où je vais aller. Je vais peut-être vadrouiller un moment, et ce sera compliqué avec un chien. »

Adela hésita. Elijah et Sid retenaient leur souffle. Même M'ame fixait Adela comme si elle attendait sa réponse.

« D'accord », capitula-t-elle.

Les petits sautèrent au cou de M'ame, qui leur lécha la bouille, reconnaissante.

Lorsque Adela fut sur le point de quitter l'appartement, les deux femmes promirent de se donner des nouvelles.

« Bonne chance là où vous irez, souhaita Adela.

– À vous aussi.

– Vous avez du courage de tout quitter pour recommencer ailleurs.

– Vous en avez encore plus de rester à Birmingham. »

Elles échangèrent un sourire.

« On y va, les enfants », annonça Adela.

Elijah, qui étudiait l'échiquier sur le buffet depuis un moment, déplaça la dernière tour de Bud et mit Walt échec et mat.

Alors qu'Adela, les garçons et M'ame descendaient les marches de l'immeuble, ils virent Edwin s'approcher. En les croisant, le policier salua Adela d'un hochement de tête :

« M'ame », dit-il poliment.

Stupéfaite, elle comprit qu'il ne s'adressait pas au chien. C'était la première fois de sa vie qu'un Blanc l'appelait « madame ».

« M'sieur », fit-elle à son tour.

Avant de s'éloigner d'un pas assuré.

*

À peine arrivée dans le parc, M'ame se mit à courir et alla dans la partie réservée aux Blancs. Adela et ses enfants attendirent devant le panneau « WHITE ONLY ».

« Viens ici ! » appelait Adela.

La chienne se roulait par terre et aboyait, bien décidée à les attirer sur son terrain de jeu. Comme si la situation n'était pas déjà suffisamment embarrassante, Dorothy Hayes et une amie passèrent à ce moment-là. La scène semblait beaucoup les amuser. Dorothy, narquoise, les bras croisés, toisait Adela. Il n'en fallut pas davantage pour que son ancienne employée se sente pousser des ailes :

« Venez, les garçons. »

Elle les prit par la main, et ils franchirent ensemble le Rubicon, en prenant soin d'éviter le coin favori de M'ame. Dorothy était au bord de la syncope. Puis Adela s'assit sur un banc et lui adressa un petit coucou de la main et un large sourire. Les deux amies, scandalisées, battirent en retraite.

Pendant quelques minutes, Adela regarda ses enfants jouer avec leur chienne. Il faisait bon pour un mois de janvier et le soleil réchauffait son visage. Son regard se posa sur cette herbe qu'elle n'avait jamais foulée et qui lui paraissait particulièrement verte et hospitalière. La tentation était trop forte : elle retira ses chaussures, se leva et fit quelques pas. Puis elle s'allongea, devant ses garçons médusés.

Les corbeaux croassèrent, comme si eux aussi s'étonnaient de sa présence. Elle se gratta l'oreille, qu'une herbe chatouillait, et resserra son manteau autour d'elle. Puis elle ferma les yeux pour mieux savourer l'instant. Elle pensa à sa mère : elle s'était promis le jour de son enterrement de vivre aussi pour elle. Puis pour son petit Jared, et pour Morris. Désormais, elle vivrait aussi pour Bud. À compter de ce jour, ils l'accompagneraient tous les quatre, et leurs lueurs éclaireraient sa route.

Elle ouvrit les yeux.

Et sourit.

Remerciements

Un immense merci à Sébastien Manchette pour ses relectures attentives tout au long de l'écriture de ce roman et sa foi i-né-bran-lable.

Mille mercis à Danielle Strullu pour ses conseils avisés, sa bienveillance et nos sympathiques goûters.

Autant de mercis à Imene Sellaoui pour son engagement concret et ses élans enflammés.

Merci à Anne, qui nous a inspiré Gloria et qui, lorsque nous lui racontions cette histoire, voulait toujours en savoir plus.

Nous remercions chaleureusement *tous* nos premiers lecteurs pour leurs commentaires et leurs encouragements, en particulier Catherine Uberti, Philippe Benoit, Marion Bessay, Claire et Patrick Fabry, Patrick Seguin, Mélanie de Truchis de Lays, Hélène Croq-Vourc'h, Sophie et José Luccioni, Christel Salgues, Nicolas Fedorenko, Yvonne-Marie Strullu, Nathalie et Christian Rossi, Isabelle Secretan, Blanche Ravalec, Pascale Vital, Thierry Bourcy, Audrey et Claude Juliette Le Theule.

Pour leur soutien indéfectible, merci à Marie-Dominique et Gérard Christory, Julie Bribosia et Jean-Charles « JC » Boels, Patricia et Russell Hood, Melanie Hill, Alexandra d'Arnoux, Claude Alexis, Peter Sanders, Christopher Hackman, Isabelle et Jean-François Pellan, Bradley Morris, Déborah Perret et Didier Benhamour, Ludovic Kerfendal et Laurent Fiévet, Arlette Breteau, Marine et Benjamin Carval, Fran et Ian Duncan, Connie O'Neill et Graham Shafto, Adriana Anderson, Daisy Kampf, Douglas O'Donnell, Jimmy Holland, Aaron D. Saunders, ainsi que, *last but not least*, Rebecca « Becky » Baskerville.

Toute notre gratitude à Stéphanie Ruhlmann et Jérôme Belleguic sans qui ce livre serait peut-être resté à l'état de manuscrit. Merci d'y avoir cru tout de suite.

Merci infiniment à Noëlle Meimaroglou, Delphine Roché, Angélique Vimont, Bérengère Gaullier, Delphine Gerbe, Peter Vogelpoel, Sophie Farhi, Mickaël Cunha, Catherine Troller, Benoit André, Cécile Rauby, Elisabeth Stempak, Valérie Borgèse, Sabine Mille et toute l'équipe du cherche midi pour leur chaleureux accueil, leur enthousiasme et leur contribution inestimable.

Nous remercions également Niemsky pour la superbe illustration de couverture.

Un grand merci au Dr Guillaume Visseaux pour ses lumières.

Merci à Sylvie Saracino pour son aide non négligeable et fort appréciée.

Un merci tout particulier à Patricia Highsmith pour sa clairvoyance, ses précieuses recommandations et des moments inoubliables.

Pour les graines qu'ils ont semées, nous tenons à remercier les formidables enseignants qu'ont été Véronique Bancel, Jean Pinaire, Isabelle Girardot, Pascal Ziller, Paul-Éric Morillot, Barbara Schmidt, Guy Vignes et Mme de Groot.

Tous nos remerciements à M. McD., qui nous a donné sans le savoir l'impulsion nécessaire à l'accomplissement de cette folle entreprise.

Merci à nos familles et à nos amis.

Enfin, merci à vous qui, parmi des millions de livres, avez choisi de lire celui-ci.

MIXTE
Papier issu de
sources responsables
FSC® C003309
FSC
www.fsc.org

Les papiers utilisés dans cet ouvrage
sont issus de forêts responsablement gérées.

Imprimé en France par EPAC Technologies
N° d'impression : 4550414324520
Dépôt légal : août 2020